하키토브

하

하키토브 하

초판 1쇄 발행 2024년 4월 17일

지은이 안정호
펴낸이 이기봉
편집 좋은땅 편집팀
펴낸곳 도서출판 좋은땅
주소 서울특별시 마포구 양화로12길 26 지월드빌딩 (서교동 395-7)
전화 02)374-8616~7
팩스 02)374-8614
이메일 gworldbook@naver.com
홈페이지 www.g-world.co.kr

ISBN 979-11-388-2971-7 (04810)
979-11-388-2969-4 (세트)

• 가격은 뒤표지에 있습니다.

• 파본은 구입하신 서점에서 교환해 드립니다.

안정호 장편소설

하키토브

하

40대 중반이 된, 삶의 한가운데 서 있는 세 남자의 미묘하고 복잡한 심리 변화를
섬세한 문체로 생생하게 그려낸 대한민국 감성 에세이형 장편소설!

오늘, 당신의 빛과 그림자를 모두 포용할 준비가 되었나요?

좋은땅

목차

Episode 13

카테피아

1. 카테피아를 건설하는 작업은 순조롭다. 카페에 홀로 앉아 선전문에 들어갈 문구를 마무리 중이다. 선전문의 타깃은 글을 좋아하지 않는다. 장문의 글로 타깃을 설득하기는 더욱더 어렵다. 감정적이며 따뜻해야 한다. 그 안에서 행복을 선물해야 한다. 그런데도 논리적이어야 한다. 그리고 임팩트가 필요하다. 그리고 짧아야 한다.

한 여성이 자리를 두리번거린다. 나를 쳐다본다. 왜? 나를 쳐다볼까? 굳이 카페에 자리가 많은데도 내 옆에 앉는다. 화장실을 다녀온 후 핸드크림을 바른다. 진한 와일드 로즈향은 내 몸을 긴장하게 한다. 계속해서 머리를 만진다. 나를 향한 구애[1]인가? 그린라이트인가? 내가 싱글로 보이나? 행복하다. 와이프를 처음 만났을 때가 떠오른다. 3평 남짓한 작은 공부공간에서 우리는 시작했다. 몸을 긴장시키고, 새로운 썸의 시작을 알리는, 그곳에서 온몸으로 서로의 끌림을 확인했다. 아직도 그녀가 나를 쳐다보는 듯하다. 사실, 눈을 돌려 확인할 용기는 없다. 쳐다보는 시선을 애써 모른 척한다. 그녀는 친구와 통화한다. 나

1) 구애(求愛): 이성에게 사랑을 구함.

에게 관심을 가져 달라는, 구애하는 목소리다. 목소리는 더욱더 커진다. 바라보기를 원하는 것 같다. 하지만 관심은 주지 않으려 한다. 그게 맞다. 아내를 배신할 수는 없다. 그리고 총각 때 느꼈던, 이 풋풋한 감정으로도 충분하다. 그래도 조금은 발칙한 상상을 한다. 바람을 피우는 것은 아니니까. 그래, 우리는 서로 말을 안 하지만 이미 소개팅을 하는 중이다. 나도 모르게 옷차림과 머리를 다시 다듬는다. 우리는 무언의 몸짓으로 대화 중이다. 그녀의 청량한[2] 목소리는 공간의 틈을 갈라 내 귀가에 닿는다. 현기증이 일어나 쓰러질 것 같다. 쳐다보지 않아서 그런가? 와일드 로즈향은 더욱더 짙어진다. 심장이 터질 것 같다. 제발, 그만 좀 나대라. 이 상황은 너무나 야릇하다.[3] 문이 열린다. 누군가가 그녀에게 성큼성큼 다가온다. 남자친구다. 상상은 상상일 뿐이다. 천만다행이다. 말을 걸지 않아서. 쳐다보지 않아서. 그녀의 모든 행동은 다가올 남자친구를 위한 몸짓이었다. 애먼 남자친구를 원망한다. 여자친구를 카페에서 홀로 이렇게나 기다리게 하고.

시계를 본다. 고작 10분 지났다.
충격이다. 1시간은 지난 줄 알았는데.

그 짧은 시간 동안
따뜻했고, 감정적이었으며 행복했다.
선전문은 이처럼 써야 한다.

---

2) 청량하다(淸亮—): 소리가 맑고 깨끗하다.
3) 야릇하다: 무엇이라고 표현할 수 없이 묘하고 이상하다.

2. 임 대표와 승기는 소셜 네트워크 서비스를 활용해 카테피아를 조성 중이다. 일단, 경영, 경제, 역사 그리고 철학에 관련한 내용을 알기 쉽게 설명하는 채널을 만들고 있다. 이 채널을 통해 타깃을 선정해 초대장을 보내려 한다. 물론 우리 셋의 지식으로는 방대한 내용을 감당하기 어렵다. 그렇기에 처음 회의 때는 전문가의 의견을 토대로 다양한 콘텐츠를 생산하는 방향이었다. 하지만 이내 방향을 바꾸었다. 우리가 생각하는 타깃층은 전문가의 지식을 요구할 만큼 경영, 경제, 역사 그리고 철학에 관심이 없다고 판단해서다. 그렇다고 전문가의 조언이 필요 없다는 게 아니다. 어느 정도 공신력이 있는 '적당한 전문가'가 필요하다. 그리고 '적당한 전문가'를 이미 섭외했다. 자문료도 무료다. 인공지능 프로그램이다. 그리고 이미 실험을 통해, 우리 셋은 인공지능 프로그램을 '적당한 전문가'로서 충분하다고 결론을 내었다.

"질문: 논어에서 돈과 관련한 내용을 알려 줘.

답변: 논어에는 돈과 관련된 여러 가지 내용이 있습니다. 그중 몇 가지를 알려드리겠습니다. "자공자"에서는 공자가 제자인 자공에게 돈의 중요성에 관해 이야기합니다. 공자는 돈이 사람의 생활에 필요한 것임은 분명하지만, 돈을 추구하는 것이 모든 것이 아니라는 것을 강조합니다. 그는 "돈이 없어서 불행한 사람들도 있지만, 돈이 많아서 불행한 사람들도 있다."라며 돈만으로 행복을 달성할 수 없다는 것을 말합니다. (중략) 이러한 내용을 보면, 공자는 돈의 중요성을 인정하지만, 돈이 모든 것이 아니며, 돈을 어떻게 사용하느냐에 따라 그 가치가 결정된다는 것을 강

조합니다. 돈을 아끼고, 예의 바르게 다루며, 인간관계를 소중히 여기는 것이 중요하다는 것을 알 수 있습니다."[4]

3. 어떠한가? 누가 읽어도 '적당한 전문가'라고 느끼지 않을까? 논어에 심취한 사람이 아니라면, 고개를 끄덕이며 공감할 내용이다. 물론, 철학을 가르치는 승기에게 인공지능 챗봇은 새로운 경쟁자일지도 모르겠다. 인공지능 챗봇의 답변으로 오만상을 찌푸린 승기가 한마디 거둔다.

"효상아, 인공지능 챗봇 시스템이 놀랍다. 이 정도의 내용을 삽시간에 만들다니. 물론 내용의 깊이는 없는데, 우리 채널의 내용으로는 나쁘지 않은 것 같아. 뭐, 이 정도면 충분하지. 다만, 몇 번을 돌리면서 느낀 건데, 이러한 인공지능 시스템이 인간에게 도움이 될까 싶다.

일단, 관련한 분야를 처음 접하는 초보자라면, 인공지능 챗봇의 답변은 놀랍다고 느낄 거야. 그만큼 모르니까. 원래 모르면 모든 게 신기하고 모든 게 대단해 보여. 물론, 당분간은 사람들이 호들갑[5]을 떨겠지. 새로운 검색의 시대가 도래했다고. 1시간 걸렸던 업무를 단 1분 만에 해결했다고. 그렇게 일의 효율성을 극대화한다고. 기업뿐만 아니라 사람들은 앞다투어 이를 활용하려 할 거야. 그래, 그렇게 설레발[6]을 치겠지.

---

4) 출처: chatGPT.
5) 호들갑: 경망스럽게 야단을 피우는 말이나 행동.
6) 설레발: 몹시 서두르며 부산하게 구는 행동.

그런데 말이야, 사람들은 하나는 알고 둘은 몰라. 관련한 분야를 처음 접하는 초보자가 인공지능 챗봇으로 업무를 한다고 가정하자. 처음이야 좋지. 그런데 시간이 흐를수록 스스로 과연 떳떳할까? 사람은 아니지만, 다른 이가 대신 업무를 하는 것과 뭐가 달라? 그럼 인공지능 챗봇에 급여를 주는 게 맞겠지. 다른 이의 공을 가로채는 것과 별반 다르지 않을까? 안 그래? 크게 보면, 우리가 그토록 싫어하는, 다 된 밥에 숟가락을 얹어 얄팍하게[7] 무임승차하려는 꼰대와 다를 게 뭐냐고. 안 그래? 더군다나, 인공지능 챗봇이 뿌려대는 답변을 찬찬히 살피면, 결국, 누군가가 공들여 만든 자료를 무단으로 도용[8]해 활용하는 도둑질에 불과해. 그동안 포털 사이트에서 말하는 '불펌'[9]을 가볍게 무시한 작태[10]의 결과물이 인공지능 챗봇이라 생각하는데, 효상아 넌 어때?

아니, 그렇게들 공정과 상식을 외치면서, 감사하다는 인사조차 없이 다른 이의 자료를 무단[11]으로 도용하는 인공지능의 싹수없는 행동을 칭찬한다? 이건 정말로 아니지. 사회가 추구하는 방향을 정면으로 비웃는 모순적인 행동이 아닐까? 그렇기에 인공지능 챗봇으로 업무를 당당하게 하려면, 사회적 합의가 있어야 해. 그것도 범세계적인 합의 말이다. 즉, 전 세계의 모든 기관에서 인공지능 챗봇으로 업무 수행하는 것을 용인해야 해. 단지, 한 나라만 이를 허용한다고 가능한 게 아니란 말이지. 설사 어느 국가에서 이러한 무차별 도둑질을 허용한다 해도, 다른 국가

---

7) 생각이 깊이가 없고 속이 빤히 들여다보이다.
8) 도용(盜用): 남의 것을 몰래 훔쳐 씀.
9) 불법 업로드.
10) 작태(作態): 하는 짓거리.
11) 무단(無斷): 미리 승낙을 얻지 않음.

가 이를 허용하지 않는다면, 결국, 국제적으로 인정받을 수 있는 자료라 말하기 어렵겠지. 신뢰성이 떨어지니까. 더군다나 이로 인해서 수많은 국제적 소송에 휘말릴 수도 있고. 그리고 당장만 보더라도, 중국과 러시아 미국 그리고 유럽이 한목소리를 내어 인공지능 챗봇의 사용을 인정할까? 혹은 금지할까? 단순하게 생각해도 그러기는 어렵겠지?

결국, 몰래 숨어서 인공지능 챗봇과 대화해야 한다고.
그리고 그 자료를 자기가 한 것처럼 거짓말을 해야 하고.

이건, 뭐, 우리가 그렇게 혐오하는
범세계적인 '아빠 찬스'지."[12]

4. 심호흡을 크게 한 후, 승기는 말을 이어간다.

"또 다른 문제는, 관련한 분야에 처음 접하는 초보자가 인공지능 챗봇을 통해서 자료를 생성하기 시작하면, 그들이 속한 곳의 미래는 없는 거야. 인공지능 챗봇의 가장 큰 문제점은 '과정'을 통해 얻을 수 있는 인생의 희로애락을 빼앗아. 효율성과 생산성이라는 이름으로. 예를 들면, 회사에서 직급에 따라 요구하는 레벨은 보통 다음과 같아.

1. 요약.
2. 분석.

---

12) '아빠 찬스'는 부모 + 찬스(Chance)의 신조어로, 어떤 자녀가 혈연인 부모의 명망, 인맥, 부, 권력 등 사회적 배경을 기회 삼아 이득을 누리는 것. [출처: Google Bard]

3. 대안.

첫 번째 업무인 '요약'을 처음부터 잘하는 사람이 몇 명이나 있을까? 물론, 인공지능 챗봇을 사용하면 처음부터 가능하겠지. 하지만 사람이라면 방대한 분량의 내용을 간략하게 정리하는 게 어려워. 그렇기에 숱한 연습은 필수라고. 말이 숱한 연습이지. 감정적으로도, 물리적으로도 극한의 상황을 몇 번이나 마주할까? 사람마다 다르겠지. 하지만, 그 누구도 이 과정을 피해서는 '요약'을 잘할 수도, 다음 과정인 '분석'으로도 넘어가기 어렵겠지. 그렇게 꾸역꾸역, 느릿느릿, 억지로 가다 보면, 그 힘든 과정에서 자연스럽게 키워드를 뽑아내는 힘이 생기게 돼. 키워드를 찾아낼 수 있는 능력을 발현하면, 그때부터 '요약'은 그리 어렵지 않은 업무야. 하지만 '요약'은 단순히 정보를 모으는 행동에 불과해. 그렇기에 연차가 쌓이면 자연스레 다음 업무를 요구받아.

두 번째 업무인 '분석'은 관리자로 승진하려면 반드시 지녀야 할 능력 중 하나야. 물론, 인공지능 챗봇을 사용하면 처음부터 가능하겠지. 그리고 '요약'을 인공지능 챗봇으로 작성한 자라면, 두 번째 업무 또한 인공지능 챗봇을 열심히 돌리겠지. 문제는 말이다. 많은 이가 '분석'과 '요약'을 혼동해.

예를 들어서, "어제는 비가 와서 집에 머물러 있었어요. 그래서 책을 읽고, 영화를 보고, 요리도 해 봤어요." 이 문장을 요약하고 분석하면 다음과 같아.

"어제 날씨가 비가 와서 집에서 책을 읽고, 영화를 보고, 요리도 해 봤어요."는 요약이고, "이 문장은 날씨가 나쁘다는 이유로 집에서 시간을 보내기로 합니다. 글쓴이는 외부의 조건을 바탕으로 행동하는 경향이 있습니다. 또한, 그 시간을 어떻게 쓰였는지 나열합니다."는 분석이야.

차이점을 알겠어? 어렵지? 다른 예시를 보여 줄게.

"이번 주말에는 친구들과 함께 바다로 놀러 갈 예정입니다. 그래서 수영복과 수건을 챙겼어요." 이 문장을 요약하고 분석하면 다음과 같아.

"이번 주말에 바다로 놀러 갈 예정이며, 수영복과 수건을 챙겼습니다."는 요약이고, "이 문장은 주말 계획을 언급하며, 글쓴이는 준비가 철저하며 계획적인 사람입니다. 또한, 그 계획에 따라서 필요한 준비물을 나열합니다."는 분석이야."

5. 신이 났는지, 화가 났는지, 두려운지, 즐거운지, 알 수 없는 표정을 지으며 승기는 분석을 이어간다.

"이해하기 어렵지? 원래 어려워. 요약은 간결하게 전체 내용을 요약하는 데 사용하지만, 분석은 글의 구조와 내용을 자세히 파악하는 데 사용하는 기술이야. 문제는 말이다. 예시처럼 한 문장을 요약하고 분석하는 것도 이렇게나 어려운데, 실전은 오죽할까? 그러한 실전의 과정을 모두 인공지능 챗봇에 맡긴다고? 도대체 미래의 누구를 위한 일이야? 자신을? 회사를? 난 둘 다 아니라고 봐. 더군다나 분석 능력이 없는 자가 관리자로 승진하면, 부하 직원은 무슨 죄야? 그 팀은 항로 없이 흘러가다 침몰하는 난파선이 될 운명이지. 안 봐도 뻔하지. 안 그래?

요약 업무의 경험이 없다면,
인공지능 챗봇이 알려 주는 분석을
올바르게 활용할 수 있을까?

마지막 업무인 '대안'은 관리자로서 회사 매출에 직결되는 능력이지. 아무리 '요약'과 '분석'을 잘한 들, '대안'을 끌어내지 못한 자료나 생각은 쓸모가 없어. 왜? 돈으로 이어지지 않으니까. 물론, 두 번째 업무까지 인공지능을 돌렸다면, 마지막 업무 또한 미련하게 인공지능 챗봇을 열심히 돌리겠지. 그리고 그들은 이렇게 말할 거야.

'인공지능 챗봇은 만능이야.
모든 게 가능하다고.'

문제는 말이다. '대안'을 제공하는 인공지능 챗봇의 방향이야. 인공지능 챗봇은 무수히 떠다니는 정보의 홍수 속에서 당시의 여론을 바탕으로 '대안'을 제공할 확률이 높아. 그런데, 여론의 수렴으로 정말로 회사의 매출을 증가시킬 수 있을까? 인공지능 챗봇이 제시하는 방향은 회사의 조건을 고려한 '대안'일까? 정말로 그럴까? 확신하기 어렵지. 그렇기에, 여론을 바탕으로 만들어진 인공지능 챗봇의 '대안'을 우리는 신뢰할 수 없어. 그리고 정말로 회사의 명운이 달린 '대안'을 인공지능 챗봇에 의존한다는 발상 자체가 너무 구리다. 안 그래? 또한, 인공지능을 계발

한 개발자의 정치적 성향에 따라 인공지능의 답변은 같은 상황을 전혀 다르게 인지해 '대안'을 제공할 거야.

개발자가 좌파라면 좌파처럼
개발자가 우파라면 우파처럼

만약, 인공지능 챗봇이 최소한 현 정권의 정치적 성향을 이해해 '대안'을 이야기한다면, 사실 그것도 놀랍겠지. 하지만, 정치적 성향을 바탕으로 여론을 반영해 '대안'을 제공한다는 게 가능할까? 불가능할 것 같은데? 만약 인공지능이 어느 쪽 성향에도 영향받지 않고 '대안'을 제공한다면? 그게 더 문제잖아. 도덕적으로 흠결 없는 여론의 수렴으로 이루어진 '대안'이 회사 매출과 이어지려면, 참……. 무슨 회사가 도덕 공화국이냐? 더군다나, 인공지능은 과연 이전 업무인 '요약'과 '분석'을 반영해 일관성 있는 '대안'을 제공했을까?

즉, '대안'은 편파적으로
Of the Company.
For the Company.
By the Company."

6. 승기의 결론은 다음과 같다.

"종합적으로 판단하면, 인공지능 챗봇으로 좋은 답을 얻으려면, 결국 질문자의 지적 수준에 달린 것 같아. 질문자가 관련한 분야에 내공이 없으면, 인공지능 챗봇이 제공하는 답변의 질을 판단하기 어려우니까. 예를 들면, 답변의 신뢰성은 있는지, 혹은 답변의 디테일은 살아 있는지를 말이야. 그렇기에, '지식의 빈익빈 부익부' 현상이 일어나지 않을까 싶다. 인공지능 챗봇의 활용은 많은 분야의 생산성을 높일 수는 있어. 초보자도 바로 '적당한 전문가'처럼 보일 수 있으니까. 하지만 '적당한 전문가'로 10년을 살지? 그러한 '적당한 전문가'는 회사에도 사회에서도 쓸모가 없어. 하긴 10년의 경력도 유지하기 어렵지. 어차피 초보자가 바로 '적당한 전문가'가 될 수 있는데, 아무런 매력도 없는 '적당한 전문가'를 10년이나 고용해야 하지? 능력은 향상하지 않는데도, 연차가 쌓인다는 이유로 연봉 인상을 요구하는 '적당한 전문가'를 왜? 1년 차와 10년 차의 차이를 느낄 수 없는 그들을 왜? 회사가 미쳤어? 네가 회사를 운영한다면, 효율성은 떨어질 때로 떨어진, 월급이나 축내는 그들을 10년이나 데리고 있을까? 그래, 네가 미쳤거나, 성인군자라면 그럴지도.

그렇다고 인공지능 챗봇은 사라질까? 그렇지는 않다고 생각해. 점점 인공지능 챗봇의 활용도는 높아질 거야. 인공지능의 챗봇의 신뢰도도 높아질 거고. 1990년대 가요 방송은 화면 상단에 립싱크와 라이브를 표시했던 것 기억나? 립싱크를 밝혀 라이브 공연을 하는 가수를 장려하려 했던 것. 즉 출처를 표시하는 방향으로 인공지능 챗봇을 활용하지 않을까 싶다. 다만, 인공지능 챗봇의 신뢰도가 상승해야 하는 게 첫 번째 조건이지. 출처를 밝혀서 사용하면, 그게 부끄러운 행동은 아니니까. 하지만 출처를 명시[13]해도, 과정을 생략한 채 얻은 답변이라는 사실은 변하지 않아. 부끄러운 행동은 아니지만, 챗봇을 통해 얻은 답변의 사용량이

13) 명시(明示): 분명하게 드러내 보임.

많을수록 관리자로 승진하기는 어려울 거야. 사용할수록 과정을 포기했다고 말하는 것과 다름없는데 어떠한 회사가 그들을 신뢰해 승진을 고려해? 다른 젊은 직원을 고용하면 그만이지. 그 정도 역할을 하는 값싼 노동력은 널렸으니까.

인공지능 챗봇의 활용도가 높을수록
인공지능 챗봇을 활용하지 않은 자만
세상에서 살아남겠지.

'지식의 빈익빈 부익부' 세상은 곧 도래할 거야.

다만, 우리처럼 간단한 지식을 전달하는 채널을 운영하는 자라면, 인공지능 챗봇의 활용도는 높을 것 같아. 지금부터 우리 채널의 방향을 간단하게 설명할게.

일단, 인간은 정답이 없는 질문에 정답을 쫓는 습성이 있어. 그리고 그 무의미한 질문의 답에 이르는 빠르고 자극적인 길이 있다고 믿어. 우리는 이 방향을 바탕으로 인공지능 챗봇을 활용하면 채널은 빠르게 성장할 거야. 예를 들어서, "100억을 번 한국인이 매일 하는 행동은?"이란 주제로 스토리를 만든다고 가정하자. 그리고 인공지능 챗봇을 활용해 어렵지 않은 적당한 내용과 자극적인 제목을 뽑는 일은 일도 아니라고. 다들 챗봇의 똑똑함에 혀를 내두르셨지. 하지만 그것도 잠깐이다. 어차피 누구나 사용하는 소스라면 채널의 매력은 급격하게 떨어지겠지. 누구나 이처럼 정보를 쉽게 생산하니까. 그렇기에 정보의 질보다는 정보를 어떠한 방식으로 보여 주느냐가 이러한 채널을 운영하는 자의 고민이겠지. 점점 진짜와 가짜의 경계선이 모호해진다. 언젠가는 가짜가 진짜를 대신하는 세상이 오겠지? 한편으로는 좀 무섭기도 하네. 그래도 다행이다. 그러한 세상이 오기 전에 땅속에서 영면[14]에 들 테니."

7. 승기답다. 뭔 이렇게나 심오하냐? 이런저런 말을 해도 결국 나쁘지 않다는 뜻이다. 그렇다면 채널에서 소개할 내용으로는 부족함이 없다는 뜻이겠지. 그렇기에 대화형 인공지능 챗봇을 활용해 다양한 콘텐츠를 생산해 원하는 타깃을 모집하려 한다.

"승기야, 구독자 수는?
그리고 사람들의 피드백은?"

우리가 운영하는 채널의 구독자가 점차 증가한다. 승기의 예상은 적중했다. '적당한 전문가'는 잠재적인 고객을 우리에게 힘들이지 않고 제공하는 중이다. 기특한 녀석이다. 채널에 댓글을 다는 고객 모두에게 초대장을 보낸다. 누구라도 걸리면 된다는 식이다. 그나저나 요즘의 대한민국은 바람 잘 날이 없다. 살면서 이처럼 시끄러운 대한민국을 만난 적은 없다. 특히, 공정과 상식을 강조하는 대한민국을 비웃기나 한 듯, 각종 사기 사건은 끊이지 않는다. 특히, 승기가 당한 부동산 사기는 이제 새롭지도 않다. 이게 참 아이러니한 일인데, 왜 그토록 공정과 상식을 강조하는데도, 대한민국은 사기꾼의 천국이 되어 간다. 사기꾼의 배경과 연령대를 특정하기도 어렵다. 20대부터 60

14) 영원히 잠든다는 뜻으로, 사람의 죽음을 이르는 말.

대까지, 배운 자, 배우지 못한 자, 가진 자, 가지지 못한 자 등 대한민국의 모든 이가 사기꾼의 대열에 합류 중이다. 더군다나, 각종 사기범죄는 2017년부터 현재까지 매년 3만 건 이상 꾸준하게 증가한다.[15) 갈수록 암울한 대한민국 경제 상황으로 인한 팍팍한 살림살이가 원인일지도 모른다. 그 어떤 시절보다 대학 진학률이 높은 학구적인 대한민국, 그 어떤 세대보다 공정과 상식을 기준의 잣대로 살아가는 청렴한 대한민국, 그리고 더는 절대적 빈곤이 존재하지 않는 부자인 대한민국. 이처럼 훌륭하고 자랑스러운 지표는 행복이 아닌 불행을 가리킨다. 도대체 왜? 이해되지 않는다. 그리고 상식적으로 생각하면, 가난하고 부정부패가 난무하고 절대적 빈곤이 당연했던 과거의 대한민국에서 사기 범죄가 더욱더 기승을 부려야 맞는 것 아닌가? 대한민국은 시나브로 병들어 간다. 정답을 모르니 막을 수도 없다. 다음 세대에게 그저 미안할 뿐이다. 그래, 대한민국의 불치병을 막을 방법은 없지만, 적어도 그곳에서 작은 오아시스를 만들어 숨 쉴 공간을 제공할 수는 있다. 물론 모두의 오아시스가 되기는 어렵다. 우리는 지금 그런 오아시스를 만드는 중이다. 우리만의 유토피아 '카테피아'를. 그렇기에 우현, 승기 그리고 내 역할은 중요하다. 병든 대한민국에서 살아가는, 누군가의 손길이 간절한, 선량한 이들에게 한 줄기 빛이 될 거라 확신해서다. 닫힌 마음의 문을 열어 그들의 미소를 볼 수 있다면 그것으로 우리 역할은 충분하다.

누구라도 걸려라.

---

15) 김해솔, 『대한민국은 '사기'공화국…사기범죄 해마다 3만 건 이상 급증』, 파이낸셜뉴스, 2021. 11. 29., https://www.fnnews.com/news/202111291722483195

너희에게 숨 쉴 공간을
제공하리라.

8. 고속 열차를 타고 부산으로 향한다. 오랜만이다. 서울을 벗어나 또 다른 대도시를 향하는 게. 부산의 기억은 내게 강렬하다. 벌써 25년 전 일이다. 벌써 그렇게 흘렀단 말인가? 넓은 창문으로 들어온 불청객 햇빛은 눈살을 찌푸리게 한다.

"효상아, 머리 땜빵 보인다.
흑채 좀 뿌리고 오지 그랬어? 중요한 날인데."

임 대표가 핀잔[16] 아닌 핀잔으로 내 아킬레스건을 건든다. 우현아, 흑채는 진작에 뿌렸다. 강렬한 햇빛 때문이다. 밖에 나가면 티도 안 난다. 그래도 흑채를 더 뿌리고 왔어야 했나? 신경 쓰인다. 원형탈모로 고생한 게 벌써 3년 차다. 500원 동전 크기만 한 머리 땜빵은 시가지 전투에서 폭격 맞은 도시처럼 어느 순간부터 듬성듬성 보이기 시작한다. 원형탈모의 원인은 심한 스트레스 또는 면역력 저하라고 한다. 승기처럼 스트레스를 달고 다니는 성격은 아니다. 그런데도 원형탈모라니! 탈모로 인해 반들반들해진 머리 표면을 나도 모르게 자꾸 손가락으로 문지른다. 이상하지만, 말도 안 되는 소리이지만, 문지르다 보면 마음은 편안해진다. 원형탈모로 인한 신체의 변화가 오히려 마음을 진정시키는 역할을 하다니. 특히, 글을 쓰다가 다음 문장이 떠오르지 않아 생각에 잠기면, 어김없이 손가락은 그곳을 문지른다. 처

16) 핀잔: 맞대 놓고 언짢게 꾸짖는 일.

음에는 인지하지도 못했다. 우연히 거울에 비친 모습을 발견한 후, 알게 되었다. 자꾸 문질러서 그런가? 50원 동전 크기만 한 원형탈모는 이제 500원 크기를 넘어선 지 오래다. 그래도 그 촉감이 주는 안정감을 끊기 어렵다.

스트레스로 얻은 원형탈모가
스트레스를 풀어주는 도구라니.

자꾸 그곳을 문지른다.

문지를수록 커지는 원형탈모의 크기만큼
스트레스 또한 쌓인다.

스트레스를 쌓일수록 미끌미끌한 그곳을
만지는 횟수는 점점 늘어난다.

악순환의 무한 루프다.

그런데도
안정감과 바꾼 인생의 훈장이라고 생각한다.
어쩔 수 없다고 단정한다.

도대체
말이야? 방귀야?

블랙 코미디의 주연임에도
정극 드라마의 주연이라 생각한다.

바름은 처음부터 존재하지 않는
세계에서 스스로 바르다고 우기는 지구인이라서 그런가?

9. 오늘은 중요한 날이다. 채널의 구독자 중 100명을 초대해 사업 설명회를 하는 날이어서다. 사업 설명회가 끝나면, 이들은 우리의 충실한 나팔수 역할로 우리 사업을 알리리라 짐작한다. 그렇기에 오늘 이들에게 전달할 내용은 중요하다.

다른 이에게는 어둡지만,
우리에게는 빛이어야 하고

다른 이에게는 차가움이
우리에게는 더워야 하고

다른 이에게는 거칠지만,
우리에게는 부드러워야 하고

다른 이에게는 흐리지만,
우리에게는 선명해야 하고

다른 이에게는 멀지만,

우리에게는 가까워야 하고

다른 이에게는 길지만,
우리에게는 짧아야 하고

다른 이에게는 어렵지만,
우리에게는 쉬워야 하고

다른 이에게는 거짓이지만
우리에게는 진실이어야 하고

다른 이에게는 복잡하지만,
우리에게는 간단해야 하고

다른 이에게는 불가능하지만,
우리에게는 가능해야 하고

다른 이에게는 혼란스럽지만,
우리에게는 분명해야 하고

다른 이에게는 더럽지만,
우리에게는 깨끗해야 하고

다른 이에게는 해롭지만,

우리에게는 유익해지는

그래서,
다른 이는 빈곤해지며
우리만 부유해지는.

그런 기운차고, 생생하며, 활발하고, 강하며, 완전하면서 살아 있는 내용으로 이들의 마음을 휩쓸어야 한다. 그나저나 이 역할을 누가 하지? 임 대표는 아직 말하지 않는다. 잠정적으로 승기가 하리라 생각한다. 승기 말고는 이러한 언변 능력을 지닌 자가 우리 중에 없다. 그렇다고 누구를 초빙할 수도 없는 노릇이다. 어차피 누구를 초빙한들 우리의 사업을 이해시키기도 어렵다. 그런 것을 아는지 승기도 열차 안에서 열심히 무언가를 본다.

"오늘, 중요한 손님을 특별하게 모셨어. 사업 설명회의 정점을 찍으려면 무언가 특별한 이벤트가 필요할 것 같아서. 효상이와 승기 모두가 좋아할 만한 사람을 모셨으니 기대해. 그리고 승기는 이분 발표가 끝나면 간단하게 정리 부탁해. 좀 열정적으로 발표해 줘. 그래야 사업 설명회를 들은 그들이 우리를 열렬하게 홍보할 테니까."

승기는 조용히 고개를 끄덕인다. 승기는 메인이 아니었다. 오히려 잘된 건가? 그래, 말은 안 해도 승기 역시 부담이 내심[17] 크지 않았을까? 그나저나 누구를 불렀다는 거지? 궁금하기는 하네.

---

17) 내심(內心): 속마음.

"우리 열차는 잠시 후, 마지막 역인 부산역에 도착합니다. 미리 준비하시기 바랍니다. 오늘도 빠르고 편안한 KTX를 이용해 주신 고객 여러분, 고맙습니다. 안녕히 가십시오.

We will soon arrive at Busan station, the final destination of this train. Please make sure you have all your belongings with you when leaving the train. Thank you for traveling with fast and convenient KTX."[18]

10. 부산에 도착해 약속 장소로 이동 중이다. 사업 설명회의 장소는 해운대역 해리단길에 위치한 카페이다. 호텔의 비즈니스룸을 빌려서 진행할까도 고민했다. 현재 사무실은 워낙 작아서다. 또한, 투자자를 모으려면 클래식하게 진행하는 게 정석이다. 투자설명회의 성공 여부는 모름지기 장소의 분위기가 중요하다. 장소의 분위기에 따라서, 같은 메시지도 파급력이 다르다. 채널의 구독자 성향을 파악하면 자연스레 콘텐츠도 그들의 입맛에 맞게 달라진다. 초기에는 인문학과 관련한 내용으로 구독자를 모집했지만, 모집률은 그리 높지는 않았다. 그래서 공격적이고 자극적인 콘텐츠를 만들기 시작했다. 물론, 이 역시 구독자들의 댓글을 바탕으로 진행한 결과다. 현재는 돈과 관련한 재테크 내용이 주류다. 무엇보다 우리 채널의 특징은 인문학 내용을 접목해 돈을 빠르게 벌었던 인물을 위주로 이야기를 구성한다. 이 역시 구독자들의 성향을 분석해 나온 방법이다. 그때부터다. 구독자는 기하급수적으로 늘었다. 많은 이가 댓글을 달기 시작했다. 저번에도 말했지만, 대부분 내용의 작성은 인공지능 챗봇의 역할이다.

---

18) 한국철도공사.

사람들은
'적당한 전문가'를 무척이나 신뢰한다.

11. 구독자는 모른다. 하긴, 누가 상상이나 할까? 이들이 신뢰하는 자가 사람이 아니라 인공지능이라는 사실을? 그렇다고 이들을 속인다고 생각하지는 않는다. 질문의 깊이에 따라서 챗봇의 대답도 달라져서다. 질문의 질은 순전히 우리 세 명의 몫이다. 주로, 승기의 역할이다. 승기는 나름 챗봇과 토론하는 게 즐거운 모양이다. 그동안 이처럼 전투적인 토론을 인간과 나누기는 어려워서다. 하긴, 누가 승기의 매운 두리안 맛을 끝까지 견딜 수 있겠는가? 미움과 혐오로 얼룩진 상대방의 몸짓이 승기를 향한다면 그때가 비로소 대화의 종료다. 승기는 인공지능 챗봇과 나름대로 심도 있는 토론을 토대로 내용을 작성한 후 작업자에게 대본을 보낸다. 그렇기에 구독자의 증가는 '적당한 전문가'와 승기의 공동 작품이다. 그리고 구독자를 속여서 무엇을 얻으려는 욕심은 애초에 없다. '카테피아'는 이들을 위해 존재하는 대한민국의 마지막 안식처이어서다. 사업 설명회의 장소도 구독자의 의견으로 정해졌다. 선별된 구독자 100명을 우리는 '카쿠르터'라 부른다.

카쿠르터는
'카테피아'와 '리쿠르터'의 합성어다.

12. 이들은 '카테피아'를 조성하는 결정적인 역할을 하게 될 거다. 단톡방을 만들어 이들에게 앞으로 펼쳐질 상상만으로도 마음이 몽글해지는 '카테피아'의 청사진을 공유했다. 물론, 반신반의하는 이들의

공격적인 질문은 나와 임 대표 그리고 승기를 가끔 난처하게 한다. 하지만, 최선을 다해서 우리의 진심을 이들에게 전하려 노력한다. 우리의 비전을 전달하지 못한다면, '카테피아'는 한낱 꿈에 불과해서다. 우현이와 승기도 선별된 100명의 카쿠르터가 얼마나 중요한 역할인지 안다. 그렇기에 임 대표와 승기는 달콤한 당근을 이들에게 뿌린다. 예를 들어서, 임 대표는 주로 미래의 물질적인 보상을 모두에게 약속한다. 모두에게 물질적 보상의 약속은 의심스러운 상황을 연출한다. 감성과 감정을 자극해 열정만 보이는 주황빛으로 물든 임 대표의 의심스러운 청사진을 믿는 이는 없다.

그렇기에 주황빛의 미래가 실현 가능한 계획이라고 이들에게 이성적이며 타당하며 논리적인 설명을 해야 한다. 그렇기에 성실함과 인내력을 바탕으로, '카테피아'를 완성할 수 있다는 지속적인 의지를 보이는, 상대에게 믿음을 주는 갈색빛의 성숙한 이정표가 필요했다.

이는 승기의 역할이다.

13. 승기는 임 대표와 상의 후, 사업이 본격적으로 궤도에 올라 수익을 창출하기 전까지 100명의 카쿠르터에게 활동비를 지급하기로 단톡방에 공지했다. 활동비라고 해서 이들에게 무엇을 요구하지는 않는다. 사실은 이들에게 주는 작은 용돈을 좀 더 거창한 용어로 부를 뿐이다. 3개월 동안 매달 100만 원씩 지급하기로 했다. 물론, 이를 진행하려면 임 대표가 임 대표의 아버님, 정호 님에게 승인을 받아야 한다. 바로 집행하기에는 상당히 큰돈이다. 아무런 대가 없이 3개월 동

안 지급하려면 3억 원은 필요해서다. 더군다나, 이들 중, 몇 명이나 카쿠르터의 역할을 제대로 할지도 미지수다. 하지만, 이들은 우리의 사업을 널리 알리는 잠재적 투자자이다. 그렇기에 카쿠르터는 '카테피아'의 건설을 위한 첫 단계, 티핑 포인트[19]로 안내하는 전략적 자산이다. 정호 님의 승인을 받은 후, 이들에게 100만 원씩 지급한다. 블루고스트의 공격적인 투자로 이 프로젝트가 얼마나 중요한지 다시금 깨닫는다. 임 대표와 승기는 프로젝트에 사활[20]을 걸었다. 나 역시도 그렇다. 여하튼, 처음에는 호텔의 비즈니스룸을 빌려 블루 고스트의 자금력을 과시하려 했지만, 카쿠르터의 요청으로 해리단길에 위치한 카페를 빌려 사업 설명회를 진행하기로 했다. 카쿠르터가 모인 단톡방은 이미 축제 분위기다. 부산까지 오는 교통 비용과 식대를 우리가 지원하기로 약속해서다. 어느 순간부터 단톡방에서 이들만의 구호가 울린다. 아직은 프로젝트에 관련한 어떠한 업무도 지시하지 않는다. 그런데도 스스로 구호를 만들었다. 이건 좀 놀랍기는 하다. 이들이 외치는 구호가 진심인지는 모르겠다. 오늘도 단톡방에 울리는 카쿠르터의 외침은 진지하다.

"카테피아가 실패하면 내가 잃게 될 것은 삶 그 자체이며,
카테피아가 성공하면 얻게 될 것은 모든 것이다."

---

19) "티핑 포인트(tipping point)"란 어떤 행동이나 결정의 기점 또는 절반 지점을 말한다. 즉, 어떤 일이나 상황에서 중요한 전환점이나 결정적인 지점을 가리키는 용어이다. 예를 들어, 회사에서 새로운 제품을 출시할 때, 티핑 포인트는 시장에서 이 제품이 성공할 수 있는 여부를 결정하는 지점일 수 있다. 이 지점을 넘어서면 제품은 성공할 가능성이 크고, 그렇지 않으면 실패할 가능성이 커진다. [출처: ChatGPT]

20) 죽기와 살기라는 뜻으로, 어떤 중대한 문제를 생사(生死)에 비유하여 이르는 말.

14. 시간을 본다. 2시간 정도 남았다. 카쿠르터와 처음 만나는 자리다. 곧 카페 안은 이들로 그득하겠지? 긴장된다. 임 대표와 승기는 무엇을 하는지는 모르겠지만 꽤 분주하다. 그나저나 임 대표가 초대한 자가 누구인지 궁금하다. 혹시? 정호 님이? 한국에? 그렇다면 나 또한 너무나 기대된다. 우현이의 아버님이라는 사실을 떠나, 살면서 이처럼 세상의 흐름을 이해한 어른을 만난 적은 없어서다. 또한, 임 대표가 아들이기에 다른 프로젝트보다 신경을 쓰는 것처럼 보인다. 하지만 오지 않을 거다. 기대는 기대일 뿐이다. 임 대표가 관련한 어떠한 이야기도 하지 않아서다. 정호 님은 우리 프로젝트 말고도 다양한 프로젝트를 관리한다. 그래, 임 대표에게 묻는 게 제일 빠르다.

"임 대표, 사업 설명회에 초대한 사람이 누구야?
혹시 정호 님이야? 정호 님이 한국에 오신 거야?"

"그건 비밀이다. 효상아. 그나저나 카쿠르터는 어때?
단톡방 상황은?"

"임 대표, 그러니까 단톡방에 참여하라니까.
나와 승기만 참여하니까 상황을 알 수가 없잖아."

15. 임 대표는 카쿠르터가 모인 단톡방에 참여하지 않는다. 대표가 있으면 방 안에서 서로 의견을 나누는 게 불편하다고 느껴서다. 그래, 그건 틀린 말은 아니다. 승기와 같이 근무하던 시절이 떠오른다. 기억나는가? 승기와 술자리 했던, 본인 삶을 '이생망'이라 한탄하다가 승

기에게 잔소리를 들은 과장님. 그 과장님은 승진해 팀장이 되었다. 그리고 팀원과의 긴밀하고 유기적인 대화를 끌어내고 싶다는 명목으로 팀원과 함께하는 단톡방을 만들었다. 나와 승기는 그를 '이생망 팀장'이라고 부른다. 이생망 팀장이 만든 업무용 단톡방은 일반적으로 조용하다. 그리고 그게 무엇에 관련한 내용이든지, 단톡방을 울리게 하는 주범은 팀원이 아닌 이생망 팀장이다. 업무에 관련한 내용은 대부분 개인적으로 메시지를 보낸다. 단톡방에서 업무를 주고받지는 않는다. 그렇기에 이생망 팀장이 단톡방에 무언가 공지한다면, 대략 다음과 같은 이유다.

1. 정치에 관련한 내용.
2. 시답잖은 유머.
3. 공개적으로 누군가를 처형하거나 칭찬할 때.

에피소드 하나를 말하자면, 정말 정치에 관련한 기사를 하루도 안 쉬고 이생망 팀장은 공유한다. 개인적으로 너무나 폭력적인 처사라 느낀다. 세상의 정의가 바로 서려면, 이러한 대화가 필요하다고 그의 행동을 정당화한다. 정치에 관심이 없는 나로서는, 이생망 팀장의 정치적 성향으로 얼룩진, 이 단톡방에 있는 게 괴롭다. 문제는 말이다. 점심시간마다, 공유한 기사를 읽었는지를 점검한다는 사실이다. 솔직하게 말한다. 정치에 관심이 없다고. 정말 엄청난 실수다. 그러지 말았어야 했다. 이생망 팀장은 목에 핏대를 세우며 소리친다.

"정치에 관심이 없다면

대한민국을 사랑하지 않는 자야.

자네는 대한민국을 사랑하지 않는 거야?"

16. 아, 제발 네 일이나 열심히 하라고 소리치고 싶다. 이게 무슨 강아지가 소리치는 삼단논법이냐? 무덤 속에 있는 아리스토텔레스가 깨어나 비웃는다. 아직 이생망 팀장의 핏대는 사라지지 않는다. 나를 노려본다. 무언가 할 말이 남은 듯하다.

"자네는 앞으로 매일 공유하는 기사를 읽고, 단톡방에 의견을 말해줘. 다른 사람이 아닌 바로 자네가 대한민국을 이끌어갈 미래라고. 정치를 외면하면, 미래는 있을 수 없어. 지금은 내가 꼰대처럼 느껴지겠지만, 다 자네를 위해 하는 소리야."

아, 이런! 우라질! 휴……. 어쩔 수 없이 난 승기를 바라본다. 도대체 이 상황을 해결할 적절한 답변을 찾기가 어려워서다. 승기는 과거 술자리에서 팀장과 허물없이 의견을 공유한 사이다. 승기도 나의 구조 신호를 눈치챈다.

"팀장님, 요즘 당뇨 관리는 제대로 하세요? 담배와 술을 끊는다고 하더니만, 벌써 몇 개월째인가요? 도대체 하루에 몇 개비나 태우세요? 제가 아침부터 지금까지 본 것만 6번은 족히 되는 것 같아요. 이제 겨우 점심시간이라고요. 그리고 며칠 전에도 다른 팀장님과 술을 드신 것 같던데……. 언행일치해야지요? 당뇨병을 너무 우습게 생각하는 게 아닌가요? 정말로 합병증으로 죽을 수 있어요. 우리는 팀장님만 바라보고 있다고요. 팀장님 건강에 문제가 생기면, 우리 부서는 어찌합니까?"

나이스, 그레잇, 땡큐, 김승기! 이생망 팀장의 서슬 퍼런 핏대가 사라진다. 목소리도 차분해진다. 역시 팀장님 잡는 김승기다.

"승기야, 세상은 나를 치료에 집중하게 하지 못하게 해. 이처럼 세상이 어수선한데, 어떻게 담배를 끊고, 술을 멀리할 수 있을까? 그리고 약은 꾸준히 먹고 있으니까 괜찮아. 그래도 나를 걱정하는 사람은 승기밖에 없어."

17. 이생망 팀장은 에둘러 말하지만, 이 대화를 끝내고 싶어 한다. 하지만, 승기가 이 대화를 끝내 줄 리가 없다.

"팀장님, 도대체 누가 팀장님을 괴롭혀요? 아무도 괴롭히지 않아요. 그리고 정말 누가 우리를 괴롭히는지 모르세요? 아니면 모른 척하고 있나요? 아무도 팀장님한테 세상의 무게를 짊어지라고 강요하지 않아요. 정말로 정치 문제로 마음이 힘드세요? 지지하는 정권이 세력을 잡지 못해서 그래서 매일 같이 그 응어리를 단톡방에서 해소하려고 하나요? 팀장님, 저랑 효상이는 팀장님 라인이잖아요. 이번에 팀장으로 승진한 것도, 스스로 쟁취한 것도 아니잖아요. 전 팀장이 다른 곳으로 이직해 어부지리[21]로 얻었다고, 다른 부서 사람이 얼마나 비웃는지 아세요? 나와 효상이가 업무 협조를 위해 다른 부서에 부탁하면, 그들이 얼마나 비협조적으로 나오는지 모르지 않잖아요. 그게 다 우리 팀, 아니 팀장님을 무시

---

21) 어부지리(漁夫之利): 쌍방이 다투는 사이에 제삼자가 애쓰지 않고 가로챈 이득.

하는 처사라고요. 문제가 이리도 많은데, 그깟, 정치가 뭐라고, 그것 때문에 담배와 술을 끊을 수 없다는 말하는 팀장님, 전 이런 팀장님의 모습은 모순이라고 생각합니다."

18. 승기야, 술자리도 아니고, 점심시간인데 너무 맵다. 이처럼 몰아붙이라고 구조 신호를 보낸 게 아닌데, 괜히 이생망 팀장에게 미안한 감정을 느낀다. 이생망 팀장의 목에 핏대가 다시 올라온다.

"승기야, 정치를 모르니 그렇게 말하는 거야. 아직 어려서. 정치가 바로 서지 않으면, 무엇을 해도 행복하지 않아. 그렇다고 말이야, 우리가 정치하는 사람이 아니라고, 그렇다고, 아무것도 안 하고 무너지는 대한민국을 손 놓고 볼 수는 없잖아. 난 최소한 할 수 있는 일을 하는 거라고. 대한민국이 무너지는 꼴을 볼 수는 없으니까. 그리고 다른 부서 사람들이 나를 어떻게 보는지는 중요치 않아. 모든 게 계획대로 되고 있거든. 팀장만 알고 있는 정보라는 게 있어. 그런 게 있다고."

결국, 이생망 팀장은 넘지 말아야 할 선을 넘는다. 대관절 인신공격이라니. 어려서 정치를 모른다고 말하다니. 우현이와 셋이 있을 때, 매일 같이 정치 이야기를 하는 게 김승기인데. 아, 이제 나도 모르겠다. 정말 이 자리를 뜨고 싶구나.

19. 침묵은 우리를 감싼다. 승기는 숨을 고른다. 무슨 말을 하려고 숨까지 고르냐. 미안합니다. 이생망 팀장님.

"팀장님, 도대체 대한민국은 몇 시 몇 분에 무너지는데요? 정말 무너지는 게 맞나요? 팀장님과 우리만 무너지는 게 아니고요? 팀장님, 지금 우리 부서가 무너지고 있다고요. 팀장님, 효상이, 그리고 제가 무너지고 있다고요. 도대체 오후 9시 이전에 퇴근한 기억은 언제세요? 주 52시간이라고 법으로 정하면 뭐 합니까? 우리는 도대체 주에 몇 시간을 근무 중인인지는 알고 있나요? 워라밸은 기대도 안 해요, 하지만 언제까지 우리 셋이 이처럼 버틸 수 있으리라 생각하세요? 이것도 팀장님이 염두에 둔 원대한 계획의 부분인가요?

그리고 과도한 업무로 새로운 사람을 충원해야 한다고 대표님께 강력하게 어필한다면서요. 그런데요, 우리는 매일 밤을 지새우고 있어요. 그리고 과도한 업무를 실수 없이 해내고 있다고요. 실수 없이 해내는 게 정말로 문제라고요, 이러니 위에서 미쳤다고 새로운 인원을 보충하려 하겠냐고요. 이것도 마음속에 꼭꼭 숨겨 놓아 누구도 알 수 없는 팀장님의 치밀한 전략입니까?

그래요, 팀장님 말씀처럼, 정치가 바로 서지 않으면, 무엇을 해도 행복하지 않을 수 있어요. 그렇다면, 팀장님이 정치로 바로 세워야 할 곳은 어디인가요? 우리 부서잖아요. 그리고 팀장님의 가정입니다. 사모님과 자녀분의 걱정은 안 하세요? 팀장님 저번에 검사한 당화혈색소 수치가 여전히 13이라면서요. 몇 번이나 말을 해야 이해합니까? 저희 아버지도 당뇨로 고생하다가 합병증으로 돌아가셨다고요. 당화혈색소 수치가 13이면, 정말로 언제든지 합병증으로 객사[22]해도 이상하지 않습니다.

---

22) 객사(客死): 객지에서 죽음.

사모님과 자녀분은 이 사실을 정확하게 인지하고 있나요? 아마도 모를 확률이 높아요. 팀장님이 처음이라면서요. 당뇨병에 걸린. 이처럼 가족력이 없으면, 주위 사람은 알 수 없어요. 당뇨병이 얼마나 무서운지를. 더군다나, 하루가 멀다고 술을 먹는 팀장님을 보면서, 걱정이나 하겠습니까? 당뇨병을 가볍게 생각할 게 분명하다고요. 이러한 모습으로 사모님과 자녀분을 안심? 정말 적당한 단어가 떠오르지 않네요. 이러한 상황이 정말로 바르다고 생각하세요?

팀장님, 자기가 관리하고 사랑하는 공간은 바르게 세우지도 못하면서, 다른 사람을, 아니 대한민국을 걱정하고 있다니요, 대한민국이 먼저 무너지겠습니까? 팀장님이 먼저 무너지겠습니까? 이게 말입니까? 방귀입니까?"

20. 승기가 던진 모든 말은 이생망 팀장의 몸에 꽂힌다. 형체가 없는, 설명할 수 없지만, 승기의 모든 말은 살아 있는 총알처럼 느껴진다. 영화, 〈매트릭스〉의 주인공인 네오였으면 한다. 7.62㎜ 기관총 구경에서 쏘아 대는, 무차별적인 51㎜ 총알 세례를 허리를 굽혀 이리저리 움직이며 피했을지도 몰라서다. 하지만 이생망 팀장은 네오가 아니다. 총구로부터 나오는 가스 압력에 밀려난 첫 발은 공기 저항을 뚫어 직진으로 이생망 팀장의 가슴에 꽂힌다. 하지만 정확하게 심장을 노린 게 아닌 듯하다. 사망에 바로 이르는 치명상은 아니었다. 차라리 그랬으면 좋았을 텐데, 그랬나면 첫 발 후로 쏟아지는, 무차별적인 총알 폭격의 아픔을 느끼지 못했을지도 모른다. 비틀거리는 이생망 팀장을 조롱하듯, 빠른 속도로 날아가는 수십 발의 총알은 속도를 다르

게 공기의 저항을 뚫어 직진으로 이생망 팀장에게 박힌다. 아프겠다. 아주 많이. 2대 0. 김승기의 방어전은 승리로 끝난다.

총알이 몸의 표면에 닿는다.
몸을 관통해 근육, 뼈, 내장에 도달한다.
총알이 닿은 모든 부위가 파괴된다.
파괴된 모든 부위에서 붉은 선혈이 솟구친다.

아프겠다.
보는 내가 다 찌릿하다.

아프니?
그러게 항상 말하잖니.
총은 너만 사용하는
전유물[23]은 아니라고.

21. 이생망 팀장은 아무 말이 없다. 어느 때보다 숟가락은 빠르게 움직인다. 밥만 먹는다. 반찬은 손도 대지 않는다. 자리를 빨리 뜨고 싶다는 무언의 행동이다. 갑자기 적막하다. 이생망 팀장은 승기와 말하기를 거부한다. 아니, 그것보다 두려워한다. 무서운 정적 공간은 긴장감과 불안감을 조성한다. 그렇다고 무슨 일이 더는 벌어지지 않는다. 긴장감과 불안감으로 가득한 이 공간에서 편안함을 느낀다. 누구도 선불리 공격할 마음이 없어서다. 그렇게 평화는 이루어진다. 그

23) 전유물(專有物): 혼자 독차지한 물건. 독점물.

렇게 점심 식사는 끝났다. 그리고 그렇게 이생망 팀장의 단톡방도 끝났다.

○○ 님이 나가셨습니다.

채팅방으로 초대하기

22. 카쿠르터로 카페는 훈훈하다. 채팅으로 서로 대화만 하다가, 다들 처음으로 만나는 자리다. 물론, 몇 명의 카쿠르터는 우리와 안면을 튼 사이다. 무언가 의심스럽다며, 사무실로 찾아와 눈으로 직접 실체를 확인하고 싶다며, 개인적으로 연락해서다. 이들의 방문은 나머지 카쿠르터의 사기와 신뢰도를 오히려 높였다. 그들이 우리를 마주한 곳은, 비좁은 사무실이 아니었다. 이태원에 있는 럭셔리 호텔의 스위트룸에서 그들을 맞이했다. 이는 우현이의 생각이다. 앞으로 진행할 프로젝트와 단톡방에 있는 카쿠르터에게 강렬한 이미지를 남기고 싶어서다. '후광 효과'[24]를 노린 전략이다. 그리고 우현이의 전략은 적중했다. 드라마에서나 볼법한 럭셔리한 인테리어 공간에서 우아한 클래식 음악을 곁들인 최고급 코스 요리까지 받은 그들이다. 예상치 못한 대우에 그들의 동공은 심하게 흔들린다. 감추려 해도 이들의 속마음은 그대로 드러난다.

'카테피아는 진짜다.'

---

24) 후광 효과(halo effect)는 어떤 사람의 특성에 대한 긍정적인 평가가 그 사람의 다른 특성에 대한 평가로까지 확장되는 것을 말한다. [출처: Bard]

23. 우리 셋도 이처럼 럭셔리한 공간은 처음이다. 급하게 이곳을 빌려서 카쿠르터를 맞이했다면, 처음 보는 광경에 우리 역시 흔들리는 동공을 감추기 어려웠을 거다. 일주일 전에 미리 방문해 사전 점검과 예행연습을 마친 상태다. 최고급 코스 요리를 먹어 본 경험은 우리 셋도 이번이 처음이다. 관련한 음식 정보와 예절을 외우느라 애먹었다. 그리고 회사에서 럭셔리한 공간과 음식에 어울리는 슈트도 여러 벌 제공했다. 이렇게까지 할 일인가 싶기도 하다. 블루 고스트의 자금력은 실로 대단하다. 도대체 이 많은 돈을 어디서 끌어올까? 블루 고스트에서 준비하는 사업의 규모를 도통 모르겠다. 하긴, 승기 말대로 월급만 받으면 된다. 무엇을 고민해도 내가 알 만한 영역은 아니다. 우현이기에 이 모든 게 가능한가? 그럴지도 모른다. 나와 승기에게 이러한 기회를 누가 제공하겠는가? 돈이 썩어나면 그럴지도. 그럴 확률은 없다. 그렇기에 임 대표가 부럽고 고맙다. 여하튼, 몇 명의 카쿠르터와 이른 만남으로 진행하는 프로젝트는 의심에서 확신으로 변한다. 이제는 카테피아가 이들의 전부일지도 모른다. 임 대표가 자리에서 일어난다. 그리고 단상으로 걸어간다. 시작이다. 드디어.

"안녕하십니까? 카테의 임우현 대표입니다. 우리가 드디어 만났습니다. 저와 카쿠르터가. 여러분은 기쁘십니까? 저는 여러분을 만날 생각에 잠을 이루지 못했습니다. 다크 서클이 허리까지 내려온 기분입니다. 설사 다크 서클이 허리까지 내려와 피곤함에 찌들더라도 저의 기쁨과 흥분을 쉬이 사라지게 하지는 못합니다. 저는 지금 흥분했고, 여러분을 만나서 너무나도 기쁩니다. 이 자리에 모인 카쿠르터를 보면서 저는 확신합니다. 우리가 만들어 갈 카테피아는 진짜라고. 그리고 카테피아를 통해서 우리의 인생 2막은 시작될 거라고. 카쿠르터인 여러분은 어떠십니까? 그렇게 확신을 하십니까? 아니면 여전히, 앞으로 진행할 프로젝트에 대해서 의심을 지니고 있습니까? 그렇습니까? 의심하십니까? 여러분에게 아무런 대가도 바라지 않고 무상으로 활동비를 지급했는데도, 여전히 카테에서 진행하는 천상의 카테피아를 의심하십니까? 그렇다면, 이곳에 온 이유가 무엇입니까? 실체를 확인해 이 프로젝트가 진짜라는 확신을 얻고 싶었습니까?

카쿠르터, 여러분! 우리는 종교집단이 아닙니다. 실체가 있는, 투자를 통해 수익을 창출하는 엄연한 사업체입니다. 종교는 눈에 보이지 않는 것을 맹목적으로 믿으라 강요합니다. 눈에 보이지도 않는데, 도대체 어떻게 믿을 수 있다는 말입니까? 그런데도 믿음이 부족하다고 말합니다. 믿음이 부족해 믿을 수 없다고 강요합니다. 믿음이 부족해 우리가 이처럼 가난하게 살고 있다고, 이처럼 힘들게 살고 있다고, 이 모든 게 우리의 믿음이 부족해서 일어난 일이라고 말합니다.

우리가 도대체 무엇을 그렇게 잘못했습니까? 우리는 그저 열심히 산 죄밖에 없습니다! 새벽 6시에 일어나 자정까지 죽어라 일한 죄밖에 없습니다. 그런데도 평생을 가난에서 벗어나지 못하게 만든 이 사회를 만든 신은 도대체 누구의 편입니까? 도대체! 왜! 신은 우리처럼 가난한 자가 아닌 부자를 위해 존재한단 말입니까? 신의 실체가 부자만을 위해 존재한다면, 우리가 그것을 거부해야 합니다. 우리가 스스로 천상의 유토피아를 만들어야 합니다. 그게 바로 카테피아입니다.

신은 말합니다. 기도하라고, 구하라고, 그러면 이루어진다고 말합니다. 정말로 기도만 하면, 우리가 원하는 것을 얻을 수 있다면, 그렇다면, 그러한 신이 정말로 존재한다면 카테피아를 처음부터 구상하지 않았습니다. 과거, 아버지의 사업 실패로 아버지와 어머니는 저를 두고, 야반도주했습니다. 그 후로 20년 동안 빚쟁이에게 시달렸습니다. 매일매일 찾아오는, 아버지를 찾아 대는 빚쟁이의 울부짖음에 하루도 편한 날이 없었습니다. 너무나 무서웠습니다. 너무나 힘들었습니다. 제발, 제발, 제발! 누군가 제게 다가와 온정의 손길을 베풀기를 간절하게 기도했습니다. 그렇게 매일같이 신께 기도했습니다. 하지만, 누구도 제게 손을 건네지 않았습니다. 아무도 없었습니다. 너무나 화가 났습니다. 그리고 너무나 외로웠습니다. 그리고 너무나 무서웠습니다. 언제까지 이러한 비참한 삶을 살아가야 하는지를.

저는 카쿠르터 여러분 앞에서 고백합니다. 마포대교에 올라간 적이 있습니다. 수만 번 기도했음에도, 나의 사정을 모른 척하는 신을 원망하며, 삶을 포기하려 한 적이 있습니다. 그렇게 기도하고, 그렇게 간절하게 원했는데도, 신이 제가 주신 답은 하나였습니다. 마포대교입니다. 그곳에서 삶을 포기하라고 벼랑 끝까지 밀어냈습니다. 그게 바로 보이지 않는 것을 믿으면 행복해진다고 거짓말을 일삼는 신의 정체입니다.

그때입니다. 전화벨이 울렸습니다. 나를 살리는 전화였습니다. 그리고 지금 그 전화 한 통이 여러분과 저를 만나는 계기를 만들었습니다. 앞으로 카쿠르터로 카테피아를 건설할지는 전적으로 여러분의 판단입니다. 앞서 말씀했지만, 우리는 종교집단이 아닙니다. 투자를 통해 수익을 창출하는 사업체입니다. 그렇기에 실체가 없는 허무맹랑한 소설 같은 이야기로 여러분을 오도[25]할 생각은 전혀 없습니다. 사업에 참여할지는 여러분의 몫입니다. 저는 여러분의 힘이 필요합니다. 그리고 여러분과 함께, 상상할 수 없는 새로운 세상을 만들고 싶습니다. 다 함께 성전을 만듭시다. 다 함께 태평성대[26]를 누립시다. 바로, 카테피아에서. 여러분은 유토피아인 카테피아 성전의 시작입니다.

저는 여러분에게 약속합니다.
눈에 보이는 것을 드리겠습니다.
원하는 것을 구하면 드리겠습니다.

지금부터 저를 살린 그 전화의 주인공을 여러분께 소개하려고 합니다. 그리고 그분을 통해 우리가 진행하려는 프로젝트의 가능성을 점치기를 바랍니다. 그럼 소개합니다. 블루 고스트 아시아 헤드 정호 님을."

24. 감정에 북받쳐 울먹이며 말하는 임 대표의 모두발언[27]이다. 정말 예상치 못했다. 임 대표에게 이러한 웅변력이 있었다니, 놀랍다. 그리고 임 대표의 이야기로 어안이 벙벙하다.[28] 그동안 빚쟁이에 시달리고 있었다고? 심지어 우현이가 자살할 생각을 했다고? 전혀 눈치채지 못했다. 그리고 상상조차 하기 싫다. 마포대교에 올라간 우현이를. 친구로서 너무나 미안해진다. 그렇게나 슬픈 녀석이 그렇게나 기

---

25) 오도(誤導): 그릇된 길로 인도함.
26) 태평성대(太平聖代): 어진 임금이 다스리는 태평한 세상이나 시대.
27) 회의나 연설 따위를 할 때 첫머리에 하는 말. [출처: 국립국어원]
28) 어안이 벙벙하다: 놀랍거나 기막힌 일을 당하여 어리둥절하다.

쁘게 웃을 수 있었을까? 가끔은 철이 없다고 생각했다. 가끔은 이기적이라고 생각했다. 가끔은 부끄럽다고 생각했다. 가끔은, 가끔은, 아주 가끔은, 그런 너를 모른 척하고 싶었다. 그리고 조금은 냉철한 승기를 닮았으면 했다. 정말로 부끄럽구나. 철이 없는 것도, 이기적인 것도, 부끄러운 것도, 모두 네가 아닌 나로구나. 하고 싶은 말 다 하는 승기보다, 다른 이에게 티 한번 내지 않고 버텨 준 우현이 네가 백 배, 아니 천 배는 위대하게 느껴진다. 그동안 얼마나 힘든 세상에 홀로 버려진 채 살아간 거니?

미안하다.
정말로 미안하다.
그리고 고맙다.
살아 줘서.

25. 짙푸른 슈트 차림과 포마드 스타일로 한껏 클래식한 멋을 뽐낸, 한 남자가 임 대표에게 다가간다. 정호 님인가? 아니다. 처음 보는 사람이다. 연령대는 우리와 비슷해 보인다. 훤칠한 키에 떡 벌어진 어깨를 자랑하는 그에게서 정호 님과 비슷한 향기가 난다. 매력적인 중저음의 목소리로 그는 인사한다.

"안녕하십니까, 처음 뵙겠습니다. 블루 고스트, 아시아 헤드 정호입니다. 임 대표가 운영하는 카테는 블루 고스트의 자회사입니다. 현재 블루 고스트는 한국을 포함해, 여러 나라에 지사를 두고 있습니다. 저희는 사모투자전문회사로서 선진국에서 일어난 굵직한 금융 사건을 분석 후, 앞으로 일어날 나라를 예측해 공격적으로 투자해 수익을 창출합니다. 세계화로 묶인 각 나라는 눈에 보이지 않는 일정한 법칙으로 경제발전을 이루고 있습니다. 일정한 법칙은 단 한 번도 어긋난 적은 없습니다. 각 나라가 지닌 경제발전 의지에 따른 속도의 차이만 있을 뿐입니다. 그렇기에 자연스레 후진국, 개발도상국, 그리고 중진국에서 일어날 금융사건을 예측합니다. 우리는 앞으로 일어날 사건을 '에러'라 칭합니다. 물론, 관련한 이야기는 임 대표에게서 들었을 거로 생각합니다."

스스로 정호 님이라 칭하는 자는 정호 님에게 교육을 잘 받은 듯하다. 하지만, 어딘가 조금은 어색하다. 무언가 수상하기도 하다. 하지만, 카쿠르터의 눈빛은 그의 언변 능력에 빠져 열정의 레이저를 쏘아댄다.

"오늘은, 임 대표에게 그동안 들었던 이야기는 잠시 제쳐 두고, 카테피아 성전의 건설이 여러분에게 앞으로 어떠한 의미인지를 말하려고 합니다. 개인적으로 여러분은 행운아라고 생각합니다. 앞으로 그 어떤 사람도 여러분께 이러한 이야기를 감히 전할 자가 없다고 확신합니다. 그리고 오늘 들은 이야기를 널리 공유하세요. 그래야 완벽한 성전에서 완전한 행복을 누릴 수 있습니다. 임 대표에게 들었습니다. 여러분끼리 단톡방에서 외치는 구호가 있다지요? 본론으로 들어가기 전에 구호를 다 같이 외쳐봅시다.

하나, 둘, 셋!

카테피아가 실패하면 내가 잃게 될 것은 삶 그 자체이며,
카테피아가 성공하면 얻게 될 것은 모든 것이다!”

26. 정호 님이라 칭하는 이 자는 사람을 흥분하게 하는 방법을 잘 안다. 카쿠르터는 수박의 색이 겉은 빨갛고 안은 파랗다고 이야기해도 믿을 판이다. 이곳은 너무나 뜨겁다. 뜨거운 열기가 잘못된 방향으로 치우치면 많은 사람이 다칠지도 모른다. 무섭다. 그리고 두렵다. 일이 틀어져 이들의 희망을 짓밟을까 봐. 그렇기에 나와 승기 그리고 임 대표의 역할은 중요하다. 대한민국에서 획기적인 업적을 남기는, 높은 순도의 긍정적인 열정으로 무장된 집단으로 만들기 위해서. 정신 바짝 차리자.

“여러분, 힘드시죠? 하루하루 일어나는 게 고통스럽지요? 열심히 살아도 삶의 나아짐이 없으시죠? 왜 그럴까요? 도대체 무엇이 문제이길래 우리의 삶만 이토록 처참하게 밑바닥을 벗어나지 못할까요? 우리의 잘못인가요? 정말로 그런가요? 아닙니다. 그렇지 않아요. 그렇다면, 무엇이 문제일까요?

이러한 질문을 던지며, 선량한 우리를 꾀어내 그들의 배를 불리는 사기꾼은 세상에 널려 있습니다. 그러한 사기꾼 중, 가장 악질적인 부류가 있습니다. 누구일까요? 누구보다 구린내가 진동하지만, 우리를 미혹[29] 해 그들의 배를 불리며, 선량한 가면으로 그들의 추악함을 가리는, 그리고 그들의 똑똑함으로 마치 모든 게 우리의 잘못인 것처럼, 그러한 악질

29) 미혹(迷惑): 무엇에 홀려 정신을 차리지 못함. 정신이 헷갈려서 갈팡질팡 헤맴.

적인 자가 누구일까요?

부자요? 아닙니다.
대기업이요? 아닙니다.
미국이요? 아닙니다.
중국이요? 아닙니다.
일본이요? 아닙니다.

잘 생각해 보세요. 우리는 왜 이들을 혐오하게 되었을까요? 이들의 극악무도한 행동 때문에요? 맞아요, 맞습니다. 하지만 말이에요, 그러한 극악무도한 행동을 활용하는 자가 누구일까요? 그들은 표면적으로 항상 선을 추구합니다. 그리고 그 선이라는 가면 안에서 우리를 비웃으며 원하는 바를 오늘도 편하게 얻고 있습니다. 도대체 어떠한 집단이 이를 활용해 이익을 얻으려 할까요? 도대체 누구일까요?

그래요,
그들은 집단에서 정치하는 사람입니다.

하지만, 제 이야기를 오해하지 않았으면 합니다. 단순하게 정치인만 여기에 속하는 게 아닙니다. 수많은 이가 집단에서 정치를 통해 그들의 배를 불리고 있습니다. 우리 역시 그중 하나일 수도 있고요. 그러니 우리는 배워야 합니다. 그들의 배를 어떻게 불리는지를. 이를 모르면, 우리는 늘 당할 수밖에 없습니다. 우리는 늘 가난하게 살아야 합니다. 우리는 늘 자책해야 합니다.

더는 그들에게 속지 않아야 합니다.

오늘은 각 집단에서 정치하는 수많은 사람 중, 국민을 상대로 정치하는 부류에 관해서 이야기할까 합니다. 정치하는 자들은 정치가 바로 서야 나라가 평안하다고, 경제가 바로 선다고 항상 강조합니다. 정치에 관심이 없는 자들은 대한민국을 사랑하지 않는 자라고 말합니다. 그래서 그런지는 몰라도, 한국인처럼 정치에 관심이 많은 세계인도 없습니다. 우리는 정말로 정치에 관심이 많습니다. 셋이 모이면 정치 이야기로 시작해 정치 이야기로 끝이 납니다. 그런데요, 그렇게나 정치에 관심이 많은데도, 왜 대한민국의 경제는, 그리고 우리의 삶은 여전히 퍽퍽할까요?

누군가는 이렇게 말합니다.
'투표를 잘못해, 엉뚱한 사람을 뽑았으니, 나라가 이 모양 이 꼴이지. 누구를 탓해? 투표 잘못한 너희를 탓해야지. 안 그래?'

저는 이러한 무책임하고 무식한 이야기를 들을 때마다 피가 거꾸로 솟습니다. 입에 단내가 나도록 정치에 관심을 가지라고 독려한 후에, 나라가 엉망인 이유는 투표한 국민의 잘못이라니, 이게 말입니까? 방귀입니까? 그런데요, 착하디착한 우리는 그 말을 또 그대로 믿습니다. 이게 바로 정치입니다. 이게 바로 정치질입니다.

모두가 행복한 삶을 누릴 수 있도록 합심해 앞으로 나가는 게 정치의 본질입니다. 하지만, 대한민국 정치의 현주소는 다음과 같아요. 세력을 항상 갈라치기로 나눕니다. 그래야 비난받을 대상을 선정해 좌표를 찍어 공격할 수 있어서입니다. 공격할 대상이 없다면, 그러한 평화로운 세상이 정말로 도래하면, 그것을 제일 두려워하는 게 누구일까요? 그래요, 정치질로 밥을 먹고사는 자입니다. 정말로 화가 나지요? 그들이 너무나 밉지요? 나는 정의로운 사람인데, 다른 이가 정의롭지 못해 이런 일이 발생하는 것 같지요?

아닙니다. 지금 우리가 생각하는 그것!
'나는 정의로운데, 다른 사람이 문제다.'라는 그 마음!
그것을 가장 잘 활용하는 부류가 정치하는 사람입니다.

우리는 모두 정의롭지 않습니다.
우리는 모두 악합니다.
우리는 모두 이기적입니다.

정치하는 자들은 이를 알고 있습니다. 그렇기에 그들의 세를 확장하려 이를 유감없이 오늘도 활용 중입니다. 여러분 또한 이를 인정해야 합니다. 그래야 지긋지긋한 오늘을 벗어나 찬란한 미래를 꿈꿀 수 있습니다. 행복한 삶을 꿈꾸고 싶지 않은 자는 없습니다. 그렇다면, 오늘부터 그들로부터 세뇌당한 모든 것을 거부해야 합니다.

재미있는 질문을 던져 볼게요.

좌파, 우파 가릴 것 없이, 국회의원 3선을 지낸 자의 재산은 12년 동안 줄었을까요? 불었을까요? 국회의원을 3번이나 지내는 동안, 지지하는 정권이 세를 잡지 못했을 때, 재산이 늘어난다면 그게 좀 이상하지 않습니까? 그들의 말처럼 정말로 정치로 세상이 어수선[30]해진 거라면, 그들의 말대로 잘못된 사람을 뽑아서 정권이 바뀌었다면, 각자 진영에 있는 국회의원들은 정권이 바뀔 때마다, 우리처럼 재산의 규모가 줄었다가 늘었다가 해야 합니다. 그게 상식적이지요? 2023년 대한민국의 경제는 우울합니다. 그들 역시 우리처럼 우울할까요?

그래서, 찾아보았습니다. 정말로 그들의 재산의 규모는 정권이 바뀔 때마다 들쑥날쑥한지를.

진보 정당에 몸을 담은 국회의원 중 3선을 지낸 자 중, 다섯 명의 재산 내역을 공개합니다.

김○○ 서울특별시 ○○구 의원
2012년 29억 6,600만 원
2016년 34억 4,300만 원
2020년 43억 9,400만 원

이○○ 서울특별시 ○○구 의원
2012년 20억 3,000만 원
2016년 26억 7,000만 원
2020년 33억 7,000만 원

30) 어수선: 사물이 얽히고 뒤섞여 어지럽게 헝클어져 있다.

박○○ 경기도 ○○시 ○○구 의원

2012년 24억 2,000만 원

2016년 30억 4,000만 원

2020년 37억 5,000만 원

송○○ 경기도 ○○시 ○○구 의원

2012년 23억 5,000만 원

2016년 29억 3,000만 원

2020년 36억 2,000만 원

한○○ 경기도 ○○시 ○○구 의원

2012년 20억 2,000만 원

2016년 26억 1,000만 원

2020년 33억 1,000만 원

보수 정당에 몸을 담은 국회의원 중 3선을 지낸 자 중, 다섯 명의 재산 내역을 공개합니다.

김○○ 서울특별시 ○○구 의원

2012년 31억 7,800만 원

2016년 38억 8,700만 원

2020년 47억 1,300만 원

김○○ 서울특별시 ○○구 의원

2012년 25억 7,400만 원

2016년 31억 7,800만 원

2020년 38억 8,700만 원

이○○ 경상남도 ○○시 ○○구 의원

2012년 30억 3,000만 원

2016년 36억 7,000만 원

2020년 44억 1,000만 원

이○○ 충청남도 ○○시 의원

2012년 29억 6,600만 원

2016년 35억 4,300만 원

2020년 43억 9,400만 원

박○○ 경기도 ○○시 ○○구 의원

2012년 28억 2,000만 원

2016년 34억 4,000만 원

2020년 41억 5,000만 원"[31]

27. 정호 님을 사칭한 자가 나누어 준 자료를 본다. 그리고 놀라운 사실을 알게 된다. 자료를 통해 한 가지는 확실하게 깨닫는다. 진보 정당의 국회의원이든지, 보수 정당의 국회의원이든지, 이들은 모두 부자다. 가난한 사람은 없다. 너무나 신기하다. 정권이 바뀌어서, 사람

31) 국회의원 이름, 지역명, 재산 정도는 모두 임의로 작성한 허구

을 잘못 뽑아서, 그래서 경제가 엉망이라고, 그래서 통장 잔액은 0에 수렴하고 있다고. 그렇게 믿었다. 죽을힘을 다해 일해도, 삶이 나아지지 않는 이유를 정치가 문제라고 그들이 늘 강조해서다. 정치가 바로 서야, 우리도 바로 선다고, 그래야 행복한 생활을 누릴 수 있다고 그들은 늘 강조한다. 주위 사람의 주머니 사정이 나아지지 않는다고 투덜댄다. 그럴 때마다 내 손을 물끄러미 바라본다. 행여라도 내 손으로 잘못된 사람을 투표해서 이들이 어려움을 겪느냐는, 그러한 죄책감이 머릿속에 맴돌아서다. 그런데 국회의원이라는 작자들은, 정권의 변화와 관계없이, 정당 출신과 관계없이, 이들은 꾸준하게 자기의 배를 불린다.

무언가 잘못된 것 아닌가?
왜 이들은 가능한데 우리는 불가능한 것인가?

28. 발표자는 상기된 얼굴로 목소리를 높인다.

"자료를 보면 알겠지만, 정당 출신과 관계없이, 국회의원은 모두 부자입니다. 심지어 정권이 바뀌어도, 차곡차곡 이들의 배를 불리고 있습니다. 이들의 업무는 정치이지요? 그렇다면, 이들이 정치를 잘했기에 그들의 재산은 이처럼 증가했을까요?

아니지요.

그들이 정치를 잘했다면, 우리가 이처럼 고통받지도 않습니다. 그렇다면, 이들이 불린 재산의 정체가 무엇일까요? 도대체 무슨 방법으로 재산을 증식했을까요?

재산형성 과정에 관해 의심하면, 이들 모두는 대본을 읽는 것처럼 한결같은 답을 합니다. 네, 맞습니다. 주식과 부동산 그리고 채권으로 재산을 늘렸다고 말합니다. 이상하지 않으세요? 이상하게 느껴야 합니다. 일반적으로 사회는 우리에게 말합니다. 본인의 일을 열심히 해서, 돈을 벌라고. 그렇게 부를 쌓으라고. 다시 말씀하지만, 정치를 업으로 삼는 자들의 본업은 정치입니다. 그렇다면, 이들은 본연의 업무를 잘하고 있을까요? 아마도, 마음으로는 모두 '아니요'라고 대답했으리라 생각합니다.

하지만, 틀렸습니다.
그들은 본연의 업무인 정치를 잘했습니다.
다만, 정치의 방향은 우리를 향하지 않았습니다.

좌파이든, 우파이든, 진보이든, 보수이든,
정치를 업으로 삼는 모든 자의 행보는
사람이라는 테두리를 보호막으로
그들의 세를 불리는 데 최선을 다했습니다.
그러니 그들은 본연의 업무인 정치를 잘한 셈입니다.

화가 나십니까? 안 됩니다.
더욱더 냉정하게 이 상황을 바라봐야 합니다.
우리는 그들의 방식을 배우려 이곳에 모여서입니다.

오늘부터 카쿠르터인 여러분은 우리의 세를 불리는 정치를 업으로 삼는 자가 되어야 합니다. 그것만이 유일한 길입니다. 그리고 그것이 카테피아입니다. 카테피아는 지옥 같은 대한민국에서 살아갈 수 있는 유일한 오아시스입니다. 그렇다면, 예를 들어서, 정치인은 어떠한 방식으로 주식을 통해 부를 형성했을까요?

주식의 기본적인 분석? 아닙니다.
시장의 트렌드? 아닙니다.
거래량? 아닙니다.
주가 변동성? 아닙니다.
기업의 재무제표? 아닙니다.
기업의 경쟁력? 아닙니다.
기업의 성장 잠재력? 아닙니다.
경기 전망? 아닙니다.
투자 기간? 아닙니다.

방금 언급한 예시는 주식에서 말하는 이익을 얻는 투자 전략이기는 합니다. 하지만, 이러한 전략은 결국, 예측입니다. 예측은 불확실합니다. 그래서 예측은 언젠가는 빗나갑니다. 그리고 빗나가는 예측에 배팅했을 때는, 모든 것을 잃거나 일부를 잃을 수 있습니다. 그리고 이게 정상입니다. 누군가가 주식과 부동산 그리고 채권을 통해 돈을 벌려 한다면, 재산형성 과정의 그래프가 우상향을 지속해서 그리기는 어렵습니다. 이들은, 아직 일어나지 않는 불확실한 미래에 투자해서 그렇습니다.

그런데요, 방금 언급한 국회의원의 재산의 규모는 12년 동안 줄기는 커녕, 급속도로 성장했습니다. 국회의원 모두가 행운이 터져서 재산이 급속도로 늘었을까요? 12년 동안? 쉬지 않고? 그럴 리가 없지요. 이런 경우는 단 한 가지입니다.

'100% 확실한 정보를 손에 넣었다.'

그렇다면, 100% 확실한 정보를 어떻게 손에 넣을 수 있었을까요?

이런 경우도 단 한 가지입니다.

'정보를 스스로 만들어 다가올 미래를 그렸다.'

정보를 스스로 만들기 전에는 100% 확실한 정보라 말할 수 있는 것은 세상에 아무것도 없습니다. 물론, 100% 확실한 정보는 세상에 존재하지 않습니다. '100%에 수렴하는 정보'라 말하는 게 정확하기는 하겠네요. 정보를 만든다는 게 어려울 것 같지만, 정치하는 자라면 그렇게 어려운 일도 아닙니다.

여러분이 생각하는 대가는 무엇이라 생각하십니까?
맞습니다. 대가는 돈입니다. 물질입니다.

우리의 노력을 물질로 보상받으려 합니다. 왜 그런지 아십니까? 말 그대도 물질이 부족해서입니다. 말 그대로 가난해서입니다. 눈에 보이는,

손에 잡히는 물질이 아니라면 우리는 그게 무엇이든 보상이라 생각하지 않습니다. 하지만, 정치하는 자에게 대가는 단순하게 물질을 의미하지 않습니다. 그들의 대가는 포괄적입니다. 그리고 그들은 직접 주고받는 물질적인 보상보다는 다른 것을 원합니다. 그게 바로 정보입니다. 100%에 수렴하는 확실한 정보입니다.

여러분에게 묻습니다.

10억을 지금 당장 대가로 받겠습니까? 아니면, 5년 후에 100억을 벌 수 있는 100%에 수렴하는 정보를 대가로 받겠습니까? 100%에 수렴하는 확실한 정보라도, 100% 확실한 정보가 아닙니다. 그렇기에 어느 정도 위험을 감수해야 합니다. 5년 후에 단 한 푼도 받지 못할 수도 있습니다. 둘 중에 어떠한 선택을 하겠습니까? 무엇을 선택하든지, 그게 현재 여러분이 처한 환경입니다. 본인이 지닌 성격이나 기질로 인해 선택했다고 생각하지 않았으면 합니다. 인간의 선택은 개인이 지닌 고유의 성격보다는 환경에 따라서 비슷하게 선택합니다. 많은 이가 이를 착각합니다. 개인이 지닌 고유의 성격으로 문제를 일으키거나 선택한다고 생각합니다. 이를 우리는 근본적 귀인 오류[32]라고 합니다. 조금 어렵지요? 예를 들어볼게요.

'가난한 사람은 게으르다.'

---

32) 근본적 귀인 오류(fundamental attribution error)는 개인의 행동을 내재적인 특성에만 귀속시키고 외부 환경을 과소평가하는 오류이다. 다른 사람의 행동을 이해할 때 내재적 특성에만 주목하고 외부 요인을 간과하는 경향을 말한다. [출처: ChatGPT]

'뚱뚱한 사람은 자기 관리가 부족하다.'

여기에도, 제법 덩치가 있는 분이 많이 보이는데요, 어떠세요? 여러분, 자기 관리가 부족해서 덩치를 그렇게나 키웠을까요? 아니지요? 제가 아는 분 중, 정말 자기 관리가 철저한 분이 있습니다. 야식도 먹지 않고요, 심지어 아침형 인간이라서, 매일 새벽 5시에 일어나서 운동도 하세요. 그런데도, 그분 체중이 100㎏은 족히 됩니다. 뚱뚱한 사람은 자기 관리가 부족하다? 그분이 들으면 너무나 섭섭한 이야기입니다. 또한, 가난한 사람은 게으르다? 이건 정말 터무니없는 소리입니다. 이 자리에 모인 분 중에 게으른 사람이 있을까요? 게으른 사람이라면 부산에 오지도 않습니다. 우리가 부자인가요? 부자였다면, 힘들게 발품을 팔려고 부산까지 오지도 않았겠지요.

우리가 게을러서 가난합니까?
아니지요.

우리가 가난한 이유는 무엇일까요? 여러 가지가 있겠지요, 그중 하나만 꼽으라면? 최선이라고 믿었던 선택의 배신입니다. 외부 조건으로 선택의 제약이 있다는 사실을 우리는 알고 있습니다. 그리고 한정된 상황에서 차선을 선택하면서, 최선이라고 스스로 생각합니다. 우리는 알고 있습니다. 우리의 힘으로는 한정된 상황을 벗어나기 어렵다고. 우리는 알고 있습니다. 차선을 최선이라 믿지 않으면, 견뎌야 할 모든 상황을 후회할지 모른다고, 시작도 하기 전에 포기할지 모른다고.

그렇게 조금씩, 천천히, 느리게,
경험이라는 허울로
멋지게 포장한 실패의 덫으로 이끌려 갑니다."

29. 카페에 모인 카쿠르터의 뜨거운 공기가 대륙으로부터 불어오는 정호 님이라 말하는 자의 차가운 공기를 만나 전선을 형성한다. 뜨거운 공기와 차가운 공기 사이의 경계 영역인 전선은 기압 차이를 일으킨다. 이는 천둥, 번개, 폭풍우 등 다양한 날씨 변화를 초래하는 원인이다. 지금 이곳의 분위기가 그렇다. 이곳은 지금 너무나도 고요하지만, 천둥과 번개를 동반한 폭풍우로 모든 것을 삼켜 버릴 분위기다. 이곳에 모인 모든 이는 알고 있다. 세상을 놀라게 할 만큼 파급력이 거대한 에너지가 살아 숨 쉬고 있다고. 고무된 분위기에 만족했는지, 알 수 없는 묘한 웃음을 띠며, 발표자는 말을 이어간다.

"각자에 처한 상황을 고려한 최고의 선택으로 오늘 이곳에 모였다고 생각합니다. 하지만, 우리가 지닌 외부 조건을 바꾸지 못한다면, 지금의 선택 역시 최선을 가장한 차선일 뿐입니다. 차선으로는 최선의 결과를 내기 어렵습니다. 차선으로는 승리의 기쁨을 얻기 어렵습니다. 차선으로는 그 무엇도 여러분의 인생을 변화하지 못합니다. 부산에 온 이유가 무엇입니까? 여러분의 차선을 최선으로 바꾸기 위해서입니다. 다시는 오지 않을 승리를 잡기 위해서입니다. 그렇기에, 블루 고스트와 카테가 합심해 가데피아를 건설하려고 힙니다.

여러분 스스로

환경의 굴레를 벗어나기 어렵습니다.

여러분 스스로
편안한 차선을 포기하고
두려운 최선의 길로 나아가기 어렵습니다.

우리가, 여러분을 대신해, 여러분의 환경을 송두리째 바꾸려고 합니다. 두려워하지 않아도 됩니다. 블루 고스트는 그동안 각 나라에서 일어날 '에러'의 예측을 단 한 번도 틀린 적이 없습니다. 단 한 번도 우리를 믿는 이들에게 실망감을 안겨 준 적이 없습니다.

이제부터 여러분은 눈에 보이는 물질이 아닌, 눈에 보이지 않는 100%에 수렴하는 정보를 공유하고 전달하는 역할을 하게 됩니다. 그리고 그 정보가 무엇을 만들 수 있을지를 목격하는, 최전선에서 일하는 파트너가 될 예정입니다. 임 대표를 통해 이미 여러분의 힘을 익히 들었습니다. 우리의 간절함이 닿으려면 힘을 하나로 모아야 합니다. 힘을 하나로 모아 기득권층에 맞서 우리만의 각자도생을 이루어 나가야 합니다. 그래야 지랄 맞은 대한민국에서 살아남습니다. 그래야 여러분의 권리가 살아납니다. 그래야 여러분의 아이들에게 조금은 떳떳한 부모가 될 수 있습니다.

언제까지, 언제까지, 주위 사람에게 고개를 숙이며, '미안하다.'만 줄곧 외치는 패배자로 살아가려고 합니까? 어제는 그럴지는 몰라도, 블루 고스트와 카테가 만들어가려는 카테피아 안에서는 누구도 패배자로 살아가지 않습니다. 누구도 미안하다고 말하며 연신 머리를 조아리지도 않습니다.

여러분, 나의 여러분!, 사랑하는 여러분!
우리도 웃을 자격이 있잖아요!
우리도 웃을 수 있잖아요!
우리도 웃고 싶잖아요!

보여 줍시다!
누구도 우리의 웃음을 강탈할 수 없다고!
누구도 우리의 미래를 정할 수 없다고!
누구도 우리에게 자격을 부여할 수 없다고!
자격은 스스로 쟁취하는 거라고!

카테피아가 실패하면 내가 잃게 될 것은 삶 그 자체이며,
카테피아가 성공하면 얻게 될 것은 모든 것이다!

감사합니다."

30. 정호 님이라 칭하는 자는 약 3초간 허리를 굽혀 인사한다. 그렇게 메인이벤트가 끝난다. 누구라고 말할 것도 없이, 모든 카쿠르터는 기립해 소리를 지르며 환호한다. 나 역시 손바닥이 부서질 기세로 손뼉을 친다. 승기도 마찬가지다. 임 대표는 의외로 덤덤한 표정으로 이 상황을 바라본다. 아마도 이 상황을 미리 짐작한 듯하다. 이 자는 누

구인가? 정호 님이라고 생각될 만큼 강렬하고 멋진 연설이다. 블루 고스트는 이처럼 훌륭한 자가 많단 말인가? 정호 님의 젊은 시절의 모습이라고 느낀 이 자는, 임 대표와 짧은 인사를 나눈 후 자리를 바로 떠난다.

"임 대표, 도대체 저자는 누구야? 정호 님이랑 말투가 거의 똑같아. 정호 님을 아는 사람이라면, 아바타라고 해도 믿겠어. 그나저나 엄청난 설명회다. 아직도 흥분이 가시지 않아. 언제 저렇게나 준비를 한 거지? 시간도 촉박[33]했을 텐데, 대단하다. 대단해."

"효상아, 네 말대로, 저자는 아버지의 아바타[34]야. 아버지가 직접 대한민국에 오기는 어려우니까. 귀에 꽂힌 무선 이어폰 보았지? 아버지가 이어폰을 통해서 하고 싶은 말을 전달한 거야. 물론, 실제로 본 것은 처음이기는 해. 저 정도로 연기를 잘하리라 상상하지는 못했어. 아버지와 이미 여러 번 입을 맞춘 블루 고스트 정예원 중 하나라고 해."

승기도 이 상황을 예상하지 못했기에, 흥분한 목소리로 임 대표에게 자기감정을 전달한다.

"임 대표! 도대체 블루 고스트는 어떠한 곳이야? 정호 님을 칭하는 저자의 모습을 보면서, 정호 님의 젊은 날이 그려지더라고. 그래, 틀림없

---

33) 촉박(促迫): 기한이 바싹 다가와 있음.

34) 아바타(avatar): '분신' · '화신(化神)'을 뜻하는 말. 인터넷에서 사용자가 자신의 역할을 대신하는 존재로 활용하는 애니메이션 캐릭터.

어. 임 대표 아버님은 저자보다 훨씬 근사했을 거야. 그러니 지금은 아시아 헤드로서 일하겠지. 그나저나 우리 또래처럼 보이던데, 이처럼 깊은 통찰력을 지녀서 사실은 조금 자괴감이 들더라고. 난 그동안 뭐 했나? 싶기도 하고. 하지만 아니었어. 이 모든 통찰력의 주인은 정호 님이라서 다행이야. 아무렴, 그래야지. 그게 순리[35]지. 하여튼, 카쿠르터의 반응을 보니까 대성공이야! 대성공! 임 대표 고생했어."

"승기야, 카쿠르터를 식사하는 곳으로 안내해 줘. 이제 마무리야. 사업 설명회를 시작으로 우리 사업이 얼마나 커질지 예상하기 어렵다. 정말로, 블루 고스트가 어떠한 곳인지, 나 또한 아버지에게 묻고 싶다. 정말로 내 아버지가 이런 사람이라서, 매일매일 놀라는 중이다. 그런 기분 알아? 알고 보니, 재벌 집의 아들인 기분. 자고 일어나 보니까, 모든 게 나를 위해 존재하는 것 같은 이 기분."

"임 대표, 물론이고말고, 나 또한 조금은 그렇게 느끼고 있으니까. 임 대표 덕분에 내 주위의 모든 게 변해가니까. 그래서 임 대표에게 늘 감사한 마음이다. 그래, 나머지는 내게 맡겨. 카쿠르터를 인솔할게."

31. 승기는 흥분이 가시지 않은 짐승의 무리를 끌고 그들이 예상하기 어려운 고급 음식을 대접하러 떠난다. 이제 카테피아를 건설할 모든 준비는 끝났다. 모든 이가 우리와 함께할 수는 없다. 그래서 더욱더 특별한 곳이 되리라 확신한다. 상상 속에서나 가능한 일을 저지른다. 정말 믿기 어렵다. 모든 게 하나님의 뜻이라 확신한다. 하나님이

---

35) 순리(順理): 마땅한 이치나 도리.

우리 셋을 바라보면, 어떠한 기분일까? 분명히 흐뭇해할 거다. 행복의 길로 이르게 하는 분명한 방법을 힘없는 자를 위해서 제공하니까. 기쁨으로 양손을 꼭 잡아 포갠다. 그리고 눈을 감는다. 하나님께 이 모든 감사함을 기도한다.

"살아 계신, 우리 주 예수 그리스도, 당신의 존재를 오늘 이곳에서 다시 한번 확인합니다.

이곳의 뜨거움이 느껴지십니까? 당신의 역사하심으로 저와 승기 그리고 우현이의 삶은 지옥에서 천국으로 향하고 있습니다. 보잘것없는 우리 셋에게 이처럼 놀라운 일을 맡기심은, 하나님의 섭리가 아니라면, 일어날 수 없습니다. 할렐루야! 할렐루야! 사랑합니다. 나의 주, 온 세상 만물을 창조하신 유일한 구주.

주여! 주여! 사랑하는 나의 주여! 주님은 언제나 확고하게 말씀하십니다.

그리스도 안에서 역사하사,
죽은 자들 가운데서 다시 살리시고,[36]

우리 가운데서 역사하시는 능력대로
우리의 온갖 구하는 것이나 생각하는 것에 더 넘치도록 능히 하시며,[37]

---

36) 대한성서공회, 『개역개정 뱁티스트 성경전서』, (주)한일문화사, 2016, 에베소서 1장 20절.
37) 대한성서공회, 『개역개정 뱁티스트 성경전서』, (주)한일문화사, 2016, 에베소서 3장 20절.

모든 일을 그 마음의 원대로 역사하시는 자의 뜻을 따라
우리가 예정을 입어 그 안에서 기업이 되었고,[38]

그의 능력이 역사하시는 대로
내게 주신 하나님 은혜의 선물을 따라 내가 일군이 되었으며,[39]

우리의 낮은 몸을
자기 영광의 몸의 형체와 같이 변케 하시며,[40]

이방 사람들이 이를 듣고 다 두려워하여 스스로 낙담하였으니,
이는 이 역사를 우리 하나님이 이루신 것을 앎이며,[41]

우리에게 베푸신 능력의 지극히 크심이
어떤 것을 너희로 알게 하시고,[42]

하나님의 역사를 믿음으로 말미암아
그 안에서 함께 일으키시며,[43]

그리스도께서 이방인들을 순종하게 하려고,

---

38) 대한성서공회, 『개역개정 뱁티스트 성경전서』, (주)한일문화사, 2016, 에베소서 1장 11절.
39) 대한성서공회, 『개역개정 뱁티스트 성경전서』, (주)한일문화사, 2016, 에베소서 3장 7절.
40) 대한성서공회, 『개역개정 뱁티스트 성경전서』, (주)한일문화사, 2016, 빌립보서 3장 21절.
41) 대한성서공회, 『개역개정 뱁티스트 성경전서』, (주)한일문화사, 2016, 느헤미야 6장 16절.
42) 대한성서공회, 『개역개정 뱁티스트 성경전서』, (주)한일문화사, 2016, 에베소서 1장 19절.
43) 대한성서공회, 『개역개정 뱁티스트 성경전서』, (주)한일문화사, 2016, 골로새서 2장 12절.

나로 말미암아 말과 일이며 표적과 기사의 능력이며
성령의 능력으로 역사하시니,[44]

우리가 환난 받는 것도 너희의 위로와 구원을 위함이며,
위로받는 것도 너희의 위로를 위함이니,
이 모든 게 우리 안에서 역사함을 믿습니다.[45]

이 모든 살아 있는 당신의 말씀을 묵상합니다. 그리고 사모합니다. 그리고 이 모든 말씀은 지금 이루어지고 있습니다. 제가 바로 그 목격자입니다. 그렇기에 당신의 가르침대로, 당신의 섭리를 따라서 위대한 일을 하려고 합니다. 비루한 제 인생의 한 줄기 빛으로 나타나신 살아 계신 우리 주 아버님, 세상의 빛과 소금이 되어 하나님의 놀라운 손길을 전하겠습니다. 이 작은 성전을 시작으로 대한민국 모든 곳에 당신의 따뜻한 손길을 전하겠습니다.

당신의 손길이 너무나 필요합니다. 대한민국에서 살아가는 많은 이가 오늘도 고통으로 삶을 포기하고 있습니다. 도대체 무슨 잘못을 해서 스스로 삶을 포기하는 고통스러운 길을 걸어야 합니까? 그저 열심히 살아가려고 발버둥 친 것이 전부입니다. 그런데도, 세상은 우리를 봐주지 않습니다. 그런데도 세상은 우리가 문제라고 말합니다. 사랑하는 나의 아버지, 절망의 끝에 선, 그렇게 모인 우리입니다. 우리를 더는 모른 척 마십시오. 우리를 더는 버리지 마십시오. 오늘 이곳에서 당신의 살아 계심

---

44) 대한성서공회, 『개역개정 뱁티스트 성경전서』, (주)한일문화사, 2016, 로마서 15장 18절.
45) 대한성서공회, 『개역개정 뱁티스트 성경전서』, (주)한일문화사, 2016, 고린도후서 1장 6절.

을 느꼈습니다. 당신의 따뜻한 손길이 느껴집니다. 당신의 말씀을 따라, 담대하고 강건하게 당신이 준비하신 이 길을 걷겠습니다. 가장 사모하는 말씀으로 감사기도를 마치려고 합니다.

이 모든 일을 누가 행하였느냐,
누가 이루었느냐,
누가 태초부터 만대를 명정하였느냐,
나 여호와라,
태초에도 나요,
나중 있을 자에게도 내가 곧 그니라,[46]

살아계신 우리 주 예수 그리스도 이름으로 기도드렸습니다.
아멘."

46) 대한성서공회, 『개역개정 뱁티스트 성경전서』, (주)한일문화사, 2016, 이사야 41장 4절.

Episode 14

개미지옥

1. 여름이 오고 있다. 땀이 많은 나로서는 여름의 냄새가 달갑지는 않다. 그런데도 여름이라는 단어를 사랑한다. 단어 자체가 예쁘다고 느껴서다. 따사로운 햇살에 절로 눈은 찌푸려진다. 손바닥으로 해를 가린다. 빳빳하게 마른 여름 이불처럼 주위의 공기는 까슬까슬하다. 바람을 타고 몸에 닿는 까끌까끌한 해님의 인사로 기분은 새치름해진다. 사무실로 가는 중이다. 무언가 반짝거린다. 내 눈을 사로잡는다. 발걸음을 멈춘다. 움직이는 것도 같은데, 거리감이 느껴지는 길가 모퉁이에 심어진 나무 근처다. 발걸음 돌려 그곳으로 향한다. 조금씩 형체가 드러난다. 길게 늘어진 가늘고 작은 검은색의 비즈 목걸이인 듯하다. 정확하지는 않다. 오늘 꿈자리가 좋다. 뜻밖의 횡재수가 있을지도 모른다. 행운의 여신인 티케가 함께해서다. 그래서 믿을 수 없을 정도로 요즘은 행복하다. 비즈 목걸이는 아닌 듯싶다. 움직여서다. 비즈 목걸이가 스스로 움직이지는 않는다. 심지어 오늘은 바람 한 점 없다. 개미다. 햇빛에 반사된 떼를 지어 움직이는 개미 무리다. 마음의 평온은 주위 모든 상황을 아름답게 보이게 한다. 내가 지금 딱 그렇다. 평소라면 분명히 시큰둥하게 지나쳤을, 개미 무리의 움

직임이 예쁘게 느껴진다. 개미에게 아침 인사를 건넨다. 누가 지금 나를 본다면, 실성한 사람처럼 보일 거다. 그래도 상관없다. 난 지금 행복하니까. 핸드폰을 열어 시간을 확인한다. 출근 시간까지 여유가 있다. 잠시 멈춰서 그들을 관찰한다.

개미야 안녕?
어디를 그렇게 바쁘게 가니?

좀 도와줄까?
요즘 그런 역할을 하거든.
누군가를 행복하게 하는.

2. 멍하니 개미 무리의 움직임을 바라본다. 가끔 그럴 때가 있지 않은가? 아무것도 생각하고 싶지 않을 때. 그럴 때면, 인터넷으로 블루홀을 검색해 시청한다. 블루홀은 알 수 없는 과정으로 바다의 울퉁불퉁한 지형에서 생성된 수심이 깊은 구덩이다. 하늘에서 이곳을 바라보면 깊은 수심과 빛의 앙상블로 짙은 푸른색을 띤다. 그 색은 참 영롱[47]하고 오묘[48]하다. 다만, 신의 장난으로 빚어진 이 작품의 관람료는 상당히 비싸다. 위험천만하다. 수많은 다이버의 목숨을 앗아가서다. 과거라면 이 아름다움을 평생 알지 못했을 거다. 겁쟁이라서다. 현재는 다르다. 목숨을 담보로 위험의 짜릿함을 그들의 아카이브에 담으려는 용기 있는 도전을 스스로 촬영한다. 그래서 미지의 영역인

47) 영롱(玲瓏): 광채가 찬란하다.
48) 오묘(奧妙): 심오하고 미묘하다.

블루홀의 아름다움을 집에서 소정의 인터넷 비용과 전기세만 내면 편안하게 관람할 수 있다. 얼마나 좋으냐, 다른 이의 대가를 이처럼 쉽게 공유하는 세상에 살고 있으니 말이다. 힘들게 이룬 것을 공유하지 않는다고 욕먹는 세상에 살고 있으니 말이다. 당연하지 않은 삶을 당연한 삶이라 주장해도 누구도 반문하지 않는 세상에 사니까 말이다. 겁쟁이가 참 살기 편한 세상이다. 그래서 오늘이 너무나 좋구나. 겁쟁이라서 너무나 행복하구나. 앞으로도 용기 있는 자가 될 마음은 없다. 카테피아를 만드는 과정은 용기 있는 행동이라고? 그럴지도. 하지만, 카테피아를 만들기에 스스로 용기 있는 자라 생각한 적은 한 번도 없다. 카테피아를 건설하는 과정에서 임 대표, 나 그리고 승기가 하는 일은 거의 없어서다. 우리는 그저 작은 불씨만 만들었을 뿐이다. 카쿠르터의 헌신적인 행동으로 초라한 작은 불씨는 대한민국을 삼킬 만큼 거대한 화마[49]가 되었다. 감사한 일이다. 그렇게나 용기 있는 자가 많아서. 여느 날과 다름없이 개미 무리의 움직임을 멍하니 바라보며 감사한 삶을 누리는 중이다.

어랏?
개미의 움직임이 수상하다?

3. 개미는 무리를 지어 행진한다. 어디를 가는지는 모른다. 관심도 없다. 블루홀을 감상할 때처럼, 의식은 잠시 안드로메다에서 호화로운 바캉스 중이다. 노는 게 지쳤을까? 의식은 지구로 돌아와서 하던 업무를 마저 한다. 호기심을 유발해 나를 자극하는 게 의식의 주요 업

---

49) 화마(火魔): 화재를 마귀에 비유하여 이르는 말.

무 중 하나다. 의식은 지금 재촉한다. 관찰을 통해 새로움을 발견하라고. 한번 호기심이 발동해 관찰을 시작하면 반드시 자기만의 해법을 얻어야 한다. 해법을 끌어내지 못하면, 짧게는 며칠, 길게는 몇 달 동안 이에 시달려야 한다. 집중력은 스멀스멀 다가온다. 그리고 도움의 손길을 살포시 건넨다. 집중력이 없으면 호기심을 유발한 의식을 유지할 힘이 없어서다. 설명할 수 없는 초자연적인 현상에 이끌려 개미의 행진을 집중해 관찰한다. 그러다, 문득 알게 된다. 이들은 이렇게나 넓디넓은 땅바닥에서 오직 한길만 다닌다. 어림잡아 수백 마리의 개미가 일사불란하게 약속한 것처럼 하나의 길만 이용한다. 정말 신기하게도 단 한 마리의 개미도 낙오하지 않는다. 물론, 대열을 이탈한 듯 보이는 개미 무리가 보이기는 한다. 가까이 다가간다. 이들은 떨어진 먹이를 운반하려고 모인 듯하다. 이들은 십시일반[50] 먹이를 나르며 대열에 합류한다. 이제는 정말로 궁금하다. 핸드폰의 비번을 풀어 재빠르게 검색한다.

페르마의 법칙:
빛이 한 지점에서 다른 지점으로 이동할 때
가장 짧은 시간의 경로를 따라 진행한다.[51]

4. 검색한 기사에 따르면, 개미는 목적지에 이동할 때 여러 길 중에서도 거리가 가장 짧은 길을 선택한다고 한다. 페르마의 법칙에 따라

---

50) 십시일반(十匙一飯): 열 사람이 밥 한 술씩 보태면 한 사람 먹을 분량이 된다는 뜻으로, 여럿이 조금씩 힘을 합하면 한 사람을 돕기 쉬움을 이르는 말.

51) 장경아, 『개미의 움직임, 페르마의 법칙을 따른다!』, 동아사이언스, 2013.05.07., https://www.dongascience.com/news.php?idx=463#

서 움직이는 개미 무리를 다시 바라본다. 이들 중 누구도 그들이 정한 길을 의심하지 않는다. 누구도 정해진 이 길을 벗어나 다른 곳으로 향하지 않는다. 그렇기에 모두가 안전하다. 그렇기에 모두가 빠르게 목적지에 다다른다. 왠지 개미의 움직임은 카테피아를 건설하는 우리의 모습처럼 느낀다. 임 대표, 승기 그리고 나를 필두[52]로 100명의 카쿠르터는 열정적으로 일을 수행한다. 블루 고스트의 전략을 임 대표가 승기와 내게 전달한다. 그리고 우리는 카쿠르터에게 토씨 하나 빼지 않고 그대로 전달한다. 페르마의 법칙에 따라서 우리 중 누구도 의심하지 않고, 전달받은 사항을 최선의 길이라 믿는다. 정말로 그렇다. 카쿠르터의 헌신적인 행동으로 몰려드는 투자자들의 수만 보아도 충분히 느껴진다. 블루 고스트의 전략으로 대한민국은 꿈틀거린다. 특히, 외부적인 제약으로 꿈을 포기한 서민의 마음을 움직이게 한다. 그리고 세력은 점점 커지는 중이다. 세력은 커져야 힘이 된다. 힘이 되면 사회에 미치는 영향력은 강해진다. 그래야 부자가 관심을 보인다. 그래야 부자의 지갑이 열린다. 그래야 프로젝트의 방점을 찍는다. 그래야 카쿠르터를 비롯한 프로젝트에 참여한 모든 서민에게 일정의 수익이 돌아간다. 그것이 카테피아다. 우리만의 성전인 카테피아를 건설하면, 더는 기득권층에 끌려다니지 않아도 된다. 더는 기득권층을 부러워하지 않아도 된다. 우리는 우리대로, 그들은 그들대로 각자의 삶을 살아가면 된다. 그렇게 되기를 소망하는 수많은 마음은 하나의 방향으로 향한다. 그렇게 철저하게 페르마의 법칙을 우리는 따른다.

"효상아! 승기야! 투자금이 드디어 500억을 넘었어!

---

52) 필두(筆頭): 어떤 단체나 동아리의 주장이 되는 사람.

블루 고스트가 말한 레벨 1 달성이야!"

5. 통장에 찍힌 숫자를 보라며, 흥분한 임 대표는 손가락으로 통장에 찍힌 숫자를 가리킨다.

현재잔액 *50,000,530,000

이게 0이 도대체 몇 개인가? 하나, 둘, 셋, 넷, 다섯, 여섯, 일곱, 여덟, 아홉, 열. 500억이라……. 실감은 나지 않는다. 단 3개월 만에 이룬 금액이다. 거래 내용을 살피니, 어림잡아 수만 명의 이름이 보인다. 각자의 주머니 사정을 고려해 이체한 금액도 다양하다. 하지만 대부분 소액이다. 우리를 통해 인생 2막을 꿈꾸는 자가 이리도 많은가? 상상하기 어렵다. 블루 고스트의 전략에 따라서 최대한 언론을 피해 게릴라 방식으로 조용하게 투자자를 모았다. 100명의 카쿠르터를 모집 후, 소셜 네트워크 서비스도 종료했다. 사업 설명회 이후, 제법 떠들썩하게 투자자를 모집하리라 예상했기에 내심 걱정이 앞섰다. 하지만, 블루 고스트는 단호했다. 레벨 1을 달성 전까지는 누구도, 특히 기득권층은 알아서는 안 된다고. 하지만 이처럼 조용하게 움직이면 어떻게 투자자를 모을 수 있을까? 예상은 보기 좋게 빗나간다. 이 성과를 사업 설명회에서 정호 님의 멋진 연설로만 이루었다고 말하기에는 다소 무리가 있다. 일등공신은 두말할 나위 없이 카쿠르터다. 카테피아를 건설하려는 카쿠르터의 헌신은 믿을 수 없는 결과를 이루어 낸다.

6. 원래 사람들이 그렇다. 화장실 들어갈 때와 나올 때가 다르다. 그들의 초기 활동은 미적지근했다. 모인 목적이 순수하지 않아서다. 불투명한 미래의 청사진에는 관심이 없었다. 당장 눈에 띄는 현실적인 결과를 원해서다. 인생 2막을 열, 그 기회를 살 수 있는 번쩍이는 황금을 원한다. 3개월 동안 놀면서 활동비만 챙긴 그들이다. 그런데도 이들은 무엇을 더 원한다. 사업 설명회의 멋진 연설과 이어진 호화로운 음식을 대접받았다. 그게 트리거 역할을 했을까? 사업 설명회 이후로 카쿠르터의 문의 전화로 북새통을 이룬다. 100%에 수렴하는 정보가 무엇이며 카쿠르터는 무슨 일을 해야 하는지 묻는다. 카쿠르터는 지치지 않는다. 매일 전화한다. 그리고 매일 같은 질문을 한다. 당시에 임 대표를 통해 블루 고스트에 이러한 상황을 여러 번 보고했다. 그리고 나도 무척이나 궁금하다. 100%에 수렴하는 확실한 정보는 무엇일까? 그런 정보는 있기나 할까? 사업 설명회 때, 참여한 많은 사람은 정호 님이 말씀한 이야기를 격하게 공감했다. 연설을 마친 후 분위기만 보아도 충분하게 느껴진다. 하지만, 정치인은 확실한 정보를 통해 부를 쌓고 있다는 의견을 온전히 신뢰하기 어렵다. 그래, 어느 정도는 맞는 말이라 생각한다. 그리고 이러한 연설은 많은 이의 마음을 뜨겁게 한다. 틀림없다. 그 틀림없는 뜨거운 연설로 카쿠르터는 카테피아의 건설을 삶의 소명이라 생각할지 모른다. 어쩌면 정호 님이 바라는 의도일지도 모른다.

하지만,
그것을 원하지 않는다.

7. 카쿠르터가 카테피아의 건설을 인생의 우선순위로 생각해 열 일 제치고 온 힘을 다한다면 회사 차원에서는 바람직하다. 회사가 무엇을 하든, 무엇을 말하든, 100% 믿고 따르는 충성심이 가득한 직원을 회사는 원한다. 그런데 말이다. 카테피아가 이들 삶의 주가 되어서는 안 된다. 이는 임 대표와 승기에게 전한 의도와 다르다.

"그들이 가지지 못한 자원을 활용해 지금과 다른 삶을 살 수 있다는 새로운 꿈을 꿀 수 있도록 도와줘야 해. 즉, 삶을 다시 설계하는 용기를 선물하는 거야. 우리의 결과물이 그들에게 현실적인 대안이 되어서는 안 돼. 마치 본업의 발달을 포기하고 이 프로젝트에 사활을 걸게 해서는 안 돼. 그건 이러한 선택을 하는 게 현명한 행동이라고 믿게 하는 것에 지나지 않아. 그들의 무지를 이용하는 거라고. 사기에 지나지 않아. 난 그렇게 생각해."

8. 많은 이가 재테크를 통해 부를 쌓으려는 잘못된 생각을 한다. 주[53]와 부[54]가 뒤바뀐 셈이다. 부동산 시장을 기웃대며 떨어지는 콩고물을 먹으려는 생각으로는 내 집을 장만하기 어렵다. 예를 들어보자. 떨어지는 콩고물을 다른 이가 모르는 부동산 정보라고 가정하자. 떨어지는 콩고물을 먹으려고 무엇을 포기했는지 생각했으면 한다. 물리적으로 사람은 분신술을 써 한 번에 여러 지역에서 활동할 수 없어서다. 결국, 그들은 주의 삶을 포기해야 한다. 떨어지는 콩고물로 그들의 이성을 관장하는 전두엽의 기능은 현저하게 떨어진다. 이는 그들

53) 주(主): 주요하거나 기본이 되는 것.

54) 부(副): '부차적인'의 뜻.

의 뇌를 온통 감정의 편도체로 가득 찬 무질서한 세상으로 변질시킨다. 물론, 이를 막을 방법이 없는 것은 아니다. 다른 이를 고용해 원하는 지역으로 보내면 된다. 다만, 떨어지는 콩고물을 먹으려는 자가 타인을 고용해 무엇을 한다는 게 상상하기는 어렵다. 돈이 아까우니까. 불안하니까. 위험하니까. 그런데도, 타인을 고용해 원하는 바를 이룬다면, 일단 그들의 용기에 큰 박수를 보낸다. 하지만, 이를 삶의 부에 속한 일이라 말할 수 있을까? 그렇지 않다. 그렇기에 그게 무엇이든 삶의 부에 속한 일은 적은 노력으로 적은 대가를 바라야 한다.

적은 노력으로 인생의 변화를 꿈꾼다면,
그저 도적질에 불과하다.
어찌 보면, 재테크로 인생의 변화를 꿈꾸는 자는
양심에 털이 났을지도 모른다.

나 역시 양심에 털이 났기에
적은 노력으로 큰 대가를 원한다.
그렇기에 양심에 털이 난 자를
비난할 자격은 없다.

9. 재테크는 인생의 주가 아닌 부에 속한 일종의 취미다. 취미는 우리 삶을 즐겁게 만든다. 하지만, 취미로 인해 희로애락을 느껴서는 안 된다. 취미가 이러한 감정을 겪게 한다면, 이미 취미가 아니라 인생의 주이다. 결론적으로 내 집을 순리대로 장만하려면, 적은 노력으로 발품을 판 부동산 정보로는 어림없다. 우선, 종잣돈이 필요하다. 주의

삶을 통해 겪은 희로애락이 이들에게 단단한 힘이 되었을 때, 종잣돈을 지닌다. 물론, 100% 종잣돈으로 집을 장만한다면 얼마나 좋으냐? 그러기는 어렵다. 종잣돈, 대출금, 그리고 정보가 맞물려야 비로소 내 집을 장만할 가능성이 커진다. 대출금 역시, 주의 삶을 얼마나 충실했느냐에 따라서 가능 여부가 정해진다. 집을 담보로 은행으로부터 돈을 빌린다고 하더라도, 종잣돈 없이는 집을 장만할 수는 없다. 결국, 주의 삶에 성실하게 임하지 않으면, 어떠한 상황에서도, 재테크로는 인생을 변화하기 어렵다. 백번 양보해서, 발품을 판 정보를 바탕으로 100% 타인의 힘으로 집을 장만했다고 가정하자. 그 집에 사는 자신이 행복할지는 의문이다. 또한, 100% 확실한 정보는 없다. 그리고 적은 노력으로 얻은 정보가 나만 알고 있을 리도 만무하다. 그러한 불확실한 기회에 인생을 담보로 큰 대가를 원하는 게 정상적인 사고일지도 의문이다. 도대체 도박과 다른 게 무엇인가? 잠이나 제대로 이룰 수 있을까? 정보와 다르게 움직이는 시장을 볼 때마다 가슴을 쓸어내려야 할지도 몰라서다.

그렇기에 재테크는
삶의 일부가 아닌
전부가 되어서는 안 된다.

10. 카테피아 또한 재테크의 일종이다. 인생 2막을 시작할 종잣돈을 마련할 기회만 제공해야 한다. 그렇기에 삶의 주가 되어서는 안 된다. 카테피아가 카쿠르터의 삶에서 부가 아닌 주가 된다면, 모두를 위험에 빠뜨리는 위험한 방향으로 움직일지도 모른다. 위험한 욕심이

생겨서다. 예를 들어보자. 매력적인 이성이 다가온다. 간밤에 좋은 꿈을 만났다. 꿈 덕분에 용기가 생긴다. 무슨 일이 벌어질 것 같다. 짜릿하다. 이성이 가까워질수록 몸은 경직된다. 다가오는 이성의 거리와 보폭을 계산한다. 조금 더 가까이서 이성을 보고 싶어서다. 드디어 만난다. 셋, 둘, 하나. 바람을 타고 코코넛의 풍미함을 머금은 상큼한 무화과나무 향이 다가온다. 한 번도 느끼지 못한 짜릿한 향은 숨어있는 연애 세포를 일깨운다. 그리고 둘만의 시공간은 잠시 순리를 거스른다. 눈을 감고 꿈을 꾼다. 이 사람이 나를 알기를 원한다. 이 사람이 나를 봐주기를 원한다. 이 사람이 내 사람이기를 원한다. 눈을 뜨고 용기를 내어 이성을 바라본다. 이미 이성은 내 시야에서 사라졌다. 내게 영원한 시간은 이성에게는 찰나이다. 위험한 욕심도 이와 마찬가지다. 가질 수 없는 위험한 상상이다. 찰나의 시간을 영원하다고 착각하는 것처럼. 그렇기에 위험한 욕심이 모이면 망상[55]의 길로 이끌어 모두를 파국[56]에 이르게 한다. 카테피아가 위험한 욕심이 되어서는 안 된다. 카테피아가 인생 2막을 준비하는 이들의 소중한 기회를 망쳐서는 안 된다.

물론, 종잣돈으로도
물론, 적은 노력으로도
큰 보상을 얻는 방법은 있다.

다른 사람을 속이면 된다.

---

55) 망상(妄想): 이치에 어그러진 생각.
56) 파국(破局): 어떤 일이나 사태가 그르치거나 잘못되어 돌이킬 수 없는 상태가 되는 것.

미안하지만, 그 방법 말고는 없다.

혹시 모르지 않나?
다른 사람을 속이지 않고
적은 노력으로 큰 보상을?

그건 행운이다.

미안하지만, 우리는 그러한 운을 타고나지 않았다.
더군다나, 행운에 의탁[57]해 한 번뿐인 삶을 설계해 나간다는

눈물이 난다. 초라해서다.
적은 노력으로 큰 보상을 기대하고
그런 게 가능하다고 믿는다면

누군가가 당신을 속이거나
당신이 누군가를 속이거나

11. 레벨 1 달성 후, 블루 고스트의 지시는 단순하다. 일단, 카쿠르터를 포함한 투자자에게 특정 지역의 부동산 시장의 흐름을 지켜보라는 거다. 부동산 가격이 상승하려면 약 3개월은 필요하다고 블루 고스트는 말한다. 나와 승기 그리고 임 대표 역시 그 지역의 부동산

---

57) 의탁(依託): 어떤 것에 몸이나 마음을 의지하여 맡김.

가격이 상승할지 궁금하다. 현재 그곳은 외적으로는 어떠한 호재[58]도 없다. 포털 사이트에서 관련한 기사 한 줄도 보이지 않는다. 그렇기에 카쿠르터의 업무는 투자자에게 문자로 부동산 시장의 흐름을 이해하기 위한 관련한 내용을 매일 전달한다.

관련한 업무 문자는 다음과 같다.

"안녕하세요. 즐거운 아침입니다. 카테입니다. 투자자 여러분을 위해 부동산 상식을 매일 조금씩 공유하려고 합니다.

우리 동네 부동산 가격은 거품일까요? 아닐까요?
첫째, 국내총생산(GDP)과 총토지가치의 비율을 주목하라!
둘째, 주택가격상승률과 주택보급률 그리고 1000명당 주택 수를 주목하라!
셋째, 주택가격상승률과 금리를 주목하라!
넷째, 지역별 주택구입부담지수(주택구입능력지수)를 주목하라!

그렇다면, 우리는 왜 국내총생산(GDP)과 총토지가치의 비율을 주목해야 할까요? 첫 번째 이야기 시작합니다.

카테피아가 실패하면 내가 잃게 될 것은 삶 그 자체이며,
카테피아가 성공하면 얻게 될 것은 모든 것이다!"

---

58) 호재(好材): 시세를 상승시키는 원인이 되는 조건.

12. 이처럼 준비해 조금씩 내용을 공유한다. 이는 승기의 업무다. 얼마 전 전세사기로 인해 부동산 공부에 몰두해서다. 하지만, 영상이 아닌 텍스트를 조금씩 잘라서 보낸다는, 승기의 발상은 구식이다. 이 문자를 제대로 읽을 투자자나 카쿠르터가 없을 거로 확신한다. 그런데도 승기는 할 말이 많은가 보다. 아니면, 임 대표와 블루 고스트에 자신의 능력을 보이고 싶었는지도 모른다. 가끔 승기를 보면, 쓸데없는 일에 진심일 때가 있다. 이럴 때 보면 전혀 비판적이지 않다. 감정적인 측면이 강하다. 문자 내용은 승기답다. 복잡하다. 무엇을 말하는지 공부하지 않으면 알 수 없을 만큼 모국어를 암호로 활용한다. 뭐 그런 것 있지 않나. 모국어로 쓰여 있지만 무슨 말인지 이해할 수 없을 때. 마치 글쓴이의 지적 욕구를 채우려 탄생한 그만의 세계를 문자로 디자인한 글. 사실, 승기가 아니어도 된다. 카쿠르터를 모집했던 방식으로 적당한 전문가에게 이 일을 맡겨도 된다. 적당한 전문가는 승기보다 빠르고 무한대로 정보를 생산한다. 이래서 적당한 전문가가 좋은 거다. 힘들이지 않고 보통 사람의 눈높이로 적당한 정보를 얼마든지 생산할 수 있어서다. 그리고 글쓴이의 혼이 깃든 오래된 방식을 탐닉하는 장문의 문자를 읽을 사람은 아무도 없다. 시간 낭비다. 그런데도 승기는 어느 때보다 진지하다. 임 대표는 아무 말도 하지 않는다. 아무 말도 없다는 건 승기의 재능을 쓸데없이 낭비하라는 무언[59]의 지시일지도 모른다. 아니면, 임 대표는 승기의 글을 마음에 들어 할지도. 아니다, 읽을 리가 없다. 내가 아는 우현이라면. 여하튼 오늘도 승기는 심혈[60]을 기울여 원고를 작성해 카쿠르터에게 전달한다.

59) 무언(無言): 말이 없음.

60) 심혈(心血): 최대의 힘.

"임 대표, 블루 고스트가 말한 지역의 부동산 가격이 무섭게 상승하고 있어! 정말 무슨 일이 벌어지고 있는 거야!"

13. 메탈리카의 〈Master of puppets〉의 도입부가 떠오를 만큼 쩌렁쩌렁한 굉음은 사무실을 가득 채운다. 오래 살고 볼 일이다. 이토록 흥분한 승기라니. 참 낯설다. 하긴 이 상황은 나 또한 낯설다. 모든 게 블루 고스트가 말한 대로다. 투자금은 통장에서 빠진 흔적은 없다. 블루 고스트는 무슨 마법을 부린 걸까? 사업 설명회에서 말한 '100%에 수렴한 확실한 정보'의 힘일지도 모른다. 실제로 블루 고스트가 지정한 이 지역은 한 달 후에 방위산업 경제특구지역으로 지정된다. 대한민국이 K-방위사업을 전사적으로[61] 매달리는 배경은 다음과 같다. 세계화라는 큰 줄기는 몇십 년 동안 세계의 평화를 선물한다. 크고 작은 분쟁은 항상 있지만, 누구도 평화를 의심하지는 않는다. 그렇기에 앞으로 전쟁이 일어날 확률이 높지 않다고 생각한 많은 국가는 국방력 예산을 줄이고 경제발전에 온 힘을 다한다. 하지만, 2022년, 근접 국가의 나토 가입을 우려한 러시아는 자국 안보를 유지한다는 명목하에 근접 국가를 침공해 지금까지 전쟁 중이다. 두 국가의 피 튀기는 설전은 황폐해진 영토, 그리고 수많은 사상자와 난민은 이에 대한 결괏값이다.

전쟁이 양산[62]하는 전리품 중

61) 한 가지 목표를 달성하기 위해 모든 측면에서의 노력과 전략을 통합적으로 추구하는 것. [출처: ChatGPT]

62) 양산(量産): '대량 생산'의 준말.

값진 게 있을까 싶다.

그리고 설사 값진 게 있다면,

그게 누구를 위한 전리품인지 묻고 싶다.

14. 러시아의 침공으로 전쟁의 위협은 실제로 일어날 수 있다는 교훈을 얻는다. 그래서 러시아를 포함한 강대국의 으름장[63]으로 불안감에 휩싸인 국가는 국방력을 높이려고 노력한다. 다만, 경제발전에만 몰두한 그들이기에 자력으로 무기를 생산할 능력은 현저히[64] 떨어진다. 위기는 기회라고 했던가? 세계화의 종말이라 말하며 새로운 냉전 시대의 시작이라고 말하는 수많은 평론가 덕분에 대한민국은 세계에서 주목받기 시작한다. 대한민국은 유일한 분단국가여서다. 오늘날까지 냉전 시대의 상처를 고스란히 간직한 국가여서다. 이러한 특수한 상황은 대한민국의 국방력과 방위산업을 꾸준하게 성장하게 한다. 전쟁이라는 잠재적 위협에 항상 노출돼서다. 물론, 북한의 침공을 두려워하여 잠 못 이루는 대한민국 국민은 거의 없다. 두려움도 직면해 반복하면 익숙해진다. 그렇기에 강대국을 제외하고 무기 개발과 생산에 대한민국만큼 진심인 나라도 없다. 대한민국은 동일 무기를 생산하는 국가 중, 압도적인 가성비를 자랑한다. 그렇기에 현재로서 서방 국가에 우수한 무기를 신속하게 생산해 제공할 수 있는 나라는 대한민국이 유일하다. 대한민국 정부는 암울한 경제 상황을 타개할 해결책을 찾은 듯 보인다. 대한민국 정부는 방위산업의 R&D 투자 확대, 핵심기술 개발, 아시아 방위산업의 허브, 관련한 고급인력 양성

---

63) 으름장: 말이나 행동으로 남을 위협하는 짓.

64) 뚜렷이 드러나 분명하다.

을 슬로건으로 K-방위사업을 전방위로 확대해 경제특구지역을 결정한다. 그리고 블루 고스트는 정확하게 그 지역을 찾아낸다.

인종과 문화 그리고 국경을 초월한
세계화 시대에서
과거 냉전 시대로 돌아가려는 형세가
무섭고 두렵다.

하지만,
다른 사람의 고통으로
다른 이는 기회를 얻는다.

미안하다.
나부터 살아야겠다.

15. 블루 고스트가 말한 대로 딱 3개월 걸렸다. 대한민국의 큰손이라면 경제특구지역 투자에 참여하지 않은 자가 없을 정도다. 큰손의 참여로 확실한 냄새를 맡은 언론은 앞다투어 경제특구지역을 보도한다. 대한민국 정부도 하루가 멀다고 경제특구지역을 홍보한다. 약 3개월 동안 관련한 기사만 수천이다. 매일 수십 개의 기사가 쏟아진다. 전국은 들썩인다. 남녀노소 불문하고 투자에 관심 있는 자라면 경제특구지역 이야기로 하루를 보낸다. 경제특구지역 관련 투자는 이제 대한민국에서 핫한 트렌드다. 투자를 안 하면 바보라 부를 정도로 뜨거운 감자가 되었다. 큰손을 따라 대한민국의 개미 또한 은행의 힘을

빌려 이곳에 투자하기 시작한다. 가계 대출금은 폭발적으로 증가한다. 하지만 아무도 걱정하지 않는다. 금리가 워낙 낮아서다. 정부는 경제특구지역의 성장을 위한 특별한 저금리 상품을 내놓았다. 일정 부분 이자를 정부가 부담하는 방식의 상품이다. 예를 들면, 일반적인 금리가 연 5%라면, 경제특구지역에 투자하기 위한 대출을 받을 경우, 정부가 무려 금리 4%의 상당의 금액을 지원한다. 더군다나 이 상품은 만기 시 일시 상환이다. 매달 원금을 균등해 갚을 필요도 없다. 적은 이자만 감당하면 엄청난 수익을 낼 수 있는, 한마디로 미친 기회가 대한민국 모든 이에게 주어진다. 정부가 보장하는 상품 출연으로 은행은 망설임 없이 투자자를 모집한다. 그리고 이 상품을 무한정 찍어낸다. 경제특구지역을 위한 새로운 교통환경도 구축[65]할 예정이다. 인천항과 인천항공으로 바로 이어지는 고속도로 건설과 철도망을 늘려 서울까지 이어지는 철도공사가 대표적이다. 새로운 고속도로 건설과 철도공사로 교통량 감소, 물류비 절감, 지역개발 그리고 관광 활성화를 예상할 수 있다. 각종 대형 편의 시설은 입점 예정이다. 또한, 일자리 창출로 정부에서는 최소 20만 명의 세대가 이주하리라 예상한다. 건설 경기도 살아난다. 매일매일 아파트 분양 광고다. 코스피 지수도 급속도로 올라간다. 외국인 투자자도 대거 몰린다. 관련한 지역에 거주민은 로또를 맞는다. 수배의 부동산 수익을 올려서다. 대한민국의 모든 관심과 돈은 이곳에 몰린다. 조금은 걱정스럽다. 투자자가 너무나 몰려서다. 돈이 넘쳐 나서다. 들어갈 틈이 있는지도 의문이다. 더군다나, 우리의 투자금은 여전히 그대로다. 블루 고스트가 선제 조치를 했는지도 모르겠다.

---

65) 구축(構築): 체제 · 체계 따위의 기초를 닦아세움.

"승기야, 카쿠르터에게 다음 상황을 알려. 그래야, 그들은 더욱더 우리를 신뢰해 많은 투자자를 모집할 거야. 솔직히, 아버지 말대로 돌아가는 이 상황은 낯설기는 해. 그런데 그게 뭐가 중요하냐. 모로 가도 서울만 가면 되는 거지. 그리고 우리도 레벨 1에 도달해 500억 투자 유치에 성공했어. 우리는 블루 고스트가 준비한 매뉴얼대로 움직이면 돼."

"임 대표, 블루 고스트의 다음 행보는? 500억으로 무엇을 하려고 하지?"

"곧 경제특구지역에서 블루 고스트가 지정한 곳에 매물이 생길 거야. 그때 블루 고스트가 원하는 금액으로 우리가 일제히 사들이면 돼. 레벨 1은 500억이지만, 레벨 2의 투자 금액은 3,000억 원이야.

기억하지? 우리 사업을?
소외층을 대상으로
아파트 리스 사업과
아파트 조각 투자 크라우드 펀딩.

블루 고스트가 지정한 지역에 매물이 나오면, 블루 고스트가 말한 금액에 매물을 조금씩 사들이면 돼. 100명의 카쿠르터가 해야 할 가장 중요한 임무야. 매물을 구매 후, 공유지분등기로 부동산 소유자를 여러 명으로 만든다고 소액 투자자에게 전달하면 돼. 다만, 공유지분등기를 했을 때, 공유자의 동의 없이 각 지분의 소유만큼 단독으로 매각할 수 있으니까, 카쿠르터에게 미리 전해. 단독으로는 처분은 불가하다는 동의서를 받으라고. 동의하지 않는 자는 투자금을 돌려주어 계약을 청산하라고. 레벨 1을 시작으로 레벨 2까지 이르려면, 카쿠르터가 더욱더 분발해야 한다고."

16. 승기는 관련한 내용을 카쿠르터를 통해 모든 투자자에게 전달할 거다. 유토피아인 카테피아 건설에 조금은 다가간 걸까? 그랬으면 좋겠다.

"효상아, 직접 와서 보니까 어때? 저기 보여? 저기가 고속도로가 날 자리야. 그리고 반대쪽 보이지? 철도망을 늘리는 자리야. 저쪽에 큰 공터는 곧 대형 쇼핑몰이 들어설 거야. 듣기로는, 대한민국 모든 빅 브랜드 쇼핑몰은 다 들어올 예정이라고 해. 그리고 그 옆으로 콘서트홀, 박물관 그리고 미술관을 건설할 예정이야. 그리고 경제특구지역을 감싸는 대형 공원과 스포츠 경기장이 들어설 거야. 그리고 가운데로, 20만 세대가 살 수 있는 아파트가 들어서고. 웅장함이 느껴져? 이곳이 얼마나 변할지 상상이 돼?"

17. 모처럼 어린아이처럼 신이 난 임 대표의 모습이다. 여론에서 하도 떠들어 대 내심 기대하고 이곳을 왔지만, 허허벌판[66]이다. 내 눈에는 그저 아주 넓은 공터로만 보인다. 군데군데 중장비 시설이 보이기는 한다. 하지만 아직 무엇도 시작하지 않는 듯싶다.

"임 대표, 네 말대로 눈을 감고 잠시 상상했어. 상상하기도 어렵다. 도대체 이곳은 얼마나 변할까? 경제특구지역을 먼저 예상한 블루 고스트

66) 허허벌판: 끝없이 넓고 큰 벌판.

는 정말 대단한 집단이야. 인생 2막을 알리는 김광석의 '두 바퀴로 가는 자동차'가 귓가에 울린다. 이곳에서 새로운 역사를 쓰게 될 거야."

승기 또한 흥분한다. 아니, 아무것도 진행된 게 없는데, 그리고 경제특구지역에서 우리가 진행하는 사업은 없다. 더군다나 우리는 건설사도 아니다. 사실, 블루 고스트가 이곳에서 무엇을 투자해 수익을 내려고 하는지도 모르겠다. 레벨 1 투자금 달성 후, 레벨 2 투자금 목표가 무려 3,000억 원이라는데, 이 또한 어찌 달성할지 감조차 잡히지 않는다.

"임 대표, 승기야, 너희들만큼 상상은 잘 안 간다. 정말로 이 모든 게 현실인지도 모르겠고. 꿈을 꾸는 것 같기도 해. 좀 혼란스러워. 좀 무섭기도 하고. 정말로 우리를 믿고 따르는 수만 명의 투자자에게 좋은 소식을 전달할 수 있을까? 우리 정말 올바른 방향으로 가는 게 맞겠지?"

임 대표 눈에는 이곳은 이미 완공한 지역이다. 임 대표는 동그랗게 눈을 크게 뜨며 한마디 한다. 불안함을 느끼는 내가 못마땅한 듯하다.

"효상아, 눈에 보이지 않는 공기를 제외하고 모든 게 천지개벽[67]할 이곳의 미래가 안 보여? 난 이미 보이는데? 더군다나, 카테피아의 건설로 사람들에게 기회를 주자고 말한 장본인은 바로 효상이 너야. 선두에서 앞장서 지휘할 네가 불안함을 느끼면 누구도 우리 사업의 성공을 꿈꾸기 어려워. 갑자기 왜 그래?"

---

67) 천지개벽(天地開闢): 자연계나 사회의 큰 변동을 비유하는 말.

18. 임 대표의 심복[68]이 된 승기도 한마디 거둔다.

"효상아, 그래, 우리가 다루기에는 너무나도 규모가 커진 상황이야. 불안함을 느끼는 건 사람이라면 당연해. 우리는 처음이니까. 처음은 누구나 불안한 거야. 하지만, 그런 불안함은 500억의 투자금을 모으기 전에 끝냈어야지. 그리고 블루 고스트의 믿을 수 없는 통찰력을 이미 몇 차례나 보았는데도 여전히 불안해? 여전히 불안하다면, 무지에서 비롯된 잘못된 감정이 아닐까? 원래, 아는 만큼 보이잖아. 우리가 판단해 분석할 수 있는 상황은 이미 지났어. 보이지 않으니 불안한 거야. 우리는 그저 시키는 대로 하면 된다고. 효상아, 너를 믿지 말고 블루 고스트를 믿어. 담대하게 나아가자고."

승기 말이 옳다. 보이지 않아서 불안한 거다. 스스로 판단할 수 없어서 불안한 거다. 아무런 준비도 없이 찾아온 우현이의 제안. 그리고 정호 님과 만남. 그리고 베일 속에 싸인 블루 고스트. 모든 상황은 너무나 빠르다. 그리고 너무나 정확하다. 그리고 너무나 운이 좋다. 운이 좋고, 정확하며, 빠르게 진행한다고 믿었다. 이곳에 오니 실감한다. 정작 현실은 밑그림도 그리지 않은 상태다. 아무것도 이루어진 게 없다. 카테피아의 건설을 절실히 바라는 카쿠르터와 함께하려면, 스스로 이 상황을 논리적으로 설득해야 한다. 그래야 한다. 하지만 아는 게 없다. 그러니 더욱더 불안하다. 우현이 말대로 이곳에 오면 모든 게 명확해지리라 생각했다. 잿빛의 짙은 구름이 걷혀 코발트블루색을 띤 시원하고 청량한 하늘이 다가오는 달콤한 상상은 무너진다.

---

68) 심복(心腹): 매우 요긴해서 없어서는 안 될 사물.

이곳에 오니 확실히 구름은 걷힌 기분이다. 다만, 멀리서 황사 먼지를 동반한 강력한 태풍이 다가오는 게 보인다. 태풍을 마주할 자신은 없다. 승기와 우현이는 모르겠다. 혼자라도 이 프로젝트에서 빠지고 싶다. 도망칠 수 있다면 그러고 싶다. 하지만 그럴 수도 없는 노릇이다. 그렇기에 불안감을 떨치고 승기 말대로 담대하게 나아가야 한다. 태풍을 견뎌야 한다. 그리고 맑은 하늘이 다가와 모든 불안함을 해소[69] 하기를 소망한다.

"승기야, 그래, 네 말이 맞아. 담대하게 나가야 해. 지금은 그런 시기야. 내가 흔들리면 안 되지. 암, 안 되고말고. 모든 게 너무나 잘 돌아가니까. 상상일까, 꿈일까, 모든 게 거짓일까 두려워. 임 대표, 그리고 승기야. 우리가 언제 그렇게 운이 좋았어? 임 대표도 아버지 문제로 젊은 시절 그리 고생하고, 승기 너도 얼마 전 부동산 사기를 당하고. 나도 글쟁이로 살아간다고 소리만 쳤지. 뭐 하나 이룬 게 없어. 40대 중반까지 살아오면서 행운을 기대한 적은 수도 없이 많았지. 그런데 행운은 좀처럼 내게 오지 않더라고. 너희도 그렇고. 그래, 지금 일어나는 모든 상황은 우리의 행운이 아니야. 블루 고스트의 철저한 전략으로 얻은 결괏값이야. 그렇게 믿을래. 믿고 싶어. 그게 마음이 편할 것 같아. 나의 상상력을 한참이나 뛰어넘은 이 상황을 어찌하겠어? 블루 고스트의 힘을 빌려 카테피아의 건설만을 생각할게. 불안하게 해서 미안하다. 임 대표, 그리고 승기야."

"효상아, 진저리[70]난다. 생각하기도 싫다, 젊은 시절, 지긋지긋하다.

---

69) 해소(解消): 이제까지의 일이나 관계를 해결하여 없애 버림.

70) 진저리: 지긋지긋하여 떠는 몸짓.

간절하게 바랐던 행운은 우리의 손을 들어주지 않았어. 불행했어. 늘 어둠을 지나는 기분이고. 그런데, 우리는 행복을 누릴 자격이 없는 거냐? 아니, 도대체 행복을 누릴 자격은 누가 부여하는데? 누가 주는 게 아니잖아. 스스로 쟁취해야 한다고. 지금 우리가 그러고 있고. 그래, 블루 고스트를 믿어. 걱정하지 말고. 모두가 하나를 향해 열심히 하잖아. 너 또한 그렇고. 난 우리를 믿는다. 안 그래? 그리고 다시는 너의 불안함을 다른 이에게 보여 주면 안 돼. 알았지?"

19. 임 대표는 부드러운 말투와 떨떠름한 얼굴로 내게 말한다. 눈을 감고 임 대표의 부드러운 서울 말씨를 들었다면, 이는 분명히 위로다. 격려하는 말이다. 하지만, 표정은 전혀 그렇지 않다. 미소인지 비웃음인지 알 수 없는 표정으로 입꼬리가 약간 올라간다. 그렇기에 더욱 더 차갑게 느껴진다. 이마와 눈가에 실금처럼 보이는 주름이 보인다. 그래서 임 대표의 눈빛은 더욱 음산[71]하다. 처음으로 임 대표가 무섭다고 생각한다. 경고처럼 느껴진다. 다시는 허튼소리를 하지 말라는. 무서운 경고. 내가 모르는 우현이의 모습이다. 우현이는 악마인가?

"효상아, 임 대표 말대로 우린 지금 바른 방향으로 달리고 있어. 그러니 괜한 걱정은 접어둬. 정신에 해로워. 우리 셋, 힘들게 여기까지 왔어. 더는 흔들리지 말자고. 여기서 무너지면, 나아갈 곳도 쉴 곳도 사라지니까."

20. 레벨 2로 이어지려면 부지런히 많은 두사사를 유지해야 한다. 그렇기에 카쿠르터와 우리는 요즘 정신없다. 카테는 사모투자전문회

71) 음산(陰散): 분위기 따위가 을씨년스럽고 썰렁하다.

사다. 다양한 방식으로 투자자를 모집할 수 있다. 투자금의 규모를 키우려면 기관 투자자를 모집하는 게 일반적이라고 한다. 하지만, 블루고스트는 오직 개인 투자자만 모집한다. 관련한 프로모션이나 마케팅도 하지 않는다. 레벨 1의 달성 시기를 고려하면, 레벨 2는 달성이 가능한 목표인지도 모르겠다. 그런데도, 우리 쪽에서 관련한 홍보나 광고를 준비하면, 한사코 말린다. 말린다기보다는 거절한다.

“얘들아, 본사에서 관련한 그 어떤 프로모션이나 마케팅을 용납하지 않는다고 해. 만약에 우리 쪽에서 관련한 일을 하다가 적발되면, 모든 사업을 철수한다고 해. 그러니, 카쿠르터에게 괜한 일을 벌이지 말라고 당부해 줘. 그러니, 너희도 더는 이야기 말아.”

이유는 모른다. 사업적인 면에서 정호 님은 아들에게도 가차 없다.[72] 관련한 일을 상신[73]할 때마다, 욕먹는 역할은 우현이라서다. 본사와 연락은 우리 중 우현이만 하기에 정호 님과 임 대표 간에 무슨 이야기가 오고 가는지는 알 수 없다. 다만, 정호 님과 회의가 끝난 후, 임 대표의 표정은 모든 상황을 전달한다. 말하지 않아도 알 수 있다. 오늘도 엄청나게 깨졌구나. 그러고 보면, 레벨 1 달성 이후, 우현이의 자신감은 온데간데없이 사라졌다. 정호 님과 회의가 끝나면 괴로워 보인다. 살도 좀 빠진 듯하다. 사업 설명회 때만 해도 보이지 않았던, 이마의 주름살도 지금은 선명하게 보인다. 며칠을 잠들지 못한 퀭한 눈과 눈그늘인지 검은 반점인지 기미인지 알 수 없는 게 눈 아래에 보

72) 가차 없다(假借): 조금도 사정을 보아주거나 너그러움이 없다.
73) 상신(上申): 웃어른이나 관청 등에 일에 대한 의견이나 사정 등을 말이나 글로 보고함.

인다. 피부도 푸석하게 느껴진다. 우현이의 괴로운 상황을 충분히 전달한다. 무엇이 그리 괴로울까? 우현이는 회사대표라서 나와 승기가 모르는 무거운 짐을 지는 듯하다. 지금 어디로 가는지, 어디로 흘러갈지는 예상하기 어렵다. 그런데도 우현이의 특유한 너스레 떠는 웃음은 변하지 않는다. 그렇기에 안심한다. 그렇기에 바른 방향으로 가고 있다고 확신한다. 거대한 유토피아를 완성하려면, 믿을 수밖에 없다. 블루 고스트를 믿을 수밖에 없다. 우현이의 괴로움은 대의를 위해 짊어질 왕관의 무게다. 프로젝트의 명운을 짊어진 우현이가 안쓰럽다. 어쩌다가 우리는 이처럼 힘든 길을 선택했을까?

머리 위로 언제 떨어질지 모르는
다모클레스의 칼은 나를 노린다.

어쩌다 보니, 꿈을 꾼다.
어쩌다 보니, 어깨가 무겁다.
어쩌다 보니, 두렵다.
어쩌다 보니, 포기해야 한다.
어쩌다 보니, 극복해야 한다.
어쩌다 보니, 그렇게 됐다.

어쩌다 보니 말고,
인생에서 확실한 게 있다면
참 좋겠다.

21. 근래에 들어서 임 대표의 근태관리는 엄격하다. 근태관리가 문제라고 보지는 않는다. 오히려 필요하다. 임 대표 또한 레벨 2로 덩치를 키워야 하는 상황이라면 엄격한 근태관리가 직원의 사기를 높이는 데 도움이 된다고 생각해서다.

"효상아, 승기야. 사모투자전문회사로서 제법 덩치가 커지는 중이야. 레벨 1을 지나서 레벨 2로 진입하는 시점이기에 모인 투자금의 액수도 제법 돼. 다만, 규모의 경제가 커진다는 느낌을 받기 어렵지. 회사가 물리적으로 커지지 않으니까. 직원이 늘거나, 사무실이 커지거나, 시설이 좋아지거나, 유명해지거나, 뭐가 있어야 하는데, 블루 고스트는 완고해. 규모의 경제가 커지기를 원하지 않아. 그래서 블루 고스트는 근태관리가 필요하다고 생각해."

임 대표 말이 맞다. 규모의 경제가 그대로라면, 적어도 늘어나는 투자금을 직원이 알아야 회사가 성장한다고 느낀다. 하지만, 투자금의 규모는 나와 승기 그리고 임 대표만 공유한다. 그렇기에 직원은 현재 이 회사가 성장, 정체, 혹은 쇠퇴 중인지 알 수 없다. 이처럼 안개 속을 걷는 기분이라면, 직원은 불안하다. 불안한 마음으로는 일을 집중하기 어렵다. 집중하기 어렵다면 일의 성과는 불 보듯 뻔하다. 이러한 악순환은 자기의 운명을 회사에 맡기기 어렵다고 판단하게 한다.

회사가 견고하다면,
고용 계약을 종료하지 않는 한
이직을 결심하는 직원은 없다.

22. 카쿠르터를 모집하려고 진행한 소셜 네트워크 서비스를 종료한 이후로 사무실에 일하는 직원은 얼마 없다. 서비스의 종료로 회사의 규모가 작아진 것 같다. 관련한 직원과 계약을 종료해서다. 남아있는 직원이 보기에는 이 회사가 제대로 굴러간다고 느낄까? 그렇기에 근태관리로 회사의 체계를 보여 준다면, 회사가 점점 견고해진다고 직원은 생각할 수 있다. 이는 결국, 회사에 대한 직원의 충성도를 높이는 방법이다. 규모의 경제가 없는, 작은 회사는 대부분 체계가 없어서다. 그것 아는가? 체계가 없을 때는 스스로 자유인지 방종인지 구분하기 어렵다. 그렇기에 더욱더 불안하다. 예를 들어서, 휴가라는 개념을 생각하자. 학교, 회사, 군대 등에서 일정한 기간을 쉴 때 휴가라고 말한다.[74] 학교, 군대, 군대라는 게 결국 시스템이다. 이러한 제도권 안에서 쉴 때 휴가라고 칭한다. 돌아갈 곳이 있어서다. 돌아갈 곳이 있다면, 빈둥거림은 열심히 일한 정당한 보상인 거다. 만약 이러한 시스템이 없을 때 쉰다면, 휴가 중이라 하지 않는다. 그냥 논다고 한다. 직장을 그만두고, 통장에 돈도 없는 상황이라면, 도대체 몇 개월이나 마음 편하게 쉴 수 있을까? 아니 놀 수 있을까?

시스템이 없는 곳에서
누리는 자유는 공포 그 자체다.

23. 그런데, 임 대표가 이상한 말을 한다. 임 대표의 의도가 무엇인지 알 수 없다.

---

74) 위키백과.

"근태관리를 사무실의 직원을 포함해 카쿠르터까지 적용하려 해. 그러니 승기는 단톡방에 출퇴근 기록, 보고서 작성, 활동비 및 인센티브 등을 알려 줘. 우리 직원과 동일하게."

이게 올바른 방향인가?

"임 대표, 카쿠르터에게 근태관리를 적용하는 게 적절하지 않다고 생각해. 이들은 우리 직원이 아니라고."

"아니, 효상아. 이대로 진행해. 블루 고스트에서 내려온 지시니까. 그대로 따르라고."

임 대표와 작은 충돌이 있었다. 임 대표는 그대로 진행했다. 이럴 때 확실하게 느낀다. 나와 우현이를 더는 친구 관계로만 설명하기 어렵다고. 카쿠르터를 모집했을 때, 사실, 이력서를 요청하지도 볼 생각도 없었다. 처음부터 고용할 생각이 없어서다. 면접을 보지도 않았다. 온라인 채널에 댓글을 단 모두에게 비밀글로 카쿠르터로 선정했으니 이메일을 확인하라는 게 전부였다. 누구라고 걸려도 상관없었다. 그렇게 수많은 이에게 초대장을 보낸 결과, 응답 온 사람을 추려 100명을 선정했다. 물론, 소정의 활동비와 투자자를 모집하면 인센티브를 제공하기는 하지만, 정식으로 계약해 고용한 게 아니다. 물론, 고용할 생각을 안 한 게 아니다. 블루 고스트의 반대로 진행하기 어려웠다. 그렇기에 이들의 생업에 관여하지 않는다. 크게 보면, 카테피아의 완성은 인생 2막을 열어 줄 재테크에 가깝다. 카쿠르터는 비전을 공유해 같은 곳을 바라보는 동역자다. 그렇기에 이들을 직원이라 말하기 어렵다. 그래서 이들과 충돌이 생길까 걱정이 앞섰다. 직원처럼 근태관리를 적용한다는 게 내 상식으로는 맞지 않아서다. 예상과 다르게 엄격한 근태관리를 카쿠르터는 환영한다. 마치 이를 기다린 것처럼 보인다. 출퇴근 기록과 보고서 제출로 단톡방은 온종일 시끄럽다. 이로 인해, 단톡방과 이들이 모집한 투자자의 관리를 담당하는 사무실 직원도 종일 정신없다. 덕분에, 카쿠르터와 직원의 충성도는 높아진 듯하다. 나로서는 알 수 없다. 카쿠르터에게 근태관리라니? 이는 분명한 우리의 월권[75]이다. 그런데도 불편한 상황을 나만 빼고 모두가 즐긴다. 오히려 행복해 보인다. 이 모든 상황을 블루 고스트는 예상했을까?

구속된 자유를 사랑하다니.
참 모순적이다. 안 그런가?
열 길 물속은 알아도
한 길 사람 속은 모른다.

24. 임 대표는 엄격한 근태관리를 포함해, 직원과 각 지역의 대표인 카쿠르터와 주 1회 위클리 미팅을 한다. 조금씩 회사의 체계가 잡혀가는 느낌이다. 위클리 미팅은 레벨 2의 진행 상황 파악을 보고하는 게 목적이다. 카쿠르터는 투자자 모집 현황, 지역마다 발생하는 이슈, 관련한 문제점 노출, 그리고 다음 수의 목표 수립을 보고한다. 임 대표는 회의를 주관하지는 않는다. 위클리 미팅은 승기의 몫이다. 승기

75) 월권(越權): 자기 권한 밖의 일에 관여함. 남의 직권을 침범함.

는 관련한 내용을 정리해 임 대표에게 보고한다. 이럴 때 보면, 더는 임 대표를 친구로 생각하기 어렵다. 외부에서 보면 우리 셋은 이전과 다를 게 없는 소중한 친구 관계다. 우현이는 대표로서 대우를 바란 적은 없어서다. 그래, 여전히 우현이는 나와 승기를 좋은 친구라 생각한다. 문제는 우현이를 느끼는 나의 다른 감정이다. 경제특구지역에서 불안한 감정을 노출한 이후로 우현이가 점점 불편해진다. 이러한 감정 변화를 승기에게 털어놓았다.

“효상아, 가끔 넌 뭐랄까……. 이상에 사로잡혀 여전히 어린이로 살고 싶은 피터팬 같아. 네가 말하는 게 무엇인지는 너무나도 잘 알지. 나 또한 비슷한 감정을 겪은 후, 지금의 결론에 도달했으니까. 결론부터 말하면, 우현이는 우리 친구다. 그것도 아주 소중한 친구.

주위를 둘러봐라.
누가 우리 같은 놈에게 이런 기회를 제공할까?
아무도 없다. 아무도.
반대로 우리가 우현이를 도와준 적은 있어?
아무것도 없다. 아무것도.

세상에 이처럼 순수한 친구가 또 있을까? 과거에 우현이를 어찌 생각했는지 효상이 네가 더 잘 알잖아. 솔직히 부끄러웠다. 우현이는 늘 우리에게 진심이었어. 난 그 상황을 고깝게 여긴 거지. 우현이의 진심은 중요치 않았어. 무너지는 자존심을 지키고 싶었어. 얼마 전, 사업 설명회에서 우현이가 감정에 북받쳐 지난날을 말할 때, 정말 아찔하더라. 도대체 이렇게나 불쌍한 놈에게 무슨 생각을 한 거냐고. 난 왜 이렇게나 못났을까 하고.

그래, 우현이가 임 대표가 되니, 조금은 불편한 게 사실이야. 그런데, 그건 우리의 문제지 우현이의 문제는 아니야. 그리고 임 대표의 위치는 우리에게 지시할 수 있고. 또한, 회사 안에서 우현이를 임 대표로 대우하는 게 당연한 일이고. 효상아, 이제 우현이를 친구로 대하려 할수록 너만 상처받아. 그 이유는 너도 알지? 우현이 때문이 아니야. 우현이를 예전처럼 대하려는 마음이 문제야.

이제 현실을 바라봐.
우현이는 우리의 인생 2막을 열어 줄 구세주라고.
그리고 그 구세주가 우리 친구라고.

우리는 로또를 맞은 거나 다름없다. 다시 정리하면, 우현이는 우리 친구야. 그것도 가장 친한 친구. 블루 고스트 아시아 헤드인 능력 있는 아버지를 둔 친구. 그런데도 이러한 조건을 활용해 우리에게 대우를 부당하게 요구하지 않는 순수한 친구. 그렇다면, 우리가 먼저 임 대표를 대우하는 게 맞아. 그가 이러한 대우를 원하든 원하지 않든."

25. 임 대표에 관한 생각을 끝낸 승기는 오늘도 위클리 미팅을 열정적으로 진행한다. 그나저나 오늘은 임 대표도 함께다. 매주 하는 위클리 미팅인데도, 임 대표의 등장은 많은 이를 긴장하게 한다. 나 역시 그렇다. 과거의 우현이에게 없던 위화감을 느끼니 불편한 게 사실이

다. 어쩌면, 승기가 말한 게 맞을지도 모른다. 이 위화감을 받아들이기가 어려운 거다. 친구가 뿜어 대는 존재감이 불편한 거다. 승기처럼 태세전환을 빠르게 하고 싶지는 않다. 질투라도 상관없다. 지금은 비뚤어진 마음을 나무라고 싶지 않다. 승기 말이 틀리지는 않지만, 조금 걸릴 것 같다.

"오늘은, 임 대표님이 위클리 미팅에 참여했습니다. 임 대표님의 말씀을 듣고 회의를 마치려 합니다. 임 대표님, 전할 말씀 없으세요?"

감정 정리를 끝내 태세전환이 빠른 승기가 임 대표의 존재를 빛나게 하려 한다. 임 대표는 잠시 흠칫 놀란 표정을 짓는다. 잠시 침묵이 흐른다. 모두 임 대표의 말씀을 기다린다. 숨을 고른 후, 임 대표는 말문을 연다.

"안녕하세요, 카테 임우현 대표입니다. 그동안 김 팀장에게 회의를 일임했는데, 김 팀장이 카쿠르터인 여러분에게 전체적인 상황을 브리핑한다면 사기를 올릴 수 있다고 조언해 참여했습니다."

26. 김 팀장? 그게 누구지? 아 김승기였지. 우리끼리 있을 때, 임 대표가 승기를 팀장이라 부른 적이 없어서 깜박했다. 승기가 말한 게 이런 행동이었나? 우현이는 항상 우리를 친구로 존중한다고.

"각 지역을 맡아 투자자 모집에 열 일 올리는 여러분, 항상 감사한 마음입니다. 카테피아의 건설은 꿈이 아닌 현실입니다. 그리고 그 현실은 눈앞에 있습니다. 카테피아는 저와 김 팀장이 아닌, 전적으로 여러분의 힘으로 이루어진다는 말씀 꼭 전하고 싶습니다. 레벨 1 달성 이후, 지역별로 단톡방을 따로 구성해 업무를 보고받았습니다. 현재 레벨 2로 어느 정도 달성했는지 정확히 알기 어렵다고 생각합니다. 그래서 더욱더 궁금하지 않을까 생각합니다. 여러분, 어제까지 모인 투자금은…… 약 2,400억입니다. 이제 곧 레벨 2의 달성입니다. 이게 다 물심양면 노력한 카쿠르터의 덕분입니다.

그래서 김 팀장과 상의한 후, 모든 카쿠르터에게 일괄적으로 500만 원의 인센티브를 제공하기로 했습니다. 정말로 그동안 고생했습니다. 그리고 정말로 감사합니다. 마지막으로."

27. 카쿠르터의 환호성으로 임 대표는 잠시 말을 끊는다. 한동안 환호성으로 사무실은 들썩거린다. 예상하지 못한 발언으로 나 또한 어안이 벙벙하다. 500만 원이나? 그나저나 언제 2,400억 원이나 모인 거야? 언제 승기하고 이야기했지? 나와는 상의도 안 하고? 승기가 정말 심복은 심복이구나. 서운하네. 하긴 서운할 것도 없다. 사업의 규모가 커지는 상황을 불안하다고 말한 나다. 관련한 일을 전부 공유하는 게 더 이상하다.

"과학자 뉴턴은 물체는 외부의 힘이 가해지지 않으면 일정한 속도로 움직인다고 말합니다.[76] 관성의 법칙입니다. 카쿠르터의 헌신으로 우리 프로젝트는 관성의 법칙을 따르고 있습니다. 좋은 흐름입니다. 흐름을

76) 위키백과.

타면, 예전처럼 노력하지 않아도, 일정한 속도로 달려갈 수 있습니다. 레벨 1의 투자금 500억을 달성하려고, 얼마나 노력했습니까? 카쿠르터의 무한한 헌신으로 곧 레벨 2를 달성할 예정입니다. 이는 정말 여러분의 열정과 노력입니다.

레벨 2를 달성하면, 그때부터, 드디어 본궤도에 올라,
부자는 우리에게 관심을 가집니다.

기억하시지요? 우리의 타깃은 여러분을 포함한 사회의 소외층입니다. 그리고 저와 김 팀장은 여러분에게 인생 2막을 열어 줄 종잣돈을 마련하는 게 목표입니다. 바로 카테피아입니다. 현재, 경제특구지역에서 일어나는 부동산 붐, 우리는 이를 '에러'라 생각합니다. 경제특구지역의 부동산 버블은 모든 한국인의 관심사라 생각합니다. 누군가는 말합니다. 이곳을 부를 상징하는 황금도시, 엘도라도라고요. 누구도 의심하지 않습니다. 이곳에 투자하면 실패할 리 없다고요. 그렇기에 이곳은 현재 수많은 사기꾼의 무대입니다. 아직은 사기꾼의 실체가 드러나지 않았습니다. 사기꾼은 사탕발림으로 투자자를 유혹합니다. 투자자는 스스로 어디로 걸어가는지 알 수 없습니다. 하지만 이들이 빠진 곳은 개미지옥입니다.

허우적거리면
더 깊은 수렁으로 빠지는
그래서 결국 죽음을 맞이하는
개미지옥.

크고 작은 수천 개의 개미지옥은 많은 투자자의 소중한 종잣돈을 하루아침에 사라지게 합니다. 이때 정부는 아무런 도움을 주지 못합니다. 투자는 전적으로 개인의 선택입니다. 물론, 정부는 사기꾼을 잡으려 노력해야 합니다. 그래요, 노력은 하겠지요. 하지만 사기꾼을 잡는다고 그들의 투자금을 돌려받기는 어렵습니다.

사기를 당했다면,
마음이 가난해서입니다.

부자는 정말로 돈 냄새를 잘 맡습니다. 돈 되는 곳에 부자가 없는 곳은 없지요. 돈 냄새의 출처도 안다는 말입니다. 사업 설명회에서 정호 님도 언급했지요?

100%에 수렴하는 정보.

레벨 2를 달성하면, 굳이 노력하지 않아도, 부자들은 우리를 100%에 수렴하는 정보라 생각합니다. 조용하게 움직였음에도, 이처럼 많은 투자금을 확보했습니다. 더군다나, 우리의 투자자는 대부분 소외층입니다. 물론, 이들은 알 리 없겠지요. 그저 신기하겠지요. 그리고 이는 부자의 지갑을 열 만큼 매력적인 요소입니다. 더군다나, 두 팔 걷고 나서서 정부가 이곳을 홍보합니다. 100% 수렴하는 확실한 정보라 모든 게 가리키고 있습니다. 우리가 무엇을 해도, 부자는 관심이 없습니다. 그들의 돈을 불려 주기만 하면 되니까요. 그리고 이 방향은 관성입니다. 누구도 방해할 수 없습니다. 말이 길어졌네요. 레벨 2의 달성은 부자와 만나는 징

검다리입니다. 부자의 눈먼 돈으로 카테피아를 완성합니다.

하지만,
카테피아에
부자가 머물 공간은 없습니다.

마지막까지 레벨 2 달성을 위해 최선을 다해 주세요."

28. 우레와 같은 박수 소리와 함성으로 사무실은 시끄럽다. 모두 흥분한다. 광적이다. 그나저나 우현이의 말을 나만 이해 못 한 건가? 아무리 들어도, 레벨 2의 투자금을 미끼로 부자의 돈을 낚겠다는 소리로 들려서다. 사기를 치겠다는 건가? 사기를 치겠다고 했는데도, 다들 손뼉을 치며 소리를 지르고 있다고? 미친 건가? 승기 역시 힘찬 박수로 이 상황을 답한다. 그만 쳐라. 손바닥 부서진다. 그게 아닌가? 이 상황을 나만 오해하고 있나? 블루 고스트와 임 대표의 생각은 무엇인가? 하긴, 설마 투자자 앞에서 범죄로 돈을 벌겠다고 당당하게 말하는 정신 나간 대표가 있을까? 그런 사람은 없다. 내 귀가 이상한 거다. 내가 미친 거다. 그게 맞는 거다. 여기에 있는 모든 이를 미쳤다고 말할 수는 없으니까. 오늘따라 너무나 덥구나. 더워. 그래서 그런가 보다. 너무나 더워서. 더위를 먹은 거다.

체감온도가 40도를 넘는다.
폭염으로 인한 찜통피해다.

장대비가 40번을 넘는다.
폭우로 인한 홍수피해다.

모든 게 미쳐 돌아간다.
나 역시 미치는 중이다.

이는 누구의 탓인가?
내 탓이냐?
네 탓이냐?

29. 결국, 레벨 2를 달성했다. 이제부터가 진짜다. 그래서 요즘 사무실은 시끌벅적하다. 임 대표, 승기, 그리고 이들의 지시를 받은 직원과 카쿠르터 간의 통화로 분주해서다. 요즘 하는 일은 별로 없다. 임 대표와 승기가 도통 업무와 관련한 내용을 공유하지 않아서다. 그렇다고 사이가 나쁘다는 게 아니다. 업무 내용 공유만 빼면 모든 게 예전 그대로다. 저번에 임 대표가 참여한 회의에서 승기만 언급하는 상황으로 대충 눈치는 챘다. 아마도, 경제특구지역 시찰 후, 보여 준 불안감이 원인인 듯싶다. 임 대표의 방문이 살짝 열렸다. 승기와 대화를 나눈다. 대화가 들린다. 일부러 열어 둔 게 아닐까? 나 들으라고. 우린 친구니까.

"승기야, ○○동, ○○동, 그리고 ○○동에서 ○○아파트, ○○아파트, ○○아파트에 매물을 사들여. 이 지역의 특징은 구획상으로는 경제특구지역에 속하지 못한 곳이야. 정말 건널목만 건너면 경제특구지역인데, 이곳에 거주하는 사람들은 얼마나 억울하겠어. 무 자르듯, 코앞에서 벌어지는 경제특구지역의 이익을 볼 텐데. 지금 부동산 사이트 확인하면, 관련한 곳에서 꾸준하게 매물이 올라와. 거주민은 혹시라도 이곳을 꾸준하게 어필하면 경제특구지역을 확장할 수 있다는 미련은 늘 있으니까. 하지만 그럴 일은 없어. 여하튼, 블루 고스트는 ○○동, ○○동, 그리고 ○○동에서 ○○아파트, ○○아파트, ○○아파트에 나오는 매물을 '에러'라 생각해. 그리고 부동산 버블이라고 확신하고."

"임 대표, 할 일은 뭐지? 카쿠르터에게 무엇을 전달해야 하지?"

"카쿠르터에게 이곳에 나오는 매물을 전부 사라고 해. 그리고 우리가 시세보다 비싸게 사 준다는 소문을 내라고 해."

"임 대표, 그리고?"

"공동명의로 하려면 절차가 복잡하니, 관련한 매물을 구매할 때는 전부 회사 이름으로 구매해야 한다고 해. 공동명의는 추후 진행한다고. 그렇게 해야 소문도 빨라. 한 회사가 지역 매물을 지속해서 구매하고 있다고."

"임 대표, 다음에는 무엇을 해야 해?"

"아직 거기까지는 나도 몰라. 일괄적으로 지정한 이 지역의 매물을 사라는 이야기만 들어서. 곧 다음 일정을 알려 주겠지."

30. 승기는 임 대표에게 전달받은 내용을 그대로 직원에게 전달한다. 직원은 각 지구의 카쿠르터 대표에게 관련한 업무를 전달한다. 부동산 사이트로 임 대표가 말한 지역을 살펴본다. 아직은 블루 고스트가 말한 부동산 버블은 보이지 않는다. 관련한 지역의 매물도 많지 않다. 그냥 보통 수준이다. 아무래도 이번에는 블루 고스트가 틀렸다. 이처럼 조용한 지역에서 무슨 부동산 광풍이 불어 버블이 생긴다니. 더군다나, 경제특구지역이 아닌, 이러한 지역의 매물을 사는 게 무슨 득이 될지도 솔직히 의문이다.

"블루 고스트가 말한 이 지역에서 정말 큰 수익을 올릴 수 있을까? 부동산 사이트를 검색하니, 관련한 지역에 매물도 얼마 안 나왔어. 승기야, 소액 투자자의 피와 땀으로 모은, 그들의 종잣돈은 우리 투자금의 원천이야. 하지만, 이처럼 수익성이 낮은 곳에 투자한다는 사실을 그들이 안다면, 좋지 않을 것 같은데. 아무래도 네가 우현이와 말을 자주 섞으니, 한번 이야기하는 게 어때?"

"효상아, 블루 고스트는 현재 가치에 투자해 수익을 올리는 곳은 아니야. 앞으로 일어날, 100%에 수렴하는 정보로 미래에 투자하는 기업이라고. 그 영역을 너와 나 그리고 임 대표가 판단한다는 게 어불성설[77]이지. 쓸데없는 걱정은 건강만 축나게 해. 지금 네가 하는 게 딱 쓸데없는 걱정이야. 안 들은 것으로 할게. 그리고, 네 불안감은 충분히 알겠는데, 지금부터 시작이라고. 카테피아를 완성하고 싶잖아. 안 그래? 그러니 초 치는 소리는 그만해."

77) 어불성설(語不成說): 말이 조금도 사리에 맞지 않음.

초 치는 소리라니? 객관적으로 이곳은 부동산 버블 지역으로 되기는 어렵다고 말한 건데? 모든 부동산 사이트에서 확인한 매물이 이렇게 적은데? 올라온 매물을 다 사들여도 20채 안팎이다. 그리고 상대방 의견에 찬물을 끼얹어 시베리아 기단을 형성해 분위기를 차갑게 만드는 네가 할 소리는 아니다. 나만 이 상황을 너무나 의심하나? 내가 이상한가? 나만 의심병이 도진 건가? 도대체 왜 나만 이 모든 게 가짜 같다는 말이냐!

"김 팀장님, 와! 정말로 모든 게 팀장님이 말씀한 대로예요. 관련한 지역에 매물이 폭발하고 있어요. 너도, 나도 집을 내놓고 있다고요. 어떻게 이처럼 변할 수 있을까요? 전화 문의가 폭주하고 있다고요!"

행복의 탄성을 내지르며 떨리는 목소리로 승기에게 현재 상황을 전달한다.

딱, 3개월 걸렸다.
시침과 분침과 초침은
6시 6분 6초를 가리킨다.
모든 의심은 기우였다.
블루 고스트는 신이다.

그들이 알지도 못하고, 깨닫지도 못함은 그 눈이 가리어져서 보지 못하며 그 마음이 어두워져서 깨닫지 못하느니라.[78]

---

78) 대한성서공회, 『개역개정 뱁티스트 성경전서』, (주)한일문화사, 2016, 이사야 44장 18절.

31. 구획상으로 잘려, 아쉽게도 개발할 수 없는 지역을 우리는 '자투리'로 부른다. 경제특구지역의 땅값은 천정부지 치솟는다. 경제특구지역은 대부분 공공기관과 대기업이 선점한 땅이다. 물론 반사적 이득을 보는 개인도 있다. 하지만, 그 개인조차 몇 년 전에 들어온 외지인이다. 경제특구지역에서 자투리로 이사 온 거주민과 대화한 게 떠오른다.

"현지인은 거기 아무도 안 살아. 거기는 그린벨트 지역이야. 물론 말이 그렇다고. 그만큼 느껴지는 가치가 없어. 산간지역이니까. 누가 짐작이나 해? 울퉁불퉁한 지형과 군데군데 삐죽한 야산을 밀고 평야로 만든다는 계획을. 정말 아무도 몰랐지. 그것을 알았다면, 몇 년 전에 팔지 않고 버텼을 거야."

"대중교통이 있으니까, 조금 더 버티시지. 엄청난 돈을 벌었을 텐데, 아쉽네요."

"대중교통? 그런 것 없어. 거기는. 물론 마을버스가 있기는 했어. 아주 잠깐. 그런데 말이야. 마을버스가 떨어지는 큰 낙마 사고가 있었어. 당시에, 버스 기사는 그 자리에서 사망하고, 아마도⋯⋯ 7명은 중상 그리고 나머지 4명은 중경상을, 맞아 그랬어."

"그런 사고가 있었군요. 그런데 12명 인사 사고는 분명히 큰일인데, 이렇게 말하면, 좀 이상하기는 한데요, 이게 그렇게 큰 사건인가요?"

"당신도 외지인이니까, 12명 사고가 크지 않은 숫자처럼 느껴질 거야. 그래, 그럴 수 있지. 그런데 속사정 듣고 나면 완전히 생각이 바뀔걸. 그 지역의 등록된 세대주가 몇 명인지 알아? 7명이라고. 가구 수가 7개뿐이었어. 나를 포함해, 그 지역에 사는 사람은 20명이던가? 아니다, 그 친구가 서울로 가 버렸지? 그럼 19명이네. 그러니까, 19명이 사는 마을에서 11명이 사고를 당했다는 뜻이야. 버스 기사를 제외한 11명의 사고는 그 지역의 거주하는 사람 대부분 다쳤다는 소리야. 왜 이게 그렇게나 큰 사건인지를? 이제 좀 감이 와?"

"듣고 보니까, 큰 사고네요. 지역 언론의 취재로 한참 시끄러웠겠어요."

"언론? 하하하, 기사 한 줄조차 나지 않았어. 그래, 기자 코빼기도 보지 못했지, 그런데, 기사에 나지 않아서 억울하거나 그런 것은 없어. 세상이 흉흉한데, 우리 마을의 사건은 기삿거리로 별로지 않았을까? 그나저나 이미 우리끼리는 입을 모아 말해. 예견된 일이라고. 90%가 비포장도로야. 그리고 산간지역이라 대부분 아찔한 오르막길이고. 이번처럼 큰 사고가 일어나지 않았을 뿐, 관련한 조짐은 늘 있었지."

"그런 일이 있었군요. 그럼 그 이후로 마을버스 운행을 어떻게 되었나요?"

"말해 뭐 해. 그 후로 끝이야. 너무 위험하니까. 버스사업이 자선사업도 아니고. 그동안 정말 자선사업이었지. 19명을 위해 버스 정류장을 만들었으니. 마을버스도 사라지니, 대중교통을 이용하려면, 이곳까지 개인차로 오거나 얻어 타거나. 그래서 우리끼리 회의를 했어. 7세대 모두 차가 있었지. 그러니까 당번을 정해 돌아가면서 마을버스 대신 지역주민을 위해 봉사하기로. 그런데 문제는 말이야. 당번을 정해도, 급한 사정이 생기면, 다른 이에게 부탁하는데, 신기한 게 무엇인지 알아? 급한 사정은 늘 한 사람에게만 생긴다는 거지. 처음에는 모른 척했어. 정말 사정이 있을 수 있잖아. 그런데, 그게 아니야. 차를 바꾼 지 얼마 안 돼서 공유하기가 싫었던 거야. 이게 말이나 돼? 그렇게 큰 사고를 함께 겪었으면서 자기 차를 아끼는 상황이라니! 정말 인간은 아이러니한 존재야."

"정말, 그렇네요. 자기 가족도 사고를 당했을 텐데, 어떻게 그 와중에 자기 차를 아끼다니. 그래서요?"

"그래서 결국, 대판 싸움이 났고, 그 이후로 끝났지. 각자도생이야. 각자도생. 지나고 보니까, 참 신기해. 그렇게 일곱 가구가 감정이 안 좋아서먹해졌을 때, 외부인이 나타난 거야. 자기들끼리 펜션을 짓고 싶은데, 이 지역이 너무나 마음에 든다고. 그리고 꽤 비싼 가격을 제시했어. 지금 생각해 보니까 완전 헐값이네. 헐값. 그렇게 팔았지. 그 노다지를."

"경제특구지역이 꽤 넓은데요, 겨우 일곱 가구만 살았다는 게 참 이상해요."

"그래, 그 지역 엄청 넓지. 그런데 아까도 말했지만, 전부 야산이야. 물론, 그 경제특구지역에 있는 큰 산, 거령산을 경계로 우리 쪽으로 일곱 세대가 살고, 그리고 반대쪽에도 몇 세대가 살았지. 혹시 아는 소식이 있어? 그쪽 지역도 우리처럼 팔고 나온 거야? 아니면 버틴 거야?"

32. 이들을 포함해 자투리에 거주하는 많은 이는 여전히 기대하는 눈치다. 경제특구지역이 바로 보인다. 정말 눈앞이다. 그렇기에 이 지역의 부동산도 곧 오를 거라고. 하지만 물리적으로 어렵다. 이미 경제특구지역에 거주를 위한 대규모 아파트 단지 건설 계획을 발표해서다. 앞으로 완공될 아파트 세대 규모만 고려해도, 아무리 새롭게 유입될 인구를 고려해도, 남는다. 충분히 남는다. 이는 구획상으로 잘린, 닭 쫓던 개 지붕 쳐다보는, 자투리의 가격 상승은 어렵다는 뜻이다. 보이지 않는 성벽은 그들과 이들을 구분한다.

블루 고스트의 전략은
개인의 심리를 자극해
군중의 힘으로 키운다.

자투리, 4m 남짓의 2차선 도로 사이로, 걸어서 직진해서 5분, 딱 5분이다. 땅값이 10배나 차이 나는, 외적으로는 100% 같은 아스팔트를 밟는다. 자투리에 사는 현지인은 이게 무슨 날벼락인가? 겨우 몇 미터 길이를 두고, 아무런 행동도 취하지 않았는데 상대적 박탈감을 느껴야 한다니. 가만히 있다가 뒤통수를 세게 맞은 느낌일 거다. 블루 고스트는 자투리에 사는 현지인의 마음을 그대로 읽었다. 그리고 소문을 내었다. 특정 회사에서 시세보다 높은 가격에 아파트를 매입하고 있다고. 비싼 가격에 아파트를 매입한다는 소문은 금세 퍼진다. 발 없는 말이 천 리 간다고 하지 않았나. 떠다니는 형태 없는 소문은 하나의 단단한 힘이 되어 현상을 이루어야 비로소 원하는 결과를 얻을 수 있다. 임 대표와 나 그리고 승기는 큰 그림을 그리는 역할을 하지 않는다. 블루 고스트가 그리는 청사진을 믿고 따르는 게 전부다. 임 대표와 승기는 한 점의 의심도 하지 않는다. 문제를 품고 삐딱한 시선으로 블루 고스트를 바라본 이는 나다. 소문을 낸다고 원하는 지역에 이처럼 매물이 쏟아질 거라 솔직히 예상하기 어렵다. 그리고 아무런 대가 없이, 시세보다 높은 가격에 매입한다는 것도 충분히 의심스럽다. 자투리 지역까지 포함해 새롭게 인프라를 구축할 예정이 없다는 사실을 현지인이라면 모두 안다.

블루 고스트는
이들의 상실감을 노린다.

33. 임 대표가 매입을 지시한 지역의 아파트는 준공 후 30년이 넘은 오래된 건물이다. 대한민국은 준공 후, 30년이 넘으면 재건축할 수 있다. 임 대표가 주목한 지역 아파트 모두 재건축이 가능하다. 다만, 이곳에 거주하는 주민은 재건축에는 관심 없다. 이유는 뻔하다. 그만한 여유가 없어서다. 재건축한다고 거주하는 모두가 마냥 좋은 게 아니다. 물론, 새로운 브랜드로 다시 태어나는 아파트를 소유한다는 것은 모든 이의 꿈일지도 모른다. 새롭게 태어나는 아파트를 일반분양 가격으로 들어가기에는 엄두가 안 난다. 재건축 아파트는 로또일지도 모른다. 그래, 감당할 누군가에게는 로또이다. 재건축을 위한 만만치 않은 추가분담금을 감당할 수 있다면. 추가분담금은 다양한 요소로 증가한다. 세계의 경제가 암울하다면, 재건축에 관련한 각종 인건비

및 원자재 가격의 상승으로 상상하기 어려운 추가분담금은 발생한다. 더군다나, 예상 밖의 사건으로 공사를 중단한다면, 그로 인해 발생하는 금액의 몫은 조합원이 감당해야 한다. 그리고 추가분담금은 원금만 있는 게 아니다. 대부분 대출을 받아서 재건축을 진행하기에 관련한 이자도 상당한 금액이다. 소비자 물가 상승과 미국의 금리 상승은 대한민국 금리의 상승을 일으키는 주원인이다. 그리고 현재, 소비자 물가도 미국의 금리도 내릴 기미는 없다.

그래도,
욕심은 부려볼 만하다.
한 살이라도 어릴 때.
그래, 당신이 어리다면.

34. 임 대표와 블루 고스트가 선정한 지역에 거주하는 평균 연령대는 60대 중반이다. 선정한 지역의 아파트에 거주하는 30대와 40대의 비중은 작다. 대부분 노인이다. 문화 시설은 둘째 치고, 안정적인 일자리가 없어서다. 자투리는 젊은 사람의 먹거리가 충분치 않아 상권을 이루기 어렵다. 죽어가는 시골이다. 그곳의 아파트 시세는 1억이 되지 않는다. 경제적으로 풍족하면 살고 싶은 동네는 아니다. 그렇기에 그런 곳에 거주하는 사람은 재건축을 상상하지 않는다. 아니, 아무도 그곳을 개발하려 않는다.

이는 정말
블루 고스트의 신의 한 수다.

블루 고스트는 처음부터 그곳에 거주하는 30대와 40대를 타깃으로 삼았다. 그들은 매일매일 바랐을 거다. 이곳까지 경제특구지역으로 선정되기를. 그래야, 그들도 꿈을 꿀 수 있어서다. 앞서 말했지만, 그럴 일은 없다. 처음부터 젊은 집주인이 내놓은 매물에만 집중했다. 카쿠르터는 그들의 집을 시세보다 높은 가격에 매입하면서 집주인에게 다음과 같이 말한다.

"정말 억울하시겠어요, 바로 앞이 개발지역인데, 이럴 수 있나요? 무자르듯, 이렇게 구획 정리하면 안 되지요."

"그러게나 말입니다. 이 시골에, 울퉁불퉁한 쓸모없는 땅을 밀고 개발을 한다니요, 정말 당시에 소식을 듣고, 해가 서쪽에서 뜨는지 확인했다고요. 그리고, 말이 나와서 말인데, 굳이 개발하려면 여기를 먼저 해야지요. 여기에 거주하는 사람이 압도적으로 많은데요, 편의 및 문화 시설도 그렇고요. 거기는 정말 사는 사람도 없다고요. 이게 무슨 날벼락입니까?"

"맞습니다. 억울해서 잠도 오지 않았겠어요. 그래서 집을 내놓았나요?"

"네 그렇죠. 눈만 뜨면, 건너편 땅값은 하루가 다르게 로켓을 쏘아 올린 것처럼 오르는데, 이곳은 아시지요? 굼벵이가 기어가는 것 같네요. 이러니 어찌 여기서 살 수 있겠어요. 마음, 그러니까 속 편하게 살라면 눈에서 멀어져야지요. 그래서 이사 가려고요."

"맞습니다. 사장님, 그래서 우리 회사에서 획기적인 제안을 하려는데요, 일단 사장님이 내놓은 가격에 오천만 원을 얹어 거래하려는데 어떠세요?"

"에끼, 이 사람아. 부동산 중개소에서 웬 헛소리하는 양반이 왔다고 하길래, 하도 궁금해서 직접 오기는 했소만, 어떠한 바보 천치가 아무런 호재도 없는 이곳에 오천만 원을 더 내고 사려고 합니까? 당신네 회사는 바보예요? 아니면 무슨 우리가 모르는 좋은 소식이 있어요?"

"사장님, 맞아요. 좋은 소식이 있어요. 그러니 오천만 원을 더 얹어서 사장님 매물을 구매하려고 하지요?"

"그게, 무엇인가요? 그러면 집을 안 팔고 버텨도 된다는 소리인가?"

"하하하, 사장님, 아쉽지만, 사장님이 원하는 이 지역까지 확장해 개발한다는 소식은 아니에요. 그리고 앞으로도 그럴 일은 없어요. 다 아시면서, 괜스레 욕심낸다."

"혹시나 했는데 역시 그렇네요. 그러면, 도대체 무슨 소식이길래, 이렇게 정신 나간 가격에 거래한다는 소리인가요? 아니, 돈을 더 준다는데, 사기라고 말하기도 어렵고. 제대로 말 좀 해 보세요. 네?"

"사장님, 여기서 말하기는 조금 그렇네요. 소문이 퍼지면 안 되는 일이라서요. 일단 고민을 해 보시고, 거래하고 싶으면, 이곳으로 연락해 주세요. 부디 신중한 선택으로 인생 2막의 기회를 잡았으면 합니다."

"농담이 지나칩니다. 오천만 원 더 받는다고 인생 2막의 기회라니요, 하하하, 그래도 기분은 나쁘지 않네요. 그래서 고민 후에 연락 줄게요."

35. 말은 업자가 들으면 안 된다고 했지만, 선정한 지역에서 부동산을 운영하는 공인중개사 10명과 이미 사전에 입을 맞춰 놓은 상황이다. 대략 그 지역에서 활동하는 공인중개사가 50명 정도 된다. 50명 모두와 일하면 더 수월하지 않을까? 블루 고스트의 생각은 다르다. 그들은 한정된 수량으로 소비자를 자극하는 희소성 마케팅을 좋아한다. 카쿠르터 역시 이 방식으로 모집했다. 정호 님의 말씀 중, 뇌리에 박힌, 씁쓸하지만 고개를 끄덕일 수밖에 없는 이야기가 떠오른다.

"정말로 좋다면, 누구도 그것을 공유하지 않아요. 독차지할 수 있는 수익을 나눠야 하는데, 그것을 공유한다는 게 상식적으로 가능할까요? 그래요, 그것을 공유하려 한다면, 그것은 이미 좋은 게 아니거나, 그만큼 소중한 게 아니거나, 그것으로 돈을 벌려는 술수지요. 미치지 않고서야 남편, 아내 그리고 아이를 남과 공유하는 사람이 있을까요?

좋은 것은 독점하려 합니다.
좋은 것은 공유하지 않아요.
좋은 것은 절대로 퍼지지 않아요."

솔직히, 홧김에 집을 내놨을 확률은 꽤 높다. 어차피 안 팔린다. 개발할 계획도 없는 매물을 누가 사 주겠는가? 자투리에서 거주하는 젊은 세대는 그곳을 벗어나고 싶어 한다. 시세보다 높은 가격으로 거래하려는 미친 사람은 우리밖에 없다. 십중팔구, 다른 중개사에게 문의[79]한다. 자기만 이러한 제안을 받았는지, 혹시 사기가 아닐지, 궁금하니까. 하지만, 관련한 일을 아는 중개사는 없다. 이미 같이 일하는 10명의 중개사에게도 일러둔 상태다. 누군가 관련한 일을 물으면 모르는 일이라 답하라고. 그리고, 이 제안은 이들에게 둘도 없는 기회이니 걱정하지 말라고. 그렇게 상담하라고. 어느 곳에서도 원하는 대답을 얻을 수 없다면, 보통 젊은 세대가 하는 다음 행동은 뻔하다. 인터넷 검색이다. 스스로 판단해 결정해야 하니까. 그리고 블루 고스트는 그 뻔한 행동으로 이어질 다음 행동을 정확히 예측한다.

○○ 아파트 부동산 가격
경제특구지역 근처 시세
경제특구지역 관련 지역 개발계획
시세보다 높은 매물을 제시하면?
부동산 사기
카테

무엇을 검색해도, 카테에 관련한 기사는 단 한 줄도 없다. 또한 경제특구지역 관련한 어떠한 정보를 뒤져도, 자투리를 개발할 계획은 없다. 그리고 민법상 가족이 아니라면, 시세보다 비싸게 사 주는 예도 없다. 타인이 타인에게 이처럼 이상한 친절을 베푸는 상황은 아직 대

79) 문의(問議): 물어서 의논함.

한민국에서 일어난 적은 없어서다.

민법상 가족의 범위

① 다음의 자는 가족으로 한다.

1. 배우자, 직계혈족 및 형제자매
2. 직계혈족의 배우자, 배우자의 직계혈족 및 배우자의 형제자매

② 제1항 제2호의 경우에는 생계를 같이 하는 경우에 한한다.[80]

36. 물론, 인터넷 검색으로 비슷한 사례를 찾을 수는 있다. 타인이 타인에게 비싸게 또는 싸게 부동산을 거래하는 예도 있어서다. 이를 '업계약 또는 다운계약'이라고 한다. 시세 조작 또는 양도소득세 인하를 목적으로 실제 거래액과 신고 거래액을 달리한다. 이는 불법이다. 그리고 불법은 범죄행위다. 블루 고스트가 무엇을 하려는지 정확히 알기는 어렵다. 그래도, 이것은 확실하다. 우리가 추구하는 방향은 순수하다. 그리고 투명하다. 임 대표, 승기 그리고 내가 속한 곳은 불법을 저지른다고 생각지 않는다. 이들에게는 홧김에 내놓은 상실감의 울분이 유일한 현실적인 대안일지도 모른다. 지금이 벗어날 유일한 기회라고 생각할지도 모른다.

"안녕하세요. 얼마 전 부동산에 매물 관련해 이야기 나눈 ○○○입니다."

"네, 안녕하세요. 사장님, 결심이 섰나요? 우리에게 팔기로?"

80) 민법 제779조, 법무부.

“아니요, 그건 아닌데요. 도대체 정보가 없어서요. 현재 근무하는 회사를 검색해도 정보가 없어요. 몇 가지 물어봐도 될까요?”

“하하하, 저희가 그렇습니다. 우리는 조용하게 움직여요. 그래야, 우리처럼 평범한 사람에게 기회가 오니까요. 그럼요, 편하게 말씀하세요.”

“혹시, 업계약입니까?”

“사장님, 그럴 리가요. 업계약이면, 실제 거래액은 사장님이 말씀하신 금액으로 거래를 해야지요. 아닙니다. 우리는 사장님께 실제로 시세보다 높은 가격으로 매물을 구매할 예정입니다. 믿으셔도 됩니다. 업계약은 100% 아닙니다. 불법적인 일을 하는 회사가 아니에요.”

“도대체, 이해가 가지 않네요. 아무리 뒤져도 이 지역 관련한 개발 소식은 없는데, 미치지 않고서야, 왜? 시세보다 높게?”

“사장님, 관련한 이야기는 사장님이 결심이 서면, 그때 이야기하려고 합니다. 저번에도 이야기했어요, 인생 2막을 위한 첫걸음이라고요.”

“그래요, 인생 2막이라……. 정말 그런 날이 올까요? 듣기만 해도 기분은 좋네요. 조금 더 고민 후, 다시 연락 줄게요.”

무엇이든지 처음은 어렵다. 누구에게도 의지하지 않고 첫발을 내디딜 수 있어야 한다. 작은 용기가 필요하다. 아무도 걷지 않았기에 따라갈 발자국은 없어서다. 작은 용기를 스스로 만들기는 어렵다. 함께 걸어갈 동역자가 필요한 이유다. 블루 고스트가 우리 셋에게 작은 용기를 불어넣은 것처럼, 우리 또한 카쿠르터에게 작은 용기를 불어넣는다. 그리고 카쿠르터가 지금 이들에게 첫발을 내디딜 작은 용기를 불어넣는다. 카테피아 건설을 위한 선순환이다. 이는 선한 영향력이다. 그렇게 발자국을 만든다. 더는 외롭지 말라고. 더는 힘들지 말라고.

"안녕하세요, 고민했는데요, 거래하고 싶습니다. 어차피 발전할 기미도 없고, 이곳에 더는 있고 싶지는 않네요. 바로 앞에 펼쳐진 금싸라기 땅을 볼 때마다, 너무나 화가 나고요, 그래요. 그때 만난 부동산에서 계약서를 쓰면 될까요?"

"안녕하세요, 사장님, 결정을 잘하셨습니다. 계약을 정말로 결심한 게 맞나요? 다시 한번 확인합니다."

"그래요, 새로 시작하고 싶네요. 모든 게 힘드네요."

"좋습니다, 지금부터 우리 회사의 계획을 말씀할게요. 인생 2막의 기회입니다."

"드디어 이야기를 듣네요, 제일 궁금한 게 이 부분입니다. 도대체 왜 비싸게 이곳을 사려는지. 이해할 수가 없어요."

"사장님, 30년 된 아파트를 사들여, 재건축하려고 합니다."

"재건축이요? 벌써 우리 아파트가 30년이나 되었나요? 하긴, 아파트 외벽의 페인트가 벗겨진 것을 볼 때마다 을씨년스럽네요. 가끔 여기가 사람이 사는 곳은 맞나 싶기도 합니다. 그게 가능해요? 외진 곳이라, 누구도 이곳을 개발하려고 하지 않았어요. 더군다나, 이곳에 거주하는 사람 대부분 노인이라, 관심도 없고요."

"그래요, 그래서 사장님을 콕 집어서 연락했습니다. 사장님의 결심은 재건축을 위한 첫걸음이라서요."

"저를 콕 집어서요? 왠지 무섭네요, 그나저나 재건축하면 시세가 많이 오르려나요? 아 그리고 추가분담금과 초과이익환수 등 부담할 비용도 만만치 않을 텐데요."

"역시 사장님을 선택하기를 잘한 것 같네요. 사장님처럼 똑똑한 사람이 우리는 절실해요. 일단, 시세는 고민할 이유가 없습니다. 아시겠지만, 곧 대한민국에서 가장 멋지게 변할 경제특구지역이 바로 눈앞에 있습니다. 걸어서도 갈 수 있다고요. 아직은 극비인데요, 대형 건설사에서 재건축 관련한 프로젝트를 준비하고 있어요."

"대형 건설사에서 재건축을 준비한다고요? 그렇다면……. 음……."

"사장님, 이럴 줄 알고 말을 아꼈어요. 설사, 대형 건설사에서 재건축 관련해 발표하더라도, 그게 언제일지도 모르고요. 진행을 안 할 수도 있습니다. 또한, 우리가 제시하는 가격으로는 절대로 매물을 팔 수도 없습니다."

"그렇군요. 오해하지 않았으면 합니다. 대형 건설사가 재건축을 고려한다고 아파트를 팔지 않겠다는 뜻은 아니니까요. 다만, 당신네 회사가 재건축한다면, 아파트를 파는 게 맞는가 싶어서요."

"일단, 사장님이 물어본 추가분담금과 초과이익환수에 관해서 이야기할게요. 초과이익환수에 대해서는 크게 걱정할 게 없습니다. 이 지역은 면제입니다. 더군다나, 이 지역을 개발할 계획은 없습니다."

"정말 다행이군요. 한시름 놓았네요."

"그리고 사장님, 경제특구지역의 면적은 1,000만 ㎡, 300만 평입니다. 약 10만 명의 인구 유입을 추산하는 신도시입니다. 물론, 경제특구지역을 걸어서 갈 수 있는 게 사실입니다. 하지만, 경제특구지역의 중심에서 이곳은 꽤 멀리 떨어져 있어요. 아시지요?"

"그럼요, 걸어서는 갈 수 없는 거리지요. 중심부까지는."

"맞습니다, 그리고 도시 공학자들이 한목소리로 말하는 게 있는데요, 계획인구를 10만 명을 생각하지만, 실제로 유입되는 인구가 5만 명이 안 된다고 예상합니다. 결정적으로 이곳으로 들어올 사람이 없습니다. 대한민국의 인구는 점점 씨가 말라 갑니다. 이곳은 서울에서 떨어진 지역이고. 아무리 좋은 시설을 만들어도, 서울만 할까요? 결국, 건물을 지어도 유입될 인구가 턱없이 부족해 유령 도시가 될지도 모른다는 흉흉한 소문도 있습니다."

"에이 설마 그럴 리가요, 정부가 두 팔 걷고 홍보를 하는데요? 유령 도시라니요, 생각만 해도 끔찍하네요."

"그래요, 소문을 믿을 이유는 없어요. 대한민국에서 이곳보다 뜨거운 지역은 현재까지 없으니까. 하여튼 그런 이유로 300만 평이나 되는 이 지역을 계획대로 개발하는 게, 실제로는 어렵다는 게 중론이에요."

"그렇군요. 생각해 보면 그렇네요. 사람을 물건 만드는 것처럼 뚝딱할 수 있는 게 아니니까."

"말을 이어가면, 걸어서도 경제특구지역을 갈 수 있는데, 상식적으로 왜 이곳의 부동산 가격이 오르지 않을까요? 그리고 왜 아무도 이곳을 개발하려고 하지 않을까요? 맞아요. 어차피 경제특구지역 전체를 개발할 수 없기에 그렇습니다. 우리끼리 이야기지만, 중심부 노른자 지역은 정부와 대기업의 차지입니다. 그리고 중심부 지역에서 멀어진, 그러니까 사장님이 살고 계신 지역과 가까운 경제특구지역은 사실 투자가치가 없어요. 하지만, 이 지역까지 개발할 거로 굳게 믿은 투자자, 즉 개미들이죠. 이들은 결국, 투자한 원금을 잃을 확률이 높습니다. 원금만 손해 보면 다행이죠. 제반비용[81]까지 고려하면, 정말 인생에서 가장 최악의 투자입니다."

"저도 사실, 고민했어요. 말씀하신 지역에 투자할지를. 안 하기를 정말 다행입니다. 천만다행. 이러한 정보를 모르는 개미라면 투자를 잘못해 속앓이 좀 하겠어요. 여하튼 나라는 누구의 편인지. 어휴."

"그러니까, 사장님은 행운아입니다. 지금 저와 이야기를 나누고 있으니까요. 제가 이야기했습니다. 처음부터 우리는 사장님이 필요해서 접근했다고."

"저도 그게 참 이상합니다. 저처럼 평범한 사람에게 얻을 게 무엇일까요? 그나저나 대놓고 접근했다고 하니까 어떻게 반응해야 할지도 모르겠어요."

"사장님이, 다른 지역에 살고 있다면, 관심이 없었겠지요.
하지만, 사장님은
첫 번째, 집주인입니다.
두 번째, 이 아파트에 살고 있습니다.
세 번째, 준공 후 30년이 지난 아파트에 살고 있습니다.
네 번째, 사장님은 젊습니다.
마지막으로, 사장님은 돈을 벌고 싶어 합니다."

---

81) 제반(諸般): 어떤 것과 관련된 모든 것. 여러 가지.

"듣다 보니, 제가 중요한 사람처럼 느껴집니다. 하하하."

"아니요, 사장님은 우리 프로젝트에서 가장 중요한 사람입니다. 사장님의 도움 없이는 인생 2막, 재건축의 희망도 사라집니다."

"어깨가 무거워지네요. 그냥 집을 팔고 싶은 사람인데요, 그래요, 이야기나 들어봅시다. 제 역할은 무엇인가요?"

"물론, 사장님이 우리의 제안을 거절하면, 사업의 차질은 생기겠지요. 하지만, 사장님을 대신할 사람은 얼마든지 있습니다. 다만, 다른 이보다는 우리와 함께 걸어갈 파트너로 사장님이 적임자라고 생각합니다. 그러니, 우리에게 집을 팔고 오천만 원의 수익을 낼지, 아니면, 이보다 큰 수익을 꿈꾸어 인생 2막으로 나아갈 기회를 쟁취할지를, 오늘 이야기를 듣고 결정했으면 합니다."

"거창합니다. 그래요, 말씀하세요. 준비됐습니다. 휴, 이게 뭐라고, 귀에서 심장박동 소리가 들리는 것 같네요."

"재건축하려면, 조합을 만들어야 합니다. 물론, 조합장을 사장님으로 추대[82]할 생각입니다. 아파트에 거주하는 사람을 설득해 우리 회사에 매물을 넘겨 재건축을 실현하는 게 조합장의 주요 업무입니다. 조합장을 맡아 재건축을 위해 힘을 쓰면 미리 제공하는 인센티브가 있습니다."

---

82) 추대(推戴): 윗사람으로 떠받듦.

"인센티브요? 구미가 당깁니다. 무엇인가요?"

"재건축으로 방향이 정해지면, 거주민이 재건축 동안 다른 지역에서 지낼 비용이 필요합니다. 아파트를 매도하는 게 아니니까요."

"그렇지요. 거주 비용은 필요합니다."

"현재, 측정하는 거주 비용은 조건에 따라 달라지겠지만, 3천만 원에서 최대 5천만 원으로 생각합니다. 하지만, 사장님이 조합장으로서 거주민의 행복을 책임져 재건축의 길로 나아간다면, 1억을 드리겠습니다. 그리고 1억을 활용해 사람을 설득하세요. 재건축조합을 만들 수 있게 힘써주세요."

"1억이요? 생각지도 못한 금액이네요. 그나저나 3천만 원의 거주 비용은 적은 금액 같네요. 그 돈으로 이사할 동네가 있을까요?"

"사장님, 이 아파트에서 집주인이 직접 거주하는 경우는 500세대 중, 78세대입니다. 이미 조사가 끝났어요. 그러니, 78세대를 제외한 나머지 세대를 임대한 집주인은 재건축을 두 팔 벌려 환영한다는 뜻입니다. 또한, 전세 또는 월세로 거주하는 사람을 걱정할 이유도 없습니다. 전세나 월세로 계약한 사람 중 계약의 종료 시점을 시작으로 재건축을 시작합니다. 물론, 돌려줄 전세 보증금 또는 이사할 비용이 부족할 수도 있겠지요. 하지만, 재건축으로 돌아올 이득을 고려하면, 각자 감내해야 할 몫입니다. 그리고 그러한 문제를 설득하는 게 본인의 역할입니다."

"잘 알겠습니다. 그리고 다른 것은 없나요?"

"그리고, 조합원들과 협의를 통해 공급가를 결정하면, 더는 추가분담금도 없습니다. 경제 상황이 어려워도 그대로 진행합니다. 추가분담금은 여러분의 몫이 아닙니다. 일반분양으로 들어오는 계약자에게 순차적으로 추가분담금을 공유할 생각입니다. 재건축을 통해 우리는 최대 826세대를 지을 생각이니까요."

"826세대? 우리 아파트 단지만 고려해 진행하는 사업은 아니군요."

"맞습니다. 그래서 사장님의 역할은 아주 중요합니다. 제 이야기는 여기까지입니다. 더 궁금한 게 있나요?"

"없습니다. 생각보다 큰 제안입니다. 일주일 정도 고민할 시간을 주세요."

37. 일주일 후, 밝은 목소리로 그는 카쿠르터에게 연락한다.

"결정했습니다.
저도 인생 2막의 기회를 쟁취하고 싶습니다.
무엇을 하면 될까요?"

그렇게 시작했다. 카테피아의 건설을 위한 첫 번째 프로젝트가. 조합원 모두는 막다른 골목에 서 있다. 이들은 누구보다 새로운 기회가 절실하다. 그들의 절실함은 다른 이의 절실함을 끌어낸다. 현재까지 재건축사업은 순조롭다. 이사비용 문제로 가끔 껄끄러운 잡음이 있기는 하다. 하지만, 대부분 원만하게 해결한다. 재건축을 반대하는 사람은 한 사람도 없다. 눈앞에 펼쳐진 벼락거지의 현실은 자투리에 거주하는 많은 이에게 상실감을 선물했으니까. 결국, 개인의 심리를 자극해 군중의 힘으로 키운다는 블루 고스트의 전략은 성공이다. 감히 누구를 의심했다는 말인가? 생각할수록 부끄럽다. 블루 고스트는 투자의 신이다.

모두 한 마음이다.
모두 한 방향이다.
그래서 모두 행복하다.
그래야 한다. 행복하려면.

38. 재건축을 위한 진행은 순조롭다. 재건축 프로젝트를 시작하고 얼마 지나지 않았다. 사무실로 노인 한 분이 찾아왔다. 아비 주름살을 삼킨 이마, 눈가에 펼쳐진 수십 개의 새끼 주름, 그리고 칼에 베인 듯한, 깊게 팬 팔자 주름을 지닌, 여든 살은 족히 된 노인은 서운함이 그득한 목소리로 말한다.

"섭섭해. 이런 일은, 어린 친구가 아닌 우리 또래가 맡아서 진행했어야 해. 여기 대부분 우리 노래인데, 어린 친구가 조합장을 맡으면 쓰나. 경험이 없어 판단력은 떨어질 게 뻔한데? 지금이라도 70대 중 한 명을 부조합장으로 선출하는 게 어떠한가? 사실은 내가 하고 싶네. 40대가 무엇을 안다고? 어린아이한테 이러한 중대한 일을 모두 맡길 수는 없지. 난 말이야. 과거의 이쪽 경험도 풍부해. 자네는 모를 수도 있지만, 그곳에 거주하는 노인네들, 지금이야 이냥 저냥 살지만, 예전에는 힘 좀 썼던 사람이 많아. 내가 구심점[83]이 되어서 재건축을 보다 빨리 시작할 수 있게 힘을 쓰겠네. 서로 좋은 게 좋은 것 아니겠나."

부조합장으로 임명한다. 노인에 관한 생각은 조금씩 바뀐다. 일을 꽤 잘 해내서다. 그 어르신이 없었다면, 지금과 같은 속도로 진행하기는 어렵다. 나이가 무색할 만큼 열정적이다. 그리고 강하다. 어디서 그런 힘이 나오는지 알 수는 없다. 조합장과 부조합장의 세대 간의 갈등을 우려했다. 젊은 세대와 기성세대가 생각하는 방향은 다르다고 느껴서다. 40대와 70대의 협업은 가능할까? 혹시라도 연륜을 앞세워 조합장의 계획을 시시콜콜[84] 따지며 방해하지 않을까? 마치 시시콜콜 따지는 게 모두를 위한 일인 것처럼 말이다.

조용한 태업.

고스트 사보타주.[85]

태업과 사보타주라 하면 조합에 가입해 단체 행동으로 원하는 것을

---

83) 구심점(求心點): 어떤 역할의 핵심적인 인물이나 단체 등을 비유적으로 일컫는 말.

84) 시시콜콜: 자질구레한 것까지 미주알고주알 따지고 캐는 모양.

85) 근로자들이 자기의 요구 조건을 관철시키기 위하여 일부러 게으름 피우며 일함으로써 사용자를 압박하는 단체 행동을 사보타주라 하며, 태업(怠業)이라고도 한다. 스트라이크의 경우처럼 작업을 완전히 중단하는 것은 아니고 직장에 머물면서 일응 작업에 임하나 조합의 지도 · 명령에 따라 은밀한 가운데 작업능률을 저하시켜 사용자에 압력을 가하는 쟁의행위의 일종을 말한다. [출처: 국세법령정보시스템]

얻기 위한 쟁의행위라 생각한다. 조용한 태업은 그렇게 거창하지 않다. 오늘도 너와 나, 우리는 조용한 태업인 고스트 사보타주를 실행 중이다. 많은 이가 이처럼 일하면서, 조직을 위해 헌신하고 있다고 착각한다. 고스트 사보타주를 실천하는 수많은 조직원은 이처럼 말한다.

모두 YES를 외칠 때,
한 사람은 NO라고 해야 한다.

얼핏 들으면, 누구나 공감할 변명이다. 그리고 대견해한다. 그리고 스스로 치명적인 전략가라 생각한다. 프로젝트를 올바른 방향으로 인도한다고 믿어서다. 회사 생활을 하면 이런 사람은 정말로 많다. 단연코 말하지만, 이런 부류의 사람이 많을수록 프로젝트는 잘못된 방향으로 흐른다. 자연스레 관련한 일은 대부분 지연된다. 조용한 태업, 고스트 사보타주다.

산으로 가려 했다면, 산으로 가야 한다.
바다로 가려 했다면, 바다로 가야 한다.

산으로 가다가 바다로 향하면,
바다로 가다가 산으로 향하면,

결국, 아무 곳도 갈 수 없다.

39. 의도적으로 일을 지연시키는 행위라면, 목적이 있기에 비난을

받더라도 정당성은 존재한다. 누구나 그들이 무엇을 하려는지 알아서다. 하지만, 고스트 사보타주는 누구도 모른다. 스스로 깨닫기도 어렵거니와 주위 사람도 알아채기 어렵다. 고스트 사보타주를 일삼는 자의 특징은 다음과 같다.

하나, '척'하기를 좋아한다.
둘, 하지 않는 수많은 이유가 있다.
셋, 새로움을 싫어한다.
넷, 깐죽거린다.
다섯, 부정적이다.
여섯, 책임과 거리가 멀다.
일곱, 주도하지 않는다.
여덟, 꼬투리만 잡는다.
아홉, 문제점만 이야기한다.
열, 자기 의견은 없다.
열하나, 말만 앞선다.
열둘, 해결책은 없다.
열셋, 남 탓만 한다.

이 기준을 벗어나는
인간은 단 한 명도 없다.

그런데도,
자기는 아닌 척,

서로 못 잡아먹어서 안달 난,
으르렁거리는 꼴이라니,
정말로.

우려와 다르게, 우리 중 누구도 고스트 사보타주를 보이지 않는다. 참으로 놀랍다. 모든 게 일사천리다.[86] 돈인가? 이들을 움직이게 하는 힘이? 그래, 자투리에 거주하는 모두가 재건축을 통해서 돈을 벌고 싶어 한다. 386 세대, X 세대, MZ 세대의 구분은 의미가 없다. 돈 앞에서는 모두 하나가 된다. 세대 통합은 이렇게 쉬운 과제였단 말인가? 정말로 이처럼 쉬운 일이었는가? 입체적이라 믿었던 인간의 다양함은 단순함을 가리기 위한 포장이었을지도. 자괴감까지는 아니더라도 조금은 슬프지만, 한편으로 다행이면서도 기쁜 이 마음을 설명하기는 어렵다.

돈을 좋아하는 게
나쁜 것은 아니잖아.
안 그래? 응?

40. 임 대표는 매주 한 번, 정호 님과 영상 회의를 한다. 이 회의는 임 대표만 참여한다. 한 번도 임 대표와 정호 님의 회의를 본 적은 없다. 사무실이 아닌, 집에서 하는 것 같다. 임 대표가 그렇다고 하니까 그렇다고 믿을 뿐이다. 퇴근 후, 배고파서 편의점에 들른다. 편의점

---

86) 일사천리: 강물이 빨라, 한 번 흘러 천 리에 다다른다는 뜻으로, 어떤 일이 거침없이 빨리 진행됨을 이르는 말.

도시락과 즉석밥을 좋아한다. 편의점 도시락만으로는 양이 적다. 그렇기에 즉석밥 하나를 같이 산다. 컵라면은 이상하게 먹기가 싫다. 심적으로 건강을 해치는 기분이 들어서다. 하긴, 편의점 도시락도 몸에 해로운 것은 마찬가지인가? 그래도 기분은 그렇지 않다. 저녁을 밖에서 간단하게 먹는 이유는 아내에게 미안해서다. 아내는 꿈을 이루라고, 글을 쓰는 나를 응원했다. 처음에는 그랬다. 하지만, 회사를 그만두고, 아내에게 생활비를 주기가 어려웠다. 꿈을 이루라고 아내는 기꺼이 자신을 희생했다. 아르바이트를 시작했다. 미안했다. 하지만 난 이기적이다. 오히려 생활비를 주지 않아도 될 것 같아서 마음은 편했다. 이런 마음을 아는지 모르는지, 순진한 아내는 말한다.

"자기야, 글 쓰느라 힘들지? 원래 창작은 고통이 필요해.
자기를 믿어. 곧 보상이 있을 거야."

그래, 창작은 고통이 필요하다. 하지만, 아내도 나도 이 길은 처음이다. 몰랐다. 정말로 몰랐다. 창작이라는 게 우리를 힘들게 하는 괴물이라는 사실을. 우린 2년을 버티었다.

"자기야, 벌써 2년째야. 언제 출간하는 거야?
그리고 왜 글을 안 보여 줘?
정말 글을 쓰고 있기는 해?"

아내의 육감은 무섭다. 그래, 2년 동안 보여 준 글은 없다. 도대체 2년 동안 무엇을 한 건가? 사실은 내려놓고 싶다. 오해하지는 말자. 정말로 아무것도 쓰지 않았다는 이야기는 아니다. 쓰고는 있다. 솔직히 말하면, 이미 출간할 정도로 충분히 많은 양을 썼다. 정말로. 그런데 도대체 이야기가 끝나지 않는다. 캐릭터와 잘못된 길로 빠진 지 오래다. 작가로서 중심을 잡지 못한다. 캐릭터가 원하는 방향으로 그대로 끌려간다. 너무나 멀리 왔다. 돌아가기도 어렵다. 아니, 다시 돌아갈 길을 찾는 중이다. 캐릭터와의 즐겼던, 수많은 추억을 날리고 싶지는 않아서다. 그렇게 2년을 보냈다.

"자기야, 아무래도 글 쓰는 것은 취미로 하고, 돈을 벌었으면 해. 가정을, 우리 가족을 지켜야 할 것 아니야. 그게 가장이니까. 매일 방 안에 박혀서 가정을 모른 척해도 이해했어. 자기는 해낼 수 있다고 생각했으니까. 그런데 너무 힘들다. 혼자서 가족을 지켜낼 자신이 없어."

사랑하는 모든 게 무너지고 있다.
꿈을 이루려는 내 욕심으로.

41. 암울했다. 눈을 감는 버릇이 생겼다. 현실을 모른 척하고 싶어서다. 다시 눈을 뜬다. 현실의 문제는 그대로다. 사라지지 않는다. 지옥 같다. 하지만 맞설 자신도 없었다. 누군가 이 상황을 구원해 주기를 원했다. 그래서 매일 기도했다. 그리고 응답이 왔다. 우현이다. 하나님께 감사한다. 우현이의 제안은 가족을 살리는 유일한 길이었다. 카페에서 우현이에게 받은 천만 원을 현금으로 뽑아서 아내에게 주었다. 아내는 펑펑 울었다. 처음으로 느꼈다. 눈물은 슬픔을 위해 존재하는 게 아니라는 진실을. 조금은, 아내의 미안한 마음을 달래 주고

싶었다. 편의점 도시락과 만남을 그렇게 시작한다. 편의점 도시락은 아내를 그동안 힘들게 했던 미안함이다. 비가 온다. 쉬이 그칠 비는 아니다. 사무실로 돌아가서 우산을 챙겨야 한다. 밤늦게 임 대표 사무실에 불이 켜져 있다. 다들 퇴근한 이 시간에?

"아버지, 아직 승기와 효상이에게 이야기하지 못했어요. 시간이 필요하다고요. 승기와 효상이가 어떻게 받아들일지도 모르겠고요. 한순간에 모든 게 무너질 수 있어요. 전 그게 무서워요. 조금만 더 시간을 주세요."

"아들, 시간이 없어. 빨리 진행해. 그리고 이 프로젝트를 시작할 때, 예상한 일이야. 너도 예상한 일이야. 시간을 끌수록 우리에게 불리해. 힘들면 내가 직접 말하고."

무엇을 말한다는 거지? 뭐가 무섭다는 거지? 알 수 없는 말만 한다. 일주일이 지났다. 임 대표는 여전히 아무 말도 하지 않는다. 궁금해 미치겠다. 승기에게 다가가 슬쩍 운을 띄운다.

"승기야, 임 대표가 무슨 말 안 해?"

"임 대표가 왜? 무슨 일 있어?"

"그게 말이야, 일주일 전에 들은 말이 있는데, 그게 좀 꺼림칙해서. 정호 님과 대화했던 내용이 좀 수상해."

"효상아, 아직도 그 타령이냐? 저번에 이야기 끝난 것 아니야? 너도 참 병이다. 병. 지금 재건축 관련 문제로 골치가 터질 지경이다. 쓸데없는 소리 좀 그만해. 그리고 우리에게 전달할 사항이 있으면 곧 하겠지."

내가 예민한 건가? 그럼 도대체 그들의 대화는 무엇인가? 그래, 할 말이 있으면 곧 임 대표가 하겠지. 전화가 울린다.

"안녕하세요, ○○의 ○○ 기자입니다. ○○지역 재건축 진행하는 카테가 맞나요?"

"네, 그런데요, 무슨 일이죠?"

"드디어 실체를 확인하네요. 그러니까 카테가 ○○지역 재건축 진행하는 게 맞지요?"

"네? 그게 무슨?"

42. 직감적으로 대답을 잘못한 것 같다. 프로젝트를 언론에 노출한 적이 없는데? 어떻게 알았지? 심장이 빨리 뛴다. 손에서 땀이 난다. 갑자기 속이 메슥거린다. 커진 눈동자를 어디에 둬야 할지 모르겠다. 목소리가 떨린다. 승기가 당황한 내 표정을 알아채고 전화를 가로채 스피커폰으로 받는다.

"누구시죠?"

"안녕하세요, ○○의 ○○ 기자입니다."

"그런데요, 무슨 일로?"

"○○지역 재건축을 진행하는 게 카테가 맞는지, 확인 차 전화했습니다."

"기자님, 그게 왜 궁금할까요? 저는 그게 더 궁금하네요."

"실례지만 전화 받은 분은 누구시죠?"

"누구인지 기자님에게 말할 이유는 없습니다. 그나저나 무엇이 궁금해 전화했나요?"

"아, 그렇다면 알겠습니다. 몇 가지 제보가 들어와서요. ○○지역 재건축 관련해서요."

"무슨 제보요?"

"그건 아직, 취재 중이라 말씀하기는 어렵고요. 몇 가지 궁금한 게 있어서 전화했습니다."

"제가 기자님의 궁금한 사안을 답할 의무는 없습니다. 그만 전화 끊습니다."

"아 잠시만요, 성격이 급하시네요. 그러면, 제보를 바탕으로 안 좋은 기사가 나갈 수도 있습니다. 그러기를 원하세요?"

"기자님, 무슨 말씀하는지 이해가 가지를 않네요. 안 좋은 기사라니요? 무슨 불법이라도 저지른다는 전제하에 말씀하는 것 같네요. 불쾌합니다."

"그러니, 간단하게 질문 몇 가지 할게요. 그리고 내용을 추려서 정식으로 대표님 인터뷰 요청을 해도 될까요?"

"그래요, 말씀하세요."

"재건축 관련해, 조합원을 모집한다고 들었는데요, 일반적인 방식과 달라서요. 확인한 결과, 재건축조합이 아닌 지역주택조합에 가까운 것 같아요. 정확하게, 재건축입니까? 지역주택조합입니까?"

"그게, 왜 문제가 있습니까?"

"아시다시피, 재건축조합의 자격 조건은 해당 사업 용지 내 건축물과 토지를 소유한 자입니다."

"그런데요?"

"그런데, 카테는 주택을 소유하지 않는 다른 이에게도 조합원 자격을 주어지는 것 같습니다. 이는 지역주택조합의 자격 조건입니다."

"그래서요? 재건축조합으로 시작해서 투자가치가 좋다면 대상을 확장해 지역주택조합이 될 수도 있지요."

"그곳은 어떠한 개발계획도 없어요. 그런데도, 앞으로 개발계획으로 부동산 가치가 오를 거라는 소문을 누군가 악의적으로 퍼뜨리고 있습니다. 제보에 따르면, 소문의 진원지[87]가 카테입니다. 그 소문을 이용해 자격이 없는 사람을 설득해 투자자로 모집한다고 들었습니다. 제가 몰라서 묻는데, 지금 진행하는 지역에 개발계획은 있나요?"

"왜요, 정보를 말하면, 기자님도 투자 좀 하려고요?"

"혹시 모르죠? 그럴지도 모르죠. 저는 기자입니다. 대중에게 정말로 좋은 소식이 있다면, 누구보다 먼저 알리고 싶습니다."

"기자님, 어디서 무엇을 듣고 이러한 질문을 하는지 모르겠지만, 좋은 소식을 대중에게 누구보다 빠르게 알리고 싶다고요? 정보는 공유할수록 가치가 떨어집니다. 굳이 왜요? 우리 프로젝트에 너무 많은 관심은 사양합니다."

"좋은 사업이라면, 알려서 더욱더 투자금을 모으는 게 정상 아닌가요? 왜 굳이 숨기려고 하죠? 문제가 있는 사업인가요?"

---

87) 진원지(震源地): 사건이나 소동 따위를 일으킨 근원이 되는 곳의 비유.

"정말로 무례한 사람이군요. 기자님 주위는 늘 문제만 있나 보네요. 보이지 않는다고, 알 수 없다고, 나쁘다고 단정 짓는 것은, 누구한테 배운 발상입니까? 기자라면, 공정하게 사견[88] 없이, 사건을 대하는 게 상식이라고 생각합니다."

"지금 사건이라고 말씀하셨어요? 그러니까 사건이라는 말씀이지요?"

"말꼬리 잡지 마시고요. 제 말은 처음부터 답을 정해 놓고 묻지 말라는 소리입니다. 그래요, 곧 사건이 터질 수 있겠네요. 기자님 때문에요. 기자님의 펜은 어떤 것보다 무서운 살상 무기입니다. 당신의 상상력으로 쓴 기사가 누군가의 인생 2막을 망치는 일이 될 수 있다고요. 아시겠어요?"

"너무나 잘 알고 있습니다. 그래서 사실을 확인차 전화했어요. 그러니 답변해 주세요. 개발계획도 없는 그 지역에서 개발계획이 있는 것처럼 선량한 사람을 속이는 이유가 무엇인가요? 그리고 제보에 의하면 토지를 일괄적으로 매입하려고, 이사하기 어려운 세입자를 적은 보상금으로, 그들을 길거리로 내몬다는 이야기도 있던데, 사실인가요?"

"적은 보상금이요? 그리고 속이다니요? 누구를요? 그 말, 책임질 수 있는 발언인가요? 아까부터 모든 대화는 녹음하고 있습니다."

"속인다는 말은 조금 과했네요. 저는 단지 진실을 알고 싶을 뿐입니

---

88) 사견(私見): 자기 개인의 생각이나 의견.

다. 그래서 개발계획은 정말로 있단 말인가요?"

"기자님, 우리는 대중의 노출을 원하지 않습니다. 그리고 우리는 인생 2막의 기회를 쟁취하려고 사력[89]을 다합니다. 그리고 정말로 원하면, 기사를 내지 않는다는 조건, 오프 더 레코드로는 가능합니다. 하지만, 이 역시 대표님과 상의해야 합니다. 지금으로서는 무엇도 말하기 어렵습니다."

"다들, 인생 2막의 기회를 쟁취하려고 사력을 다한다? 흥미로운 이야기입니다. 오프 더 레코드로요? 그건 일단 대표님과 상의 후 다시 말씀하시죠. 아무래도 자주 연락해야 할 것 같네요. 개인적으로도 그 투자에 관심이 있기도 합니다. 마지막으로 성함과 직책을 알고 싶습니다."

"김승기입니다. 그리고 직책은 기획전략 부서의 팀장입니다. 대표님과 상의 후, 다시 연락하겠습니다. 다음에는 얼굴 보면서 이야기했으면 합니다."

"그래요, 김 팀장님. 연락 기다리겠습니다."

43. 승기의 놀라운 임기응변이다. 하지만 실상은 그렇지 않다. 전화를 끊은 승기 역시 이 상황을 예상하지 못한 듯하다. 당황한 기색은 역력하다. 스피커폰으로 통화했기에, 나를 포함한 직원 모두는 일순간 얼음이 돼 동작을 멈춘다. 어리둥절한 표정으로 서로를 바라본다.

---

89) 사력(死力): 목숨을 아끼지 아니하고 쓰는 힘. 죽을힘.

승기는 임 대표에게 전화한다. 그리고 급하게 사무실을 떠난다.

"김 팀장을 통해 보고받았습니다. 걱정하지 않아도 됩니다. 프로젝트는 안정적으로 운영 중입니다. 계획대로 부자들의 지갑은 순조롭게 열리는 중입니다. 그래요, 너무나 잘 풀리는 상황이라 지루하다고 할까요?

그런데, 이런 일이 벌어졌네요. 사촌이 땅을 사면 배가 아프다고 합니다. 이는 인간의 본성입니다.

검증 없이, 상대방을 맹목적으로 폄훼하는 세력은 당연히 예상했던 일입니다. 이것도 공격이라면 공격일까요? 그런데 타격감은 전혀 없어요. 시시합니다. 실망스럽네요. 그 정도의 공격으로 우리가 무너지겠습니까? 블루 고스트와 카테는 그리 허술한 집단이 아닙니다. 더군다나, 기자가 하는 말은 그저 낭설[90]입니다. 떠도는 낭설. 기자와 조만간 자리를 가지기로 했습니다. 곧 속내[91]를 알 수 있겠지요. 걱정하지 말고 본업에 집중하세요."

임 대표가 웃으며 말한다. 별것 아니라면서. 임 대표의 웃는 모습은 오래간만이다. 임 대표의 굳건한 모습에 가슴을 쓸어내리며 안도의 숨을 내쉰다. 기자 전화 한 통이다. 딱 한 통의 전화로 사고의 마비는 완벽하게 일어난다. 오죽하면, 엄지발가락까지 뻣뻣해질까? 우리는 카테피아의 완성만 생각하며 정말로 열심히 일한다. 전면적으로

90) 낭설(浪說): 터무니없는 헛소문.
91) 속내: 겉으로 드러나지 않는 속마음이나 일의 내막.

나서서 투자자를 모집하는 카쿠르터 영업팀, 카쿠르터와 사무실 직원 근태관리를 책임지는 인사총무팀, 김 팀장과 머리를 맞대며 카테피아를 실현하려는, 야근이 일상이 된 기획전략팀, 투자자의 이탈을 방지하고 충성도를 높이기 위한 고객 관리팀, 그리고 모든 부서를 총괄 관리 및 지시하는 임 대표. 우리는 쉬지 않는다. 우리는 열정적이다. 우리가 진행하는 방향은 바르다고 믿는다. 바른 방향이기에 많은 이가 인생 2막의 기회를 쟁취하리라 믿어 의심치 않는다. 그런데도 전화 한 통에 단단한 믿음은 삽시간에 무너진다. 믿음의 경도가 다이아몬드라 생각했는데, 플라스틱보다도 약한 유리였다. 왜 이런 일은 일어날까?

깨진 그릇을 이어 붙여도
예전으로 돌아갈 수는 없다.

44. 기자와의 통화는 내 업무였다. 고객 관리는 내 역할이다. 승기가 대신 전화를 받아 관리 능력의 부족함이 드러나는 게 문제라고 생각지는 않는다. 사무실에 있는 모든 직원은 알고 있다. 승기의 업무 능력이 훨씬 낫다는 사실을. 임 대표는 승기와 상의 후 중대한 결정을 내린다. 어차피 난 고객 관리팀 아닌가? 서운해도 당연하다. 승기는 전략기획팀이니까. 다만, 사무실 직원은 임 대표가 더는 나와 기밀 사항을 나누지 않는다는 사실을 모른다. 전화 통화에서 보여 준 당혹함으로 그동안 프로젝트 진행에 의심하였던 직원은 확신이 선 것 같다. 무언가 이상하게 돌아간다고. 임 대표가 수습에 나섰다. 곧 해결하리라 믿는다. 이유는 간단하다. 의심만 있을 뿐, 받쳐 줄 증거는 어디에

도 없다. 그리고 나쁜 일에 엮였다고 생각지도 않는다. 블루 고스트는 신이다. 더는 의심하지 않는다. 반신반의[92]하는 직원도 곧 깨닫게 될 거다.

그래, 난 나쁜 일을 하지 않는다.
그래, 난 나쁜 행동을 하지 않는다.
그래, 난 나쁜 생각을 하지 않는다.
그래, 난 착한 사람이다.

승기와 기자를 만나러 가는 중이다. 임 대표가 직접 나설 일은 아니라 승기가 판단한 것 같다. 아니면, 임 대표를 대변해 전할 말이 있을지도 모른다. 승기와 임 대표가 무슨 대화를 했는지 모른다. 굳이 따라갈 이유는 없다. 할 이야기도 없다. 거절했다. 승기 혼자 가라고. 내가 가서 뭐 하냐고.

"효상아, 같이 가자. 그만 겉돌고 함께해야지.
우리는 하나니까. 그리고 네게 할 이야기도 있고."

45. 오랜만에 보는 표정이다. 강변역 포장마차에서 나를 다그치며 보였던 그 표정이다. 그래, 겉돌고 있다는 게 현재의 내 처지다. 임 대표에게 먼저 다가가, 그동안 블루 고스트와 너를 오해해 미안하다고 말해야 했었다. 그런데 또 먼저 다가가 말하는 게 싫다. 성발 한 번만 임 대표가 먼저 다가와 풀어주면 좋을 텐데. 이미 사과하려고 마음먹

92) 반신반의(半信半疑): 반쯤은 믿고 반쯤은 의심함.

었는데. 우현이는 다가오지 않는다. 대표라면 응당 직원을 먼저 살펴야 한다. 글러 먹은 용인술이다. 그리고 그냥 직원도 아니다. 임 대표와 가장 친한 친구다. 하지만, 이미 임 대표의 마음은 떠난 듯 보인다. 승기는 임 대표가 여전히 우리를 예전처럼 대한다고 하지만, 잘 모르겠다. 적어도 나한테는 아니다. 글러 먹은 용인술이다. 겉돌고 싶지 않다. 내가 잘못했다고. 기자와 무엇을 하려는지 알 수 없지만, 다른 기대를 한다.

"안녕하세요, 유선상으로 인사했던 전력기획팀의 김승기입니다. 그리고 옆에는 인사팀장인 안효상입니다."

"만나서 반갑습니다. 저번에 통화한 ○○의 ○○ 기자입니다. 생각보다 이른 만남이네요. 이렇게 바로 만날지는 몰랐어요."

"속전속결[93]입니다. 시간 끌 거 뭐 있습니까? 원하는 것을 말씀하세요."

승기의 날카로운 말투는 오늘도 거침없다.[94]

"김 팀장님, 훅 들어오시는군요. 바로 본론이라니. 제가 원하는 것은 진실입니다. 소문의 진실. 그것 말고 바라는 게 또 뭐가 있을까요?"

"기자님, 정말로 바라는 게 진실입니까? 그것 말고는 바라는 게 정말

---

93) 속전속결(速戰速決): 일을 빨리 행하여 속히 끝냄.

94) 거침없다: 일이나 행동 따위가 중간에 걸리거나 막힘이 없다.

로 없나요?"

"도통 무슨 말을 하고 싶은지 감이 잡히지 않네요. 팀장님이 먼저 말씀하세요. 무엇을 주고 싶은지. 그것을 듣고 고민하겠습니다."

46. 문이 열린다. 바닷가의 향을 머금은 신선한 음식이 들어온다. 개인적으로 해산물을 좋아하지는 않는다. 비린내가 싫어서다. 어른이 되면, 좋아하는 음식도 변한다고 한다. 그럴 줄 알았다. 어른이라면 해산물을 대부분 좋아한다. 신선해서? 건강해져서? 비싸서? 아니면 정말로 맛나서? 나로서는 알 수 없다. 시간이 흘러도, 떡볶이, 김밥, 짜장면, 라면, 돈가스는 여전한 최애 음식이다. 비린내 나는 해산물보다. 어른이 되면서 변하는 주변인의 입맛은 나를 슬프게 한다. 나만 그대로여서다. 승기도 임 대표도 내가 좋아하는 음식을 더는 좋아하지 않는다. 도대체 분식점 음식을 왜 싫어하는데? 먹자고 이야기도 안 꺼낸다. 하긴, 승기는 원래 싫어했다. 하지만 우현이는 다르다. 대학교 때, 그렇게나 즐겨 했으면서. 입맛이 변하면 사람도 변하는 건가? 그렇게 어른이 되어 가는 건가? 그래서 나를 싫어하나? 그렇다면 난 왜 그대로인데? 내 입맛은 왜 변하지 않는 건데? 푸짐한 해산물 한 상차림이 눈에 거슬린다. 안 먹는다. 오늘도. 넌 나쁜 음식이다. 나와 우현이를 이간질하니까. 나쁜 놈!

"기사님, 서희가 소사한 게 있는데요, 요즘 심리적으로 어려움을 겪고 있다고요."

"제가요? 그런 사실 없습니다."

"서로 솔직하게 패를 보이고 좋은 방향으로 가는 게 좋지 않을까요?"

"김 팀장님, 도통 무슨 소리 하는지 알 수가 없네요. 빙빙 돌리지 마시고, 말씀하세요."

승기는 가방에서 무언가를 꺼낸다. 사진이다.

"처음에는 취재차 이곳에 들른다고 생각했어요. 하지만 그게 아니더군요."

"설마 저를 미행했습니까?"

"미행만 했을까요? 더한 것도 이미 했습니다. 판단이 끝났으니 기자님과 만남을 청했지요. 카테의 정보력을 무시하지 않았으면 합니다."

"김 팀장님, 정말로 무서운 사람이군요. 전 단지 제보에 관련해 진실이 무엇인지 알고 싶었을 뿐입니다."

승기가 꺼낸 사진을 보고 있지만, 평범한 술집으로 보인다. 그런데 기자는 당장이라도 울 것 같은 표정을 진다. 도대체 여기가 어디냐?

"보이는 진실은 사실과 다를 수 있습니다. 기자님은 타인에게 보이기 위한 진실로, 사실과 다른 삶으로 자신을 포장해 살아가고 있더군요. 숨겨 놓은 사실을 주변인이 알기를 원합니까? 그러기를 원하면, 지금 전화 한 통으로 가족을 포함해 기자님 주변인에게 사실을 전달하겠습니다. 그러기를 원하세요?"

"김 팀장님, 본성을 무시한 채, 제 인생을 힘들게 쌓았습니다. 설사 그게 거짓이라도, 쌓아 온 진실을 난 사랑합니다. 제발 그러지 말아 주세요. 간곡하게 부탁합니다."

47. 기자와 승기는 나만 모르는 이야기를 주고받는다. 목적어가 빠진 대화를 듣고 있는 삼자 입장은 참 답답하다. 태세전환이다. 기자는 꼬리를 내리고 간절함이 녹은 애원의 눈빛을 보낸다. 승기에게 자신의 구원을 갈구한다. 무엇인지는 모르겠으나, 승기의 승리다.

"카테는 기자님을 해하려고 이런 이야기를 하는 게 아닙니다. 우리는 대상이 누구든지 원하는 바를 찾아서 인생 2막의 기회를 제공하려고 합니다. 협박으로 원하는 바를 취하는, 삼류건달 양아치 집단은 아닙니다."

"원하는 것? 저조차도 모르겠습니다. 당장은 저의 비밀을 누구도 알기를 원하지 않습니다."

"그건 당연한 일입니다. 발설할 생각이라면, 이처럼 보이지도 않았습니다. 노래 실력이 상당하더군요. 쇳소리를 머금은 애달픈 목소리가 구슬퍼 듣는 내내 눈물이 멈추지 않았습니다. 가슴을 미어지게 하는 호소력이 짙은 목소리입니다."

"부끄럽습니다. 그렇게 말씀해 주니 감사하네요. 위태로운 사생활을 알고 있는 자와 대면한 게 이번이 처음입니다."

"그동안 어떻게 살아왔는지도 조금은 느낄 수 있는 노래였습니다. 맞습니다. 기자님의 목소리는 한마디로 위태로운 사생활입니다."

"김 팀장님, 그러면 어찌하면 좋을까요? 이것을 포기할 수 없습니다. 답답한 현생에서 이마저 없다면, 저는 살아갈 수 없습니다."

"차라리 위태로운 사생활을 공개하는 게 어떠세요?"

"그럴 수는 없습니다. 모든 게 한꺼번에 무너질 게 뻔합니다. 저는 제 삶을, 사랑하는 것을 지키고 싶습니다."

"만약 위태로운 사생활을 공개해도, 당신의 삶을 지킬 수 있다면? 어찌하겠습니까?"

"그게 무슨 소리인가요? 그게 가능한가요? 가능하다면, 정말로 김 팀장님이 말씀한 인생 2막의 기회가 열릴지도 모르겠네요."

"곧 다시 연락하지요. 그때까지 카테에 관련해 어떠한 기사도 내지 말아 주세요. 아시겠죠?"

48. 목적어를 쏙 뺀 기자와 승기의 대화는 끝났다. 아무 말 없이 서로 밥을 먹는다. 불청객이 되어서, 이들의 대화에 난입해 묻고 싶다. 위태로운 사생활은 무엇인지. 하지만 그러면 못나 보인다. 인사팀장으로 소개했는데, 관련한 일에 관해서 아무것도 모른다고 시인하는 꼴이니. 적당히 눈빛으로 맞장구를 쳐 주는 게 현명하다. 그렇다고 문을 박차고 나갈 수도 없는 노릇이다. 화가 난다. 오늘따라 바닷가의 비린내가 코를 더욱더 자극한다. 해산물이 문제다. 문제. 승기에게 인사 후 기자는 자리를 뜬다.

"도대체 뭐야? 뭐가 위태롭다는 거냐? 궁금해 미치는 줄 알았다. 말 좀 해 줘."

"효상아, 그래, 궁금한 것을 참느라 고생했다. 기자, 그놈 말이야, 기레기로 소문이 자자하더라고. 아니면 말고 식의 소문으로 소상공인 또는 중소기업에 빨대를 꽂아 피를 빨아먹는 양아치 삼류 기자야. 조사하니까, 그렇게 상납금을 바치는 소상공인이나 중소기업이 꽤 되더라고. 이 새끼의 행동이 왜 더 양아치답냐면, 중견기업 이상의 규모는 건들지도 않아. 중견기업이나 대기업은 힘이 있으니까. 반격하지 않을, 힘없는 기업만을 골라서 괴롭히는, 하여튼 아주 저질이라고."

"그래서, 그 기자의 위태로운 사생활이 뭔데?"

"그 새끼? 게이야. 동성애자라고. 한 달에 한 번 게이바에서 여장하고 공연을 해. 아까 그놈에게 보여 준 사진은 게이바 내부였어. 아마 그 사진을 보고 기겁[95]을 했겠지."

"승기야, 그러면 위태로운 사생활을 공개하면서 현재의 삶을 지킬 방법은 있기는 해? 임 대표와 무엇을 상의한 거야?"

"임 대표와? 상의를? 물론, 임 대표도 알고는 있지. 그 기자가 동성애자고 기레기라는 사실은. 하지만, 임 대표는 그저 잘 처리하라고만 이야기했어. 아무것도 몰라. 그리고 그런 기레기 사생활을 왜 지켜줘야 해? 그동안 피눈물 흘린 기업이 한두 개가 아닌데? 사실 이미 다 알렸어. 그놈 주변인 모두에게. 그놈이 게이라는 사실을."

"조금 과한 처사가 아닐까? 그렇게까지 해야 해? 그가 이루었던 모든 게 무너질지도 모르는데."

"효상아, 정신 차려. 그놈은 기레기라고. 우리한테 상납금이라 받으려고 입질을 해댄 놈이라고. 그런 놈한테 무슨 동정을 해? 더 웃긴 게 무엇인지 아냐? 동성애자 관련한 기사를 몇 개 썼는데, 그놈 하나같이 동성애자를 부정적으로 그렸어. 도대체 이게 무슨 심리냐? 지도 게이면서 같은 게이를 부정하는, 그런 심리. 그리고 그놈이 무너져야 회사 관련한 기사를 쓰더라도 신뢰성이 떨어져."

49. 얼마나 화가 난 걸까? 눈썹과 입술은 떨린다. 승기가 이렇게나 큰 눈을 지녔던가? 쌍꺼풀이 있었던가? 커다랗게 뜬 눈으로 누구라도

---

95) 기겁(氣怯): 갑자기 놀라거나 겁에 질려 숨이 막히는 듯함.

잡아먹을 기세다. 흥분을 이겨 내지 못한다. 파르르 떨리는 목소리로 승기의 감정을 그대로 전달한다. 목표를 위해 그 어떠한 불순물도 허용하지 않는다는 단호한 태도다. 하지만, 우리가 떳떳하면 그게 무엇이든 두려워할 이유는 없다. 꼭 이렇게 해야 했을까? 극단적이다.

"승기야, 그래도 꼭 이렇게까지 해야 해? 우리 사업은 떳떳해. 기자가 생각하는 그런 일은 없다고. 그러니 어떠한 기사가 나오더라도 우리에게 미치는 영향력은 없다고. 안 그래?"

"안효상! 못 알아듣는 거야? 내 말을? 지금 민감한 시기라고! 쓰레기 기자가 내는 거짓 기사로도 타격을 받을 수 있어! 진실 여부가 중요한 게 아니라고! 아직도 모르겠어? 인간은 사실을 알고 싶지 않아 해. 그저 그들이 보고 싶은 진실만 볼 뿐이지. 진실은 늘 왜곡돼. 왜 어린애처럼 구는 거야?"

아이고, 깜짝이야. 대관절 갑자기 왜 소리를 지르는 게냐. 내가 그렇게 잘못한 거냐? 이대로 물러나면 정말로 어린애다.

"말이 좀 심하네. 어린애라니? 요즘 너와 임 대표만 이야기하고. 뭘 알아야 대처를 하지. 언제 나와 상의를 했어? 그렇잖아, 일반 직원처럼 대하고. 왜 우리 사업이 정말로 문제가 있어? 그래서 도둑이 제 발 저린 거냐?"

"미안하다. 효상아, 갑자기 소리를 질러서. 그래 네 말이 맞아. 우리 사업은 문제가 있어. 임 대표와 상의한 끝에 결정했어. 너에게도 공유하기로. 난 끝까지 반대했어. 심약한[96] 네가 감당할 일은 아니라고. 하지만 임 대표는 너를 믿는다고 한다. 그래서 오늘 같이 가자고 한 거야."

이건 또 무슨 소리인가? 사업에 문제가 있다고? 그렇다면 기자가 말한 게 모두 사실이라는 소리인가? 그럴 리가 없다.

"무슨 말을 하는 거냐? 도통 알아들을 수가 없다. 우리 사업에, 카테피아에 문제가 있다고? 내가 제대로 이해한 게 맞아? 심각한 것은 아니지? 그렇지?"

승기는 나를 뻔히 쳐다본다. 입술을 다문 채, 눈을 찡그린다. 결심이 아직 서지 않은 듯하다. 내게 말해야 할지를.

"효상아, 마지막으로 기회를 줄게. 모른 채 오늘처럼 살아갈 수 있어. 하지만, 듣고 나면 더는 예전으로 돌아갈 수 없어. 그래도 괜찮아? 솔직히 말하면, 걱정이 앞선다. 내가 감당할 수 있을지를. 한편으로는 네가 우리 사업을 망칠지도 모른다는 불안감도 있고. 그러니 다시 한번 말할게. 정말로 알고 싶어? 그동안 나와 임 대표가 너만 빼고 둘이서만, 그러니까 너를 서운하게 했던 이유를?"

뭐가 그리 심각해? 정말 망하는 거냐? 카테피아가? 그럼 우리를 믿고 따라온 수많은 카쿠르터, 직원, 그리고 투자자는? 그리고 나는? 우

---

96) 심약(心弱): 마음이 여리고 약하다.

리의 인생 2막은? 그럴 리가 없다. 사업의 방향은 의심할 여지 없이 완벽하다. 모인 투자금만 보아도 바로 알 수 있다. 상상이 가지 않는다. 카테피아가 무너진다고?

"승기야, 전혀 예상하지 못한 이야기다. 무슨 이야기를 하려고, 갑자기 긴장된다. 일단, 들어보고 판단할게."

"그런 마음가짐으로는 이 이야기를 듣고 감당하기 어려워. 지금처럼 사는 게 좋지 않아? 아무것도 모른 채. 임 대표에게는 내가 잘 말할게."

"승기야, 난 알아야겠다. 하지만 지금은 들을 자신이 없다. 일주일만 시간을 줘. 그 후 결정할게."

50. 약속한 일주일의 시간은 곧 다가온다. 몸이 아프다는 핑계로 병가를 내고 북한강 근처에 있는 카페에 앉아 있다. 초록색으로 뒤덮인 전경[97]을 바라보며 생각을 정리하고 싶어서다. 눈앞의 펼쳐진 풍경은 작년과 또 다르다. 그리고 재작년과도 또 다르다. 점점 자연색은 사라지고 인공색으로 뒤덮인다고 해야 하나? 오묘한 기운을 내뿜어 마음을 차분하게 하는 산과 강 그리고 인적이 드문 카페. 기억하는 10년 전 이곳이다. 사람의 마음은 비슷하다. 이곳의 아름다움을 나만 사랑하는 게 아니었다. 하나둘 카페가 들어서기 시작한다. 감성을 듬뿍 담은 인테리어로 치장한 예쁜 카페가 들어선다. 엄청나게 들어선다. 지금도 들어서는 중이다. 주위를 둘러본다. 여기도 사람, 저기도 사람,

97) 전경(前景): 앞쪽의 경치.

거기도 사람, 온통 사람뿐이다. 사람. 사람. 사람. 그리고 나도 그중 하나다. 아마 녹색이 사라진다면, 그때나 멈추겠지.

오묘한 기운을 내뿜은 산의 정기를 짙은 먹구름이 삼킨다.
눈앞에 펼쳐진 알록달록한 덧니로 가득한,
그것을 개성이라 부르는,
그것을 다양성이라 부르는,
자연의 순리를 거스르는,
자연의 아름다움은 찾아볼 수 없는 흉물이다.

자연을 훼손한다는 죄책감에 이곳을 더는 오지 않을까? 그건 아니다. 감성적인 인테리어로 치장한, 나를 멋지게 하는 카페를 끊을 마음은 없다. 자주 올 생각이다. 말은 흉물이라 하지만, 아직은 아름다우니까. 무자비한 개발로 민둥산이 되어 푸른색이 아닌 황토색으로 뒤덮기 전까지는, 무자비한 개발로 오염수로 인해 녹조로 덮인 죽음의 강이 되기 전까지는, 아마도 그때가 되면 발길을 끊겠지. 인간의 본질은 이기적이다. 인간은 군중 속에 숨어서 타인에게 이타적인 선택을 강요한다. 흉물이 될 눈앞의 경치를 바라보니 답이 섰다. 선택적 정의로, 선택적 올바름으로, 선택적 분노로 카테피아를 완성하리다. 승기가 말한 사업의 문제가 무엇인지를 고민한다고 알 길은 없다. 그리고 승기가 아직 무슨 말을 할지도 모른다. 별것 아닐 수도 있다. 그게 무엇이든 카테피아를 포기할 수는 없다. 그리고 승기에게 또 어린애라는 소리를 듣고 싶지도 않다. 어른처럼 행동하자. 인간처럼 행동하자. 들러리로 전락한 흉물은 사절이다. 다시 태어나면, 반성하는 마음으로 나무가 될 거다. 크리스천은 다시 태어나 이승[98]을 밟지 않는다. 모든 게 명확해졌다. 승기를 만나러 가야겠다.

더욱 신기한 게 무엇인지 아는가?
아무도 풍경을 보지 않는다.

모두가 약속한 것처럼
그들에게 익숙한 6.7인치의 디지털 풍경만 바라본다.

여기에는 왜 온 건데?
하하하.

51. 승기 집으로 가는 중이다. 승기는 누구도 이 이야기를 몰랐으면 한다. 누구도 들어서는 안 된다고 생각한다. 기밀 사항이다. 승기와 마트에 잠시 들렀다. 생강과 모양이 비슷한 못생긴 감자, 돼지감자를 승기는 비닐봉지에 담는다. 돼지감자와 생강을 바로 구별하기는 어렵다. 하지만 둘의 차이를 알고 나면, 멀리서도 구별하기 쉬운 게 돼지감자와 생강이다. 생강은 길쭉하지만, 돼지감자는 뭉뚝하고 타원형이다. 그리고 한눈에 보아도 돼지감자가 생강보다 크다. 후각 중추를 자극하는 신호 또한 다른데, 돼지감자는 흙냄새가 난다. 반면에 생강은 매콤한 향이다. 이렇게나 다르다. 하지만, 둘의 쓰임과 관련이 없어 관심이 없다면, 그런 사람에게는 언제나 생강은 돼지감자고 돼지감자는 생강이다. 어쩌면 그동안 승기와 우현이를 모른 척했는지

98) 이승: 지금 사는 세상.

도 모른다. 둘이서 무엇을 하는지 알고 싶지 않았을지도 모른다. 관심도 없으면서 그들이 날 멀리한다고 합리화했을지도 모른다. 그렇게 생각했다. 그래야, 따돌림당한다고 생각할 수 있어서다. 의심으로 시작한 불편한 감정을 유지하고 싶었다. 그래야 난 선하니까. 그래야 난 바르니까. 그래야 난 틀리지 않았으니까. 그렇다면, 우현이와 승기는 나쁘다고 해야 하나? 그렇다면 우현이와 승기는 틀렸다고 해야 하나? 그렇다면 우현이와 승기는 악하다고 해야 하나? 그건 분명히 아니다. 나처럼 그들도 선을 지키려 노력하는 중이다. 그들도 나처럼 카테피아를 건설하려는 마음은 진심이다. 모든 것을 옳고 그름으로 바라본다. 눈을 감고 차이점을 보려 하지 않는다.

돼지감자와 생강 중
무엇이 착하고 나쁜 것인가?
무엇이 옳고 그른 것인가?

눈을 부릅뜨고
생강과 돼지감자를 구별할 시간이다.

52. 승기 집에 도착해 돼지감자차를 마신다. 당뇨에 좋다고 이생망 과장님이 즐기던 차다. 승기는 아무 말 없이 차만 마신다. 승기가 입을 열기를 기다린다. 그리고 무엇을 들어도 담담하게 받아들이자. 카테피아의 건설이 우선이다. 카쿠르터를 위한 인생 2막만 생각하자. 잠시 논쟁은 그만두자.

"예전에 임 대표가 말했던 것 기억나? 부자의 지갑을 열어 우리의 주머니를 채우겠다는 생각. 어떻게 생각해?"

"승기야, 임 대표의 말을 오해하면, 우리가 부자를 속여 돈을 벌겠다는, 그런 사기를 치겠다는 것처럼 들려. 하지만 그런 뜻이 아닌 것은 너도 알고 나도 알고 있잖아."

"난 모르겠는데? 무슨 뜻인데?"

"그러니까, 승기야, 임 대표의 말은 확실한 투자로, 높은 수익률을 보장해 부자의 지갑을 열겠다는 뜻이잖아. 너는 그렇게 생각 안 해? 그게 아니면? 부자의 지갑을 열겠다는 게 정말로 사기를 치겠다는 뜻이겠어?"

"그래, 합리적 추론이지. 네가 하는 말이. 우리가 사기나 치는 범죄 집단을 도모한 게 아니니까."

돼지감자차는 뜨겁다. 돼지감자차는 섬유질이 풍부해 변비에 도움이 된다. 확실치는 않다. 그렇다고 한다.

"승기야, 뜸 들이지 말고 그냥 말해. 들을 준비는 끝났어. 무엇을 말해도 당황하지 않아. 별것 아닌 내용이면, 정말 뭐라고 한다. 진짜로."

돼지감자차는 따뜻하다. 돼지감자차는 열량이 낮아 체중 조절에 도움이 된다. 확실치는 않다. 그렇다고 한다.

"승기야, 괜찮다니까. 준비됐다고. 어린애처럼 내 관점만 옳다고 우기지 않아."

돼지감자차는 미지근하다. 돼지감자차는 이눌린 성분이 있어 혈당 조절에 도움이 된다. 확실치는 않다. 그렇다고 한다.

"답답해서 돌아가시겠다. 승기야. 도대체 뭔데? 이러다 날 새겠어."

돼지감자차는 식었다. 돼지감자차는 항산화 성분이 풍부해 노화 방지에 도움이 된다. 확실치는 않다. 그렇다고 한다.

"효상아, 폰지사기[99]로 부자들의 지갑을 열고 있어. 우리는 지금 범죄자야. 그래서 끝까지 말을 안 하려 했어. 문제가 생기면, 넌 몰랐다고 하면 되니까."

돼지감자차는 차갑다. 돼지감자차는 철분이 풍부해 피로를 해소하는 데 도움이 된다. 확실치는 않다. 그렇다고 한다.

모든 게 확실치는 않다.

---

99) 폰지사기(Ponzi scheme)란 실제로는 이윤을 거의 창출하지 않으면서도 단지 수익을 기대하는 신규 투자자를 모은 뒤, 그들의 투자금으로 기존 투자자에게 배당(수익금)을 지급하는 방식으로 자행되는 다단계 금융사기 수법을 말한다. [출처: 나무위키]

그렇다고 한다.

그렇다고.

그래서 믿었을 뿐인데.

53. 폰지사기? 내가 이해한 그 폰지사기? 머리가 멍하다. 아니 쪼개지는 느낌이다. 편두통이다. 속이 메슥거린다. 구역질까지 난다. 폰지사기가 무슨 뜻이었지? 문자적 해석을 하기 어렵다.

"폰지사기? 내가 아는? 뉴스에서 빈번하게 나오는 그 단어? 폰지사기? 그럼 재건축사업은? 이게 다 가짜야? 그럴 리가 없는데? 내가 두 눈으로 확인을 하는데? 그럼 그동안 아파트 매매는 뭔데? 카쿠르터와 조합원의 영업 활동은? 어떻게 이게 폰지사기라는 거냐? 장난하지 말고."

"효상아, 전부 거짓은 아니야. 재건축사업은 진짜야. 카테피아 건설도 진짜고. 다만, 부자의 돈을 빼앗아 카쿠르터와 소액 투자자를 배부르게 하는 거야. 재건축사업은 진짜지만, 그 사업을 미끼로 해외 사업 투자를 부자에게 유도하고 있어. 해외 사업 관련 내용은 거짓이야. 그렇게 부자의 눈먼 돈으로 우리는 인생 2막의 기회를 쟁취하고."

불행 중 다행이라고 해야 하나? 카쿠르터와 서민의 돈은 속여 뺏는 게 아니라서? 그리고 부자의 돈으로 이들은 곧 인생 2막의 기회를 얻을 수 있어서? 불행 중 다행이라고 해야 하나? 이 상황을? 그렇다고 해도 범죄에 연루한 사실은 변하지 않는다.

"효상아, 마지막 기차는 이미 떠났어. 주사위를 던진 거야. 우리는. 자의든 타의든."

"언제부터 이 사실을 알고 있었어? 임 대표, 아니 우현이가 언제 이 사실을 네게 공유했냐고."

"해외 사업 투자 관련 내용은 이미 알고는 있었지. 하지만 이 사업은 전적으로 블루 고스트 영역이라 거짓이라고는 의심조차 하지 않았어. 그래서 관심을 끊었고. 그날, 기자가 회사에 전화한 날. 그날 들었어. 우리가 무엇을 하려는지를. 효상아, 당시에 나도 무척이나 혼란스러웠다. 하지만, 돌아가기에는 너무 멀리 왔어. 돌아가기에는 우리만 믿고 따라온 사람이 너무나 많아. 그리고 전세사기를 당한 후, 결심했어. 괴물이 되겠다고. 기억나? 울먹이며 임 대표에게 고마워하며 말했던 말? 변한 것은 아무것도 없어. 여전히 우리는 좋은 일을 하고 있어. 노선이 명확할 뿐이야. 모든 사람에게 오아시스를 제공할 수는 없어. 모든 이가 천국에 들어갈 수는 없는 것처럼. 우리는 심판관이야. 카테피아에 들어올 수 있는 자들을 심사하는. 처음부터 부자는 올 수 없었던 곳이야. 카테피아는. 효상아, 물러날 수는 없잖아. 안 그래?"

설득되지 않는다. 승기의 말은 멍멍이가 짖는 소리다. 그렇게 들린다. 다 그만두고 사라질까? 아니면, 자수하자고 설득? 그것도 아니라면? 당장 그만두면? 자수해 감옥에 가면? 아내에게 전해 줄 생활비는? 그럼 내 인생은? 우현이에게 직접 들어야겠다. 그때 결정해도 늦지 않는다.

"알겠어. 승기야. 말해 줘 고마워. 혼자서 큰 짐을 짊어지느라 힘들었겠네. 그래도 시간은 필요해. 혼자서 생각도 해야 하고, 우현이 만나서 직접 들어야겠어. 미안하다. 시간을 끄는 것 같아서. 돼지감자차 다 식는다. 식으면 모든 게 쓸모없다. 어서 마셔."

54. 범죄? 폰지사기? 예상하지 못했다. 사업이 문제라고 하길래, 금전적 혹은 카쿠르터 혹은 조합원의 문제라 생각했다. 카쿠르터가 모집한 서민의 투자금으로 부자를 홀려 그들의 지갑을 열게 하는 게 우현이의 전략이다. 아니, 블루 고스트의 전략이다. 우현이에게 관련한 이야기를 들었을 때, 내 귀를 의심했다. 그리고 내 귀의 문제라 판단했다. 누구도 우현이의 발언을 문제 삼지 않아서다. 하지만, 혹시나 했는데, 역시 그랬다. 모두가 미쳐 가고 있다. 냉철한 승기조차. 승기는 자기의 처지를 이미 결정했다. 범죄 집단의 수괴가 되기로. 승기의 인생을 돌아본다. 마음의 상처가 크다. 무정함과 무관심에 찢겨 너덜너덜해진 승기의 영혼을 모르는 바 아니다. 전세사기를 당했을 때, 승기에게 누구도 손을 뻗지 않았다. 승기는 믿는다. 국가가 자기를 버렸다고. 승기는 확신한다. 각자도생해 스스로 구원해야 한다고. 그리고 우현이를 만나서 설득할 수 있을까? 만나서 무엇을 설득할 수 있을까? 카테피아를 포기하자고? 다 같이 자수해 감옥에 가자고? 사는 대로 생각했던, 우울했던 그때로 돌아가자고? 나는 지금 왜 괴로운가? 그래, 하기 싫어서다. 그래, 그렇게 말하기 싫어서다. 동물과 인간을 판단하는 마지막 보루,[100] 양심은 내게 말한다. 불편한 이 감정을 외면하지 말라고. 하지만, 하나는 확실하다.

---

100) 보루(堡壘): 지켜야 할 대상.

죽어도,
그때로 돌아가고 싶지 않아.

대표실에 앉아 있는 우현이가 보인다. 노크한 후, 대표실로 들어간다. 속마음을 말하니, 우현이는 얼굴을 찡그리며 입을 쭉 내민다. 우현이의 아버님이 자주 보이는 특유의 표정이다. 우현이는 점점 정호님을 많이 닮아 간다. 생각도 표정도 행동도. 때로는 그게 무섭다.

"효상아, 아직도냐? 또 그래? 승기가 이야기를 어떻게 전달한 거야? 승기도 요즘 부쩍 실망스러워. 내가 말했잖아. 널 믿지 말고 블루 고스트를 믿으라고. 왜 같은 소리를 반복하게 하지? 일단, 지금은 말하기가 어려워. 다른 일정이 있어서. 지금 나가야 해. 이따가 퇴근하고 보자. 사무실로 다시 올게. 꼭 기다려라. 이야기 오래 끌어서 좋을 것 하나 없다. 어휴, 승기는 도대체 무엇을 말한 거냐?"

모두 퇴근 후 사무실에 홀로 남았다. 승기가 남는다고 했는데, 그냥 보냈다. 우현이의 태도를 보면, 십중팔구 승기는 욕먹을 것 같아서다. 생각한 것 이상으로, 우현이와 승기의 관계는 사무적인 듯하다. 혼자 있으니, 사무실은 제법 크게 느껴진다. 사무실 전등을 다 끈다. 그리고 대표실의 등만 켠다. 대표실에서 어둑한 사무실을 바라본다. 승기의 이야기를 듣지 않았다면, 지금의 괴로움은 존재하지 않는 감정이다. 블루 고스트의 훌륭한 전략에 이미 승복해서다. 무엇을 의심하는 일도 더는 하지 않았다. 어쩌면, 듣지 않았어야 한다. 그랬다면, 지금도 사람들을 위해 선한 일을 한다고 굳게 믿을 수 있어서다. 승기 말대로라면, 우리는 카쿠르터와 소액 투자자인 서민에게 좋은 일을 한다. 부자의 돈으로 그들의 배를 채우니까. 반쪽짜리 선행도 선행이라고 말할 수 있는가? 양심은 아니라고 한다. 양심은 그만두라고 경고한다. 양심은 지금 위험하다고 소리친다. 하지만, 카테피아를 포기하고 싶지는 않다. 예전으로 돌아가고 싶지 않다. 더는 미래가 보이지 않았던, 골방에 갇혀, 글을 쓴다는 거창한 허세를 뒤로, 불안에 떨며 살고 싶지는 않다. 우현이 말에 설득당해 이 감정을 깊숙한 골방에 가두고 싶다. 그럴 수만 있다면, 진심으로 그러고 싶다.

"웬 청승[101]이냐? 사무실 불은 다 끄고. 대표실에 불이 켜져 있지 않았으면, 모두 퇴근할 줄 알고 그냥 갔다."

55. 우현이와 드디어 마주한다. 우현아 나를 설득해 줘. 마음이 편해질 수 있도록. 부탁한다. 우현아. 제발.

"승기에게 자초지종[102]을 들었으면, 너와 나 그리고 승기가 무슨 일을 하는지는 알 테고. 승기에게 들으니, 나를 만나서 결정한다고 하던데, 무엇을 듣고 싶고, 무엇을 결정한다는 게냐?"

"임 대표, 아니 우현아, 지금은 친구로서 말할게. 혼란스럽다. 범죄라니. 너는 다 알면서도, 나와 승기를 범죄에 끌어들인 거야?"

---

101) 청승: 궁상스럽고 처량하여 언짢은 상태.

102) 자초지종(自初至終): 처음부터 끝까지의 과정.

"범죄라니? 우리가? 말조심해. 범죄라니? 승기가 그러더냐? 우리가 범죄를? 아 진짜, 승기 그 새끼, 뭘 어떻게 이해했지? 너한테 무엇을 전달한 거냐?"

"그럼, 그게 범죄가 아니고 뭐냐? 우현아? 해외 사업은 가짜라며? 재건축투자사업을 빌미로 부자의 지갑을 열게 한다며? 그런데 범죄가 아니라고?"

"승기가 그래? 해외투자사업이 거짓이라고? 승기도 가만 보면, 참 이해능력이 떨어지네. 그 말을 그렇게 알아듣다니."

"그렇다면, 네가 제대로 말해 줘. 우리 사업은 무슨 문제가 있는지를."

"그러니까, 해외투자사업은 '에러'의 확장 버전인데, 사실, 이 관련 사업은 우리가 관심을 두지 않아도 돼. 우리는 국내 팀이니까. 그래도 이대로 가다가는 너도 승기도 문제가 커지겠네. 효상아, 설마 내가 너한테 범죄에 가담하자고 하겠냐? 내가? 너한테? 정말, 섭섭하다."

섭섭한 표정을 짓는 우현이다. 안심이다. 승기는 무엇을 들었길래, 폰지사기라고 생각했을까? 괴로운 내 마음은 조금씩 풀린다. 더는 양심의 소리를 듣지 않아도 될 것 같아서다.

"우현아, 승기는 해외 사업을 폰지사기, 다단계 금융사기라 생각하고 있어. 승기가 바보도 아니고, 나름대로 이유가 있지 않았을까? 그렇게 생각하는?"

"그거였구먼, 폰지사기? 어찌 보면 그렇게 들렸을 수도 있겠네. 승기의 잘못은 아니야. 설명을 제대로 못 했어. 잘 들어. 블루 고스트는 다양한 해외 사업을 하고 있어. 지금 우리가 진행하는 재건축사업도 우리에게는 국내 사업이지만, 그들에게는 해외 사업이야. 아까 말했지? '에러'의 확장 버전이라고. 그리고 '에러'의 확장 비즈니스 중 하나인, 전 세계의 기업을 사서 되파는 사업이 있어. 예를 들면, 다양한 문제로 인해 법정관리에 들어갈 예정이나, 이미 들어간 기업을 인수 후, 기업을 회생해 되파는 그런 비즈니스."

56. 우현이는 어이없는 표정을 짓는다. 왜 그런 상상을 했는지 알 수 없다는 표정이다. 그는 '또 이것을 다시 설명해야 해?'라는 얼굴로 말을 이어간다.

"효상아, 이 비즈니스를 블루 고스트는 이렇게 불러. '슈퍼하이리스크, 슈퍼하이리턴'. 일단, 기업의 가치는 있지만, 다양한 이유로 무너져 가는 회사를 찾아야 해. 첫 번째 단계부터 큰 비용과 시간을 생각해야 해. 물론, 이 문제는, 블루 고스트가 그동안 오랜 시간 동안 관련한 회사를 관측한 데이터가 있어. 블루 고스트는 전 세계에 있는 수백 개의 회사를 지속해서 모니터링 중이야. 이게 다 돈이라고. 또한, 블루 고스트는 타깃한 회사에 어중간해서는 손을 내밀지 않아. 정확한 요건에 들어맞아야 해.

모니터링한 기업 중
법정관리 직전이거나
법정관리이거나.

이 요건에 들어야, 인수할 때 그동안 모니터링한 비용과 시간을 최소한 회수할 수 있으니까. 하지만, 인수해서 관리하더라도, 이 투자는 자살행위거든. 확률이 아주 낮으니까. 처음부터 기사회생[103]이 힘든, 그런 정크 회사에 투자하니까. 실제로도 그래. 부실기업을 인수해 법정관리를 벗어나 되판 경우도 높지 않아."

"그래서, 우현아, 그 '슈퍼하이리스크, 슈퍼하이리턴'에 투자해 성공할 확률은 얼마나 되는데?"

"9.78%."

이제야, 승기가 왜 그런 판단을 했는지 이해가 간다. 우현이 말대로라면, 10개의 정크 회사를 인수하면, 하나도 제대로 성공하기 어렵다는 뜻이다. 그런데, 여기에 투자할 정신 나간 부자들이 그리 많다고? 부자들이 그렇게 허술해?

"우현아, 부자가 바보도 아니고, 이렇게 가능성이 없는 곳에 지갑을 연다고? 고작 10%도 안 되는 확률에? 그래도 이유가 있을 것 아니야?"

103) 기사회생(起死回生): 거의 죽을 뻔하다가 다시 살아남.

"효상아, 성공했을 때, 블루 고스트가 보장하는 수익이 상상 이상이니까. 성공했을 때 보수는 투자 금액의 66배다. 그리고 블루 고스트가 회사채를 발행해 돈을 빌리는 거야. 회사채는 30년이야. 다른 상품은 없어. 물론, 투자자는 30년 회사채를 보유하면서 분기별로 일정 수익을 받아. 그게 이미 시중 금리를 상회하고. 다시 말하면, 그들의 돈으로

부실기업 발굴 및 모니터.
모니터링한 부실기업 법정관리 회사 인수.
법정관리 회사 회복 후 매각."

"네 말을 들으니, 우현아, 아직도 모르겠다. 승기가 도대체 왜 이 비즈니스를 스스로 폰지사기로 생각하는지를."

"그게 말이다. 지금부터 이야기하는 내용을 듣고 그렇게 판단한 것 같아. 일단, 30년 만기 회사채인데, 그동안 원금을 회수하지 못해. 결국, 이 상품은 투자 금액 대비 분기별로 일정 수익을 받기는 하지만, 30년이라는 긴 시간을 버텨야 하거든. 자기를 위함이 아닌, 순전히 다음 세대를 위한 준비지. 그리고 분기별 수익이 늘 높지도 않고. 또한, 블루 고스트가 그들의 돈으로 어디에 어떻게 무엇을 투자하는지는 기밀이야. 아무도 모른다는 뜻이지. 또한, 30년이라는 시간은 굉장히 길어. 그때까지 블루 고스트라는 회사가 있을지도 알 수 없고. 원금을 돌려받으려면, 30년을 기다려야 하거든. 블루 고스트가 여전히 존재한다는 가정하에. 블루 고스트가 사라지면, 이들 돈도 사라지니까."

57. 알겠다. 승기가 왜 이를 폰지사기라 생각했는지. 그런데, 이처럼 가능성이 희박한 곳에 투자하고 싶을까? 그것도 30년을 기다리면서? 나로서는 이해가 가지 않는다. 부자들의 심리가.

"네 이야기를 들으면, 누구도 투자할 것 같지 않은데? 그런데도 부자들이 앞다투어 투자한다고? 그렇다면 다른 조건이 있을 텐데, 아니야?"

"그래, 네 말이 맞아. 블루 고스트는 여기서 다단계 네트워크 비즈니스의 개념을 활용했어. 투자자가 다른 투자자를 소개하면, 관련한 인센티브를 매달 받는. 피라미드 형식으로, 투자자를 소개하면 소개할수록 그들의 수익금은 많아지겠지. 그러니까 그들의 불안한 원금을 지키면서, 동시에 수익을 내는 방법으로 다른 이를 함께 하는 거야. 블루 고스트에서 제공하는 분기별 수익과 그들이 소개한 인센티브. 블루 고스트가 사라지지 않는 한, 30년 동안 이들의 수익은 지속할 거야. 그리고 대부분, 30년이 지나서 원금을 회수하는 투자자는 극히 드물어. 대부분 다시 재투자해. 투자의 기회는 딱 한 번이야. 처음 이 상품을 선택할 때, 투자 금액에 신중해야 해. 나중에 수익이 높다고 더 투자할 수도 없어. 우리만 모르지, 전 세계의 음지에서 블루 고스트의 명성은 자자해. 물론, 나라마다 지칭하는 용어는 달라. 블루 고스트는 보안이 생명이니까. 효상아, 부자들은 말이야, 서민은 모르는 그들만의 네트워크가 존재해. 그들이 설마, 블루 고스트의 존재를 모를까? 몰랐으면 이렇게나 큰돈을 한 번에 맡길까? 그것도 30년 동안이나?

그리고 각 나라의 원어민만 투자할 수 있어. 그러니까, 중국에서는 중국인만, 미국에서는 미국 사람만 투자할 수 있다고. 그러니 아무나 투자할 수도 없는 거야. 그동안 한국에 진출한 적은 없으니까, 한국인이 얼마나 투자하고 싶었겠어? 소문은 들었는데, 투자할 방법은 없으니까. 그래서 그동안 그들은 각 나라의 다른 나라 사람의 명의를 도용해 투자하고 있어. 알고 있지만, 모른 척할 뿐이지. 결국, 음성적으로 세계의 부자는 블루 고스트와 함께했어. 한국 진출은 예상에 없던 일이었어. 너와 나 그리고 승기가 있었기에 벌어진 일이지. 한국에서 돈이 넘쳐 나는 부자들은 그동안 다른 나라에서 활동하는 블루 고스트에게 투자를 했어. 다른 사람의 명의로. 그들은 누구보다 블루 고스트의 한국 진출을 원하고 있었지. 아까도 말했잖아. 기회는 딱 한 번이라고.

예전에 아버지가 말했던 것 기억나?

좋은 것은 독점하고 싶어 해.
좋은 것은 공유하지 않아.
좋은 것은 절대로 퍼지지 않아.

알 만한 부자는 이미 블루 고스트가 뿌려대는 신기한 마법에 다들 취해 있어. 하지만, 기회는 딱 한 번뿐이니, 수익이 높다고 더 투자할 수도 없어. 답답했겠지. 다른 나라 사람의 명의로 투자하는 것도 한두 번이지. 그것 자체로도 위험은 너무 커. 그들에게는 유레카인 거야. 한국 진출은. 이번에 한국 진출로, 수위 사람을 설득해 함께 투자하는 것은 당연한 일이고, 한국 사람의 명의를 빌려 돈을 끌어다 투자하는 기존의 투자자도 부지기수야. 그냥 모른 척할 뿐이지.

아버지가 단호하게 말했어. 한국에서 실적이 나와야, 그래야 우리 회사를 유지한다고. 네가 들어야 할 이야기는 다 했어. 속이 다 후련하다. 그리고 이 비즈니스는 국내 비즈니스가 아니라, 우리와 관련도 없어. 우리는 재건축사업만 신경 쓰면 된다고. 아직도 이 비즈니스를 폰지사기로 생각해? 효상아?"

우현이의 말을 들으니, 위험한 사업임은 분명하다. 하지만, 범죄라고 느껴지지는 않는다. 이 비즈니스에 참여한 부자는 알지도 모른다. 처음부터 이 비즈니스는 성공할 확률은 없다고. 그런데도, 돈을 싸서 들고 오는 꼴을 보면, 이만한 투자가 없다는 방증이기도 하다. 음지의 왕, 블루 고스트의 명성을 그들은 이용한다. 그들의 돈을 지키려고, 다른 사람을 설득한다. 그렇게 다른 사람의 돈은 그들의 돈을 지켜 주는 방패막이 역할을 한다. 30년이라는 시간은 길다. 원금도 뺄 수 없는 상황이라면 더욱더 그렇다. 불안한 마음을 많은 이가 공유한다면, 불안함은 덜할지도 모른다. 그렇기에 그들은 그들의 불안함을 다른 이에게 판매하는 중이다. 그리고 서로 불안해한다. 인간의 본성일지도 모른다. 승기는 이 상황을 다단계 금융사기인 폰지사기라고 여긴 것 같다.

그래, 설사 이게 범죄라면,
개미지옥으로 끌고 가는 우리,
우리가 모두 공범 아닌가?

개미지옥은

모두를 불안하게 하지만
모두를 안심하게 한다.

그곳은
천국인가? 지옥인가?

Episode 15

엉킨 실타래

"굿모닝, 효상아, 승기야.

오늘도 힘차게 달리자고."

1. 일단, 모든 게 일단락[104] 지었다. 기자와 관련한 사건도 해결했고, 승기가 예민하게 생각해 일어난 해프닝도 끝났다. 재건축사업도 순조롭다. 그리고 가장 중요한, 나와 임 대표의 관계가 회복되었다. 이제는 항상 셋이서 회의한다. 모든 최신 정보를 승기와 동시에 공유한다. 그동안 말은 안 했지만, 직원들의 태도도 달갑지 않았다. 승기를 나보다 상사로 대해서다. 하지만 더는 아니다. 직원 모두 나를 승기처럼 대한다. 직원 모두 나를 승기처럼 존중한다. 회사 내에서 나의 입지[105]가 예전처럼 살아나, 요즘 더할 나위 없이 좋다. 기쁘다. 즐겁다. 행복하다. 회사 다닐 맛 난다. 이번에도 다시 한번 느꼈지만, 블루 고스트는 우리 셋이 판단할 레벨은 아니다. 블루 고스트는 다 계획이 있다. 그저 우리가 쫓아가지 못할 뿐이다. 승기로 인해 또다시 흔들렸다. 부끄

104) 일단락(一段落): 일의 한 단계가 끝남.

105) 입지(立地): 자신의 입장.

럽다. 이제는 더는 흔들리지 않으리다. 승기는 여전히 우리가 범죄를 저지르고 있다고 생각할지도 모른다. 하지만, 겉으로 보아서는 그렇지 않은 듯하다. 누구보다 열정적으로 일한다. 이 일이 범죄라면, 저렇게 열심히 일할 수는 없는 거다. 보이지 않는 영역을 보지 않고 생각만으로 이해할 수 있다는 오만에서 벗어나자. 생각한다고, 생각한 대로 흘러간 적은 없으니까. 보이는 것만 보자. 보이는 것만 믿자. 더는 외톨이가 아니다. 신바람 난다.

"효상아, 그리고 승기야, 한국에는 부자가 정말로 많다. 정말로 이들의 돈은 그냥 썩고 있어. 좋은 일에 이들의 돈을 활용해야 해."

2. 임 대표가 말하는 좋은 일이라는 게 재건축사업이다. 아직 시공사를 정하지는 않았다. 재건축사업의 시발점인 토지의 매매가 끝나지 않아서다. 토지의 소유자가 여러 명이면, 나중에 시청에서 건축인허가를 받기가 어렵다. 그렇기에 시공사를 정하기 전에, 우선하여 토지 소유권 정리가 끝나야 한다. 그러려면, 관련한 아파트와 지역의 주민을 모두 이주시켜야 한다. 순조롭게 진행했던 이주문제가 몇몇 거주자와의 마찰로 지연된다. 거주비용문제의 합의가 이루어지지 않아서다. 그래서, 해외투자사업에 들어갈 부자의 돈을 국내 사업에 융통해서 활용하는 방안을 우현이는 마련한다. 물론, 부자는 이를 모른다. 그들의 원금은 블루 고스트에 30년 동안 묶여 있기에, 그리고 또 다른 투자자를 불어 오지 않는다면, 분기별, 즉 1년의 4번만 해외투자사업 관련 수익을 받는다. 또한, 투자 계약서에는 블루 고스트의 투자방식에는 일절 관여하지 않아야 한다고 명시했다. 부자의 돈을 어디서 어

떻게 쓰는지는 우리 마음이다. 이들의 돈을 국내 사업을 위해 쓰기로 한다. 물론, 해외투자사업에 관련한 비용이기에 블루 고스트의 허가가 필요하다. 일반적으로는 안 될 말이다. 엄연하게 쓰이는 곳이 달라서다. 그리고 그런 요청을 하지도 않는다.

하지만, 정호 님은
우현이의 아버지다.

3. 정호 님은 임 대표가 좋은 성과로 블루 고스트에서 입지를 쌓아야 한다고 생각한다. 그렇기에 한국에서 이루어지는 재건축사업은 임 대표에게도 정호 님에게도 중요하다. 정호 님은 미래의 아시아 헤드로 임 대표를 낙점했는지도 모른다. 아빠 찬스를 앞세워, 현재 우리는 부자의 돈을 국내에서 마음껏 활용한다. 첫 번째로, 우리의 최대 골칫거리를 해결하기로 한다. 합의하지 않은 거주자와 협상이다. 최대한 이사비용을 맞추기로 한다. 다만, 조건이 있다. 그곳에 거주하는 집주인이 아닌, 세입자만 대상이다. 물론, 집주인은 이 사실을 모른다. 괜찮다. 어차피 재건축이 끝나면, 그들은 몇 배의 이익을 얻는다. 하지만 세입자는 다르다. 재건축이 이루어진들, 그들에게 돌아갈 이익은 없다. 오히려 지금 상황은 적은 이사비용으로 쫓겨나는 처지이다. 임 대표는 세입자의 명단을 구해 지시했다. 그들에게 알맞은 이사비용을 주라고. 그리고 그 업무를 내게 맡긴다.

"안녕하세요, ○○○ 님이시죠? 저는 안효상입니다. 이번에 재건축사업 인사팀장을 맡고 있습니다."

"아, 왜 자꾸 전화하는지 모르겠네요. 저희 이사 나갈 수 없다니까요. 갱신청구권을 사용해 2년 더 거주할 생각입니다. 세입자로서 집주인이 나가라고 하면, 나가야 하는 세상은 더는 없어요. 그러니, 더는 귀찮게 말고 전화하지 마세요."

"네, 잘 알고 있습니다. 이제는 그런 세상이 아니지요. 억지로, 힘으로, 강요해서 세입자를 밖으로 내몰 수는 없어요. 아주 잘 알고 있습니다."

"그런데, 왜 전화하는지 모르겠네요."

"정말 죄송합니다. 수차례 전화했으니 얼마나 신경 쓰이고 불편했을까요. 하지만, 이미 설명을 들어서 알고는 있겠지만, 재건축사업은 그 지역 발전을 위해 정말로 필요해요. 경제특구지역과 가까워도 그 지역을 개발하려는 조짐은 없으니까요."

"그게 세입자와 무슨 상관이 있나요? 집주인한테나 좋은 일이지. 저랑은 상관없는 일입니다."

"○○○ 님과 상관이 있다면 관심을 보이겠어요?"

"저와 관련이 있다고요? 그런 소문은 금시초문[106]인데요."

"맞습니다. 갱신청구권을 사용하는 세입자와 원활한 협의를 하려고

106) 금시초문(今始初聞): 이제야 비로소 처음으로 들음.

그동안 저희 직원이 전화했어요. 매일 같은 소리를 들으니 얼마나 지겨웠을까요? 충분히 이해합니다. 오늘은 제가 직접 전화한 이유는요, 대표님과 상의한 결과, 세입자의 편의를 최대한 봐주기로 해서입니다."

"우리의 편의를 최대한 봐준다고요? 그게 무슨 말씀인가요?"

"이사비용과 위로금을 제공하려고 하는데요, 어떠세요?"

"위로금이요? 그래서 얼마나 되는데요?"

"○○○ 님, 이사비용 포함해, 1,000만 원입니다. 이러한 제안은 누구도 말하지 않아요. 만족할 만한 액수라고 생각합니다."

"그렇게나 많이요? 세입자한테? 정말 부럽네요. 집주인이. 세입자에게도 위로금을 제공할 정도면, 도대체 재건축 후, 얼마나 오른다는 소리인가요?"

"어르신, 집주인이 돈을 버는 문제는 생각할 게 아니에요. 우리 처지가 집주인과 같지 않으니까요. 돌려받을 전세금과 1,000만 원을 고려하면, 근처 어디든 이사할 수 있습니다."

"아니요. 전 그냥 여기서 갱신청구권을 사용해 2년 더 거주할 생각입니다."

"고객님, 다시 한번 생각하면 안 될까요? 지금 재건축사업의 삽을 뜨기 직전인데요, 물론, 어르신이 거주를 원하면, 우리가 강요할 수는 없어요. 하지만, 제시한 위로금은 적은 금액이 아닙니다. 세입자까지 생각하는 것은 우리 대표님의 사려 깊은 배려입니다. 누구도 이처럼 하지 않아요."

"사려는 난 잘 모르겠고, 이곳에 살 생각입니다. 이사할 마음은 없어요."

"어르신, 혹시 위로금이 적으세요? 그래서 그러나요?"

"아니, 이 사람이, 사람을 뭐로 보고? 그깟 돈 때문에 이러는 줄 안다고 생각합니까? 몹쓸 생각입니다. 더는 통화하기가 거북합니다. 이만 끊습니다."

"고객님, 그런 뜻이 아니라, 제 말은……."

4. 전화를 끊었다. 협상 실패다. 당연하다 믿었던 게 부정[107]당하는 기분이다. 이 정도 위로금은 어디서도 받을 수 없는 액수다. 누가 세입자까지 고려하나? 보통의 상식은 통하지 않는다. 단번에 해결하리라고 생각했기에 적잖은 당황과 부끄러움은 동시에 밀려온다. 임 대표는 2,000만 원을 위로금으로 지급하라고 했다. 그러려고 했다. 승기가 조용히 불러, 내게 말한다.

---

107) 부정(否定): 그렇지 않다고 단정함.

"효상아, 처음부터 2,000만 원을 다 부르지는 마. 협상에는 여지가 있어야 해. 만약에, 2,000만 원을 거절하면, 큰 손해니까. 사실, 세입자에게 위로금을 주는 게 이미 손해니까. 무슨 말인지 알지?"

"그럼, 승기야, 무슨 말인지 잘 알아. 고맙다. 거기까지는 생각하지 못했다."

"임 대표도 정호 님에게 보여 줄 성과가 필요한데, 지금 위로금 이야기도 어쩌면 블루 고스트의 방향이 아닌, 정호 님의 독단적인 생각일 수 있어. 우리 때문에, 임 대표 때문에. 조금이라도 부담을 덜어줘야지. 안 그래? 그러니 최대한 위로금을 줄여서 협상에 성공했으면 해."

"그럼, 얼마부터 시작하면 좋을까?"

"1,000만 원부터 시작해. 그것도 많은 금액이야. 그들한테는."

어차피, 이 위로금의 출처는 부자의 돈이다. 부자는 우리가 그들의 돈으로 무엇을 하는지 모른다. 설사, 안다고 해도 변명거리는 많다. 그리고 애초에 그들은 우리가 무엇을 하는지도 관심 없다. 그저 분기별로 수익만 챙기면 된다. 현금 유동성이 커진 지금, 카테의 자신감은 하늘을 찌른다. 인간이든 회사든 돈이 많아야 불안함은 사라진다. 아무것도 안 사고, 안 먹어도, 통장에 적힌 0의 자리만 세면 자연스레 배부른 그 느낌, 다들 알 거다. 카쿠르터를 통해 모집한 투자자의 투자금이 어떻게 쓰였는지 정확히는 모르지만, 재건축사업과 관련한 곳에 대부분 쓰였다. 집주인이 여유자금이 있다면, 보상금만 받고 이사하면 된다. 보상금은 꽤 크다. 하지만, 보상금으로 이사할 여유가 없거나, 돌려줄 전세금이 없는 집주인은 보상금을 거절한다. 그대로 살거나, 다른 세입자를 받겠다고 한다. 하지만, 눈앞에서 발전하는 경제특구지역을 바라보며, 가망 없는 자투리에서 살고 싶은 사람은 없다. 기회만 있다면, 벗어나고 싶어 한다. 그들도 재건축사업에 동참해 새 아파트를 가지고 싶어 한다. 하지만, 이들은 그럴 여유는 없다. 그렇다고 순순히 떠날 마음도 없다. 보상금 정도로는 욕심은 채워지지 않아서다. 처음에는, 이들의 속내를 드러내지는 않는다.

"아무래도, 이사하기는 어려울 것 같네요. 아니요, 하고 싶지 않아요. 누가 뭐라고 해도 이곳은 소중한 곳입니다."

"정말, 소중한 동네입니다. 이 동네를 떠나서 어디서 살라는 말입니까?"

"보상금이 전부는 아니지. 개발이 전부가 아니라고. 마을이 변하는 게 싫어. 당신네 들어와 전부 바꿔 버리면, 그동안 우리의 추억도 사라진다고."

"난 그런 사람이 아닙니다. 돈으로 움직이는, 그리고 설사 돈이나 더 바라고 이처럼 행동한다고 생각합니까? 정말 오산[108]입니다."

"정말로 귀찮네요. 말했잖아요. 소중한 이 동네의 환경을 지키고 싶다

---

108) 오산(誤算): 추측이나 예상을 잘못함. 또는 그런 추측이나 예상.

고요. 개발 다 필요 없다니까요. 그러니 귀찮게 하지 말아요."

"빈집이 하나둘 보이니까, 좀 무섭기도 하고, 그러니까 사람들이 참 무정해.[109] 무정합니다. 어떻게 자기 고향을 버리고. 쯧쯧쯧."

"그러고 싶지는 않지만, 이 동네를 개발하면, 좋은 것도 많으니까. 그럼 사랑하는 동네를 위해 큰 양보를 하지요. 차라리 집을 팔 테니, 사가세요."

"아니, 앞으로 재건축하면, 얼마가 오를지 모르는데, 그 가격에? 그 가격에는 절대로 못 팔아요. 보상금은 그렇게 많이 챙겨 주면서, 제시한 가격은 정말로 기대에 못 미치네요."

"더는 나쁜 사람이 되고 싶지는 않네요. 이곳 주민들이 다들 그렇게나 바라는 재건축인데, 혼자서 고집부릴 수는 없어요. 시원하게 이 정도 가격에 거래합시다. 그러면 기꺼이 소유권을 넘기리다."

5. 그들의 배려다. 그 배려의 알맹이가 이타심인지 이기심인지 알 수 없다. 여하튼 남는다고 배짱을 부리던 집주인을 그렇게 하나둘 내보냈다. 예상보다 많은 금액을 요구한다. 어차피, 그들은 재건축 후, 돌아올 수 없어서다. 미리 한몫을 챙기려는 생각이다. 하지만, 이는 내 생각이다. 대외적으로 그들은 통 큰 양보를 한 셈이다. 하지만, 초기 보상금을 받고 나간 집주인은 모른다. 이들이 얼마나 터무니없이

---

109) 무정(無情): 쌀쌀맞고 인정이 없다.

많은 금액을 요구했는지. 그래서, 남은 예산이 빠듯했다. 풍부한 현금 유동성으로 한숨을 돌린다. 부자의 돈은 이렇게 바른 곳에 쓰인다. 소문이 퍼진 걸까? 버티면 돈을 더 준다고. 아니면 집주인처럼 사려 깊은 배려를 하려고? 여하튼 희한하리만큼, 세입자도 비슷한 행동을 보인다. 인간이라서 그럴까? 인간이라서?

"효상아, 전세계약갱신청구권을 거부하는 방법도 있어. 주택임대차보호법에 보면, 다음과 같은 내용이 있거든.

'임차한 주택의 전부 또는 일부가 멸실되어 임대차의 목적을 달성하지 못할 경우'[110]

재건축은 이에 속한다고 볼 수 있지. 계약만료일 6개월 전부터 2개월 전까지 통보하면 돼. 다시 전화해서 제대로 알려 줘. 계약 만료하면, 한 푼도 못 받는다고. 그냥 나가야 한다고."

6. 그런 법이 있었다고? 준비가 부족했다. 찾아보면 금방 알 수 있었을 텐데. 역시 승기다. 다시 전화해 으름장을 놓으며, 경고할 수도 있다. 그리고 그게 가장 합리적인 방법이다. 나도 안다. 하지만, 그러고 싶지 않다. 승기의 말을 듣고 싶지 않아서가 아니다. 우리와 함께할 수는 없지만, 세입자 역시 우리와 비슷한 처지여서다. 그리고 어차피 부자의 수머니에서 나온 돈이다. 위로금을 주지 않고 내보내도, 그렇게 돈을 아낀다고 누구도 기뻐하지 않는다는 뜻이다. 부자의 눈먼

110) 주택임대차보호법 제6조 3항 6호. [출처: 국가법령정보센터]

돈은 바른 곳에 쓰여야 한다. 그리고 바른 곳은 지금 이런 상황이다. 세입자를 직접 찾아가, 알맞은 위로금을 제시해 협상을 마무리하고 싶다.

"고마워, 승기야, 그런 법이 있었구나. 진짜 모르는 게 없구나. 그래서 임 대표가 널 신임하는지도. 여하튼, 이 일은 임 대표가 내게 맡긴 일이니, 이번에는 내 힘으로 해결해 볼게."

7. 세입자 집 앞이다. 살포시 벨을 누른다. 응답이 없다. 다시 한번 벨을 누른다. 반응이 없다. 집에 아무도 없는 듯하다. 자투리 아파트에 거주하는 세입자 나이는 60대 중반이다. 그리고 만나러 온 세입자는 곧 70세를 바라본다. 기다리기로 한다. 잠시 외출했을 확률이 높다. 그나저나 너무 덥다. 곧 추석이다. 이번 가을은 가을이라 말하기 어렵다. 추석이 얼마 남지 않았는데도, 여전히 열대야로 잠들기 어려운 여름이다. 시간이 지날수록, 인간이 정해 놓은 시간에 자연의 시간을 재단하기가 점점 어려워진다.

자연은 인간에게 시간의 소중함을 알린다.
그래서 계절을 선물한다.
인간은 온도와 냄새,
그리고 주위의 변화로 새로운 계절을 맞이한다.
계절의 변화는 시간이 흐른다고 말하는 자연의 증거다.

인간은 스스로 판단하고 움직인다는 자주적인 생명체로 포장한다.

하지만, 인간은 한순간도 시간의 법칙을 거스르지 않는다. 그럴 생각조차 않는다. 한여름에 두꺼운 겨울 패딩을 입는 자도, 한겨울에 민소매 옷을 입고 거리를 활보하는 자를 보기 어렵다. 물론 가끔 본다. 인간은 그런 자를 가까이하지 않는다. 정신이 온전치 않은 미친 사람이라고 생각해서다. 그렇기에 정상인이라면 고작 온도도 이겨 내지 못한다.

만류의 영장이라 큰소리는 치지만,
주변의 도움 없이는 다른 동물이나 식물처럼 지구에서
한 계절도 홀로 버티기 어려운 연약한 생명체다.

어쩌면, 신은 인간을 하루살이처럼 수명을 짧게 만들었을지도 모른다. 신이 빚은 아름다운 지구를 파괴할 유일한 해로운 생명체라는 것을 알았으니까. 인간은 신의 미움을 알아챈다. 신의 형상을 본떠, 만들었다는 그 자부심은 무너진다. 그리고 분노로 가득 찬 인간은 신이 빚은 최대의 작품, 지구를 훼손[111]하기로 한다. 그리고 무섭게 진화한다. 누리는 모든 편의성과 즐거움은 진화라는 허울로 원초적인 아름다움을 파괴한다. 이는 신에 대한 인간의 복수다. 그렇게 착각한다. 오직 파멸로 달리는 인간의 시간은 더욱더 빠르게 흐르는데, 자연의 시간은 점점 예측하기 어렵다. 그리고 파멸의 길로 내딛는 저주라는 사실을 매일 망각[112]한다.

---

111) 훼손(毁損): 헐거나 깨뜨려 쓰지 못하게 함.
112) 망각(妄覺): 어떤 사실을 잊어버림.

신에 대한 복수라 믿었던 인간의 파괴는
어리석은 인간을 단죄하는 신의 마지막 사랑이다.

인간은 신이 만든 유일한 에러일지도.

그리고 너무나도 긴 여름은
시한폭탄의 타이머가
곧 멈춘다는 뜻일지도.

펑! 펑! 펑!

8. 누군가 다가와 말을 건다.

"누구세요? 누구신데, 집 앞에서?"

"아, 안녕하세요, 유선상으로 인사했던 안효상입니다."

"안효상? 누구신지 잘 모르겠네요."

"어르신, 재건축 관련해, 일전에 위로금을 제시했던 사람입니다."

"아, 그 사람이군요. 그런데 무슨 일로? 이미 말씀했어요. 이사할 마음이 없다고."

"어르신, 바로 내치지 말고, 일단, 조용한 곳에 가서 이야기를 나누시죠."

"조용한 곳? 다른 곳 가지 않아도 됩니다. 왜 굳이 돈을 씁니까? 집에서 이야기합시다. 먼 걸음을 한 이유가 있겠죠."

세입자는 열쇠를 꺼내 열쇠 구멍에 넣는다. 그러고 보니까, 아직도 열쇠를 사용한다. 마음만 먹으면 얼마든지 디지털 도어록으로 교체했을 텐데, 세월의 흔적을 정통으로 맞은 현관문은 그렇게 나를 과거로 안내한다. 현관문이 열린다. 독특한 집 냄새가 뇌를 자극한다. 머리가 어질어질하다. 유독 냄새에 민감하다. 그렇기에 새로운 사람을 만나거나, 새로운 장소에 가는 게 꺼려진다. 솔직히 조금은 두렵다. 보기 싫다면, 눈을 질끈 감으면 된다. 멀리서 느껴지는 실루엣만으로도 다가올 세계를 감당할 수 있는지 예상할 수 있어서다. 냄새는 눈보다 빠르다. 통제가 어려운 불청객이다. 양해를 구하지 않는다. 단 한 번도. 그냥 들어온다. 내 영역을 아무렇지도 않게 침범한다. 정말 화가 난다. 아주 불쾌하다. 냄새와 싸울 수도 없는 노릇이다. 미친놈도 아니고. 그렇다고 다른 후각 능력은 있는가? 영웅이 될 수 있는? 절대로 아니다. 그저 후각이 예민할 뿐이다. 후각이 예민하다는 게, 특정 음식을 가리는 편식쟁이와 비슷하다고 보면 된다. 냄새를 편식할 뿐이다. 그래서 혼자만 피곤한 듯. 결국, 예민한 후각과 발달한 후각은 다른 의미다. 개처럼 멀리서 공기를 타고 날아오는 냄새를 맡지는 못한다. 굳이 따지면, 뒤섞인 냄새를 독립적으로 구분할 만큼 분석적인 후각 능력은 있다. 이는 저주다. 더 쉽게 피로해져서다. 나와 비슷한 능력을 지닌 자라면, 나의 고통을 십분[113] 이해하리라 믿는다. 문은 열린다. 냄새가 다가온다. 그리고 말을 건다.

오랜만에 만나는 진짜 사람이네.
영감님과 말벗이 되어 줘. 부탁이야.

9. 약품 냄새와 섞인 알코올 향, 그리고 집안을 가득 채운 제사 향의 냄새로 머리가 어지럽다. 이것으로 끝난 게 아니다. 바로 이어지는 코를 시큼하게 하는 눅눅한 곰팡내는 강제로 신체적 변화를 일으킨다. 현기증 난다. 금방이라도 쓰러질 것 같다. 무엇이라도 잡아야 한다. 쓰러지면 무슨 창피인가. 잠시 벽에 몸을 기댄다. 1초 정도 기절한 것 같다. 분명히 기절했다. 정신을 차리니 약품 냄새, 알코올 향, 제사 향, 그리고 곰팡냄새가 뒤섞여 코를 마비시킨다. 홀아비 냄새다. 한동안 누구도 이곳을 오지 않은 듯하다. 도대체 얼마나 오랫동안 혼자서 지냈을까? 정신을 차리고 신을 벗는다. 거실을 바라본다. 수많은 사진이 걸린 벽이 눈에 띈다. 모두 한 사람이다. 그의 아내인 듯하다.

"어르신, 금실[114]이 좋아 보이네요, 온통 사모님 사진이에요."

"금슬? 좋았었나? 그런 적이 있었던가? 기억이 나지 않아요. 그때가 언제인지."

---

113) 십분(十分): 넉넉히. 충분히.
114) 금실(琴瑟): 부부간의 화목한 즐거움.

"거실에 온통 사모님 사진뿐인데요? 당연히 금실이 좋겠지요."

"사진? 마누라와 사별한 지가…… 얼추 10년은 넘었네. 나이를 먹어서 가물가물해요. 그렇게나 선명했던 마누라 얼굴이. 자네 말대로 금슬이 좋았으면 합니다. 떠나고 나니까, 잘해 준 기억보다 몹쓸 짓을 한 것만 기억에 남습니다. 팀장님, 결혼은 했습니까?"

"예, 결혼했고 자녀도 있습니다."

"그렇구먼, 옆에 있을 때 잘해. 자식은 필요 없어. 마누라한테 잘하라고. 젊을 때는 자식만 바라보며 살았어. 그 녀석들이 우리 희망이라고 생각했으니까. 힘들어도 내 자식들이 웃을 수만 있다면 그것으로 만족했지."

"저도 비슷합니다. 회사를 그만두고 글을 쓰면서 살기로 했지만, 지금 보시다시피, 어르신 앞에 있네요. 그놈의 자식이 뭔지. 그래도 집에 돌아오면, 나와 닮은 그 녀석이 있어서 행복합니다. 가끔은 제 흉내를 낼 때도 있어요. 그럴 때면 어찌나 귀여운지."

"그렇구먼, 자네는 작가가 되는 게 꿈이었구먼, 그래서 글은 더는 안 쓰나?"

"퇴근 후, 쓰려고 노력은 하는데, 그게 잘되지를 않네요. 몸이 피곤하니, 집중하기가 어려워요. 그리고 어찌 보면 이기적인 결정이었어요. 올

곧이 저만 생각했어요. 당시는. 제 결정으로 인해 일어난 나비효과? 하하하. 그만큼 가족만 고생이었어요. 제까짓 게 뭐라고, 무슨 글을 쓴다고. 가족만 고생시켰네요."

"왜 그러나, 자기 꿈을 따르는 행위는 인생에서 아주 중요해. 인생은 말이야, 망망대해에서 나침반 없이 떠다니는 조각배로 시작해. 판자로 이어 붙여 만든 조각배는 정말 형편없어. 작은 풍랑[115]에도 뒤집힐 수 있거든. 무섭지. 나침반도 없는데, 방향도 잡을 수 없으니까. 그래서 인생은 돛이 필요해. 인생의 바람을 탈 수 있는 돛. 우리는 그 돛을 꿈이라 말하지. 그렇게 우리는 성장해. 인생의 돛을 달고 바람을 탈 수 있다면, 가는 곳이 어디인지는 몰라도, 속도가 나니까 제법 즐겁단 말이야. 그리고 조각배에서 돛단배로 성장하면 배의 규모도 커지니까. 그렇게 우린 각자의 돛단배에 사람을 태워. 처음에는 마누라를 그리고 자식들. 그렇게 가족은 탄생해. 안 그런가?"

10. 흥미롭다. 무슨 말을 하고 싶은 걸까? 그나저나 오늘 설득하러 왔는데. 자꾸 대화가 산으로 간다. 그동안 대화가 고팠던 게 분명하다. 침묵으로 대화를 이어간다.

"아마 자네는 이미 돛단배 시절은 지난 것 같은데, 그나저나 말을 편하게 해도 될까?"

"그럼요, 어르신, 오히려 제가 불편했어요. 편하게 말씀하세요."

---

115) 풍랑(風浪): 바람과 물결.

"고맙네. 어디까지 이야기했지? 아, 돛단배? 그래, 인생의 파도를 타려면 돛이 필요해. 돛은 각자 이루고 싶은 꿈이지. 돛을 달고 바람을 가르며 파도 위를 달리는 기분, 정말 시원하고 짜릿하지 않나? 조각배 시절에는 상상도 할 수 없는 일이지. 그런데 말이야, 아까도 말했지만, 인생은 말이야. 망망대해야. 그 누구도 어디로 흘러가는지 알 수가 없어. 나침반은 누구도 가지지 않았으니까. 그러니까 내 말은, 처음이야 신나게 잘 나가는 돛단배가 즐겁지만, 시간이 흐르면, 불안하기 시작하거든. 도대체 어디로 가는지 알 수가 없으니까. 더군다나 이제는 선원이 있잖아. 나만 믿고 따르는 소중한 선원들."

"맞습니다. 어르신. 제가 딱 그런 상황인 것 같네요."

"그런데, 우리가 모르는 게 있어. 처음에는 말이야. 인생의 돛을 달면 여러 방향을 나아갈 수 있다고 생각해. 그런데 그건 순전히 착각이라고. 인생의 돛을 달아서 갈 수 있는 방향은 하나야. 여러 선택지가 없다고. 오직 한 방향으로만 움직여. 우리는 그것을 '전진'이라고 하네. 바보 같은 돛단배지. 전진만 하니까. 그런데 재미있는 게 뭔지 아나? 우리에게나 그 방향은 전진이지. 상대방이 볼 때는 후진으로 보이기도 하고, 사선으로 움직이는 것처럼 보이기도 하고, 하여튼 무슨 소리인지 알겠나? 그러니까 우리만 전진한다고 착각한다는 거야. 그런데 우리는 알 수 없어. 아니, 알려고 하지도 않아. 그저 신이 났으니까. 돛을 달고 항해할 수 있고, 함께하는 선원이 있으니까."

즐거운가 보다. 처음 통화했을 때와는 사뭇 다른 경쾌한 목소리다.

노인은 이렇게 웃는구나. 함박웃음은 아니다. 즐거워 죽겠는데, 감정을 숨기는 웃음이라고 해야 하나? 손이 쉬지 않는다. 정신없다. 손으로 무언가를 끊임없이 표현한다. 다만, 말과 손의 합이 맞지는 않는다. 조금씩 어긋난다. 그래서 불편하다. 말로 해도 충분하다고 말하고 싶다. 하지만 그 마음을 바로 거둔다. 노인의 웃음은 귀해서다. 구연동화 수준으로 손과 발을 사용하여 무용담을 펼치는 게 취미인 아버지가 떠오른다. 아버지의 목소리가 듣고 싶다. 오랜만에 안부 전화를 하려 한다. 얼마만의 통화인가? 못난 불효자다. 대화는 더욱더 산으로 간다. 설득해야 하는데, 휴, 오늘은 포기해야 하나.

"어르신, 여기 온 이유는요, 다름이 아니라."

"그게 중요한 게 아니네, 그거야 천천히 들으면 되지. 말했잖나, 자네에게는 중요한 이야기라고. 자네는 지금 위기라고."

"알겠습니다. 그럼 말씀하세요, 그래요, 직진인 줄 알았던 방향이 문제가 생기면, 그럼 그 돛단배는 어찌합니까?"

"그렇지, 바로 그렇지, 자네도 그게 궁금할 줄 알았단 말이야. 자네, 글은 지금도 쓰나?"

"글이요? 펜 놓은 지 꽤 된 것 같네요. 지금 하는 일이 워낙 많아서……. 그러니까 어르신을 뵈러 여기까지 왔죠. 그래서 말인데요,"

“흠……. 그렇다면, 집에 돌아가 예전에 썼던 글을 다시 만나 보게나. 그러면, 답을 줄 거야. 오늘은 피곤하니까 이만 돌아가게.”

11. 세수하러 왔다가 옹달샘의 물만 먹고 돌아간 토끼가 된 기분이다. 알 수 없는 소리다. 돌아가서 예전 글을 다시 읽으라고? 보고 싶지 않다. 보면 분명히 후회한다. 시작하지 말았어야 했다. 주위 사람의 고생을 모른 체하며, 꿈이라는 치트키를 입어, 누구에게나 위로와 응원을 받을 수 있는 빛 좋은 개살구다. 그래, 주위에 아무도 없다면, 그랬다면, 지금도 글을 쓰겠지. 난 말이다. 평범하게 살고 싶다. 있는 듯 없는 듯 그렇게 살고 싶다. 결혼도 그래서 한 거다. 남들이 하니까, 때가 되면 하는 거니까. 그게 평범한 삶이니까. 비혼은 평범하지 않으니까. 물론, 아내를 사랑해서, 그녀를 평생의 반려자로 인생을 함께하기로 했다. 지금도 나의 사랑은 변함없다. 아이도 그래서 낳은 거다. 남들도 아이가 있으니까, 때가 되면 낳아야 하니까. 그게 평범한 삶이니까. 결혼 후, 자녀 계획은 없다고 하면 평범하지 않으니까. 물론, 내 아이를 무한대로 사랑한다. 아이가 없는 자는 죽었다 깨어나도 알 수 없는 무한의 사랑이다. 아이를 키우면서, 많이 울었다. 아이를 키우면서, 많이 후회했다. 아이를 키우면서, 어른이 되어 간다. 내 인생 중 가장 잘한 일이 무엇이냐고 묻는다면, 아내와 아이와 함께 하는 오늘이다.

결혼과 출산은
가장 평범해질 수 있는
가장 행복해질 수 있는

인생의 축복이다.

12. 그렇게 평범하고 행복한 날을 누린다. 모든 게 자연스럽다. 호기롭게 회사를 퇴사하고 글쓰기를 시작했을 때, 나의 행복 지수는 최고였다. 이렇게나 행복해도 되나 싶을 정도로 모든 날을 감사하며 살았다. 그리고 누구도 균열을 낼 수 없는 보장된 행복한 삶이라 믿었다. 영원하리라 장담했다. 지난날도 지극히 평범하다. 태어나서 보니까 부모님은 나를 반겨 주었다. 시간이 지나니 여동생이 태어났다. 원하지는 않았다. 그래도 난 여동생을 쾌나 예뻐했다. 그래, 그렇게 되었다. 그렇게 자연스럽게 가족을 이루었다. 가족의 구성은 당연한 순리다. 고민할 필요도 이유도 없다. 내 주위 모든 지인 또한 가족이 있으니까. 남들도 다 가진 평범한 일이다. 고등교육을 마친 후, 고민 없이 대학교에 진학했다. 남들도 다 그렇게 살아간다. 대학을 졸업 후, 취업했다. 그리고 사랑하는 여자를 만났다. 그래, 그렇게 되었다. 그렇게 결혼한 후, 사랑스러운 아이를 만났다. 이 과정은 당연한 순리다. 고민할 필요도 이유도 없다. 내 주위 모든 지인 또한 이렇게 살아간다. 남들도 다 가진 평범한 일이다.

글을 쓰지 않았다면,
평생 몰랐을 거다.

내가 가진 평범함이.
내가 느끼는 행복함이.
내가 생각하는 당연함이.

세상에서 가장 큰 사치라는 사실을.

13. 글을 쓴다고 골방에 처박힌 2년, 단 2년 만에 누구도 균열을 낼 수 없다고 믿었던, 지극히 평범하고 당연했던 행복은, 균열을 넘어서 산산이 조각난다. 밑창이 너덜너덜한 운동화를 신고 등교하는 웃음기가 사라진 사랑하는 내 아이. 깊은 팔자 주름과 푸석한 피부로 어느새 할머니가 돼 버린, 불과 몇 년까지만 해도 올리비아 핫세의 외모를 자랑했던, 백옥 같은 피부를 지녔던 사랑하는 내 아내. 집에만 있어서 그랬을까? 방문을 닫아도 골방에서 퍼지는 나의 체취는 집 안을 쉰내로 진동하게 한다. 그래, 그런 줄 알았다. 처음에는. 하지만 집 안에 진동하는 쉰내의 주범은 빨래 더미다. 아내가 빨래하는 횟수가 현저하게 줄었다. 예전에는 일주일에 3번은 빨래를 했던 것 같은데, 지금은 일주일에 한 번도 세탁기 돌아가는 소리가 들리지 않는다. 집에만 있으니 이를 더욱더 적나라하게 확인한다. 거실 한쪽에 거대하게 쌓인 빨래가 보인다. 미안한 마음에 빨래를 세탁기에 넣는다. 아무리 보아도 세탁세제가 보이지 않는다. 집에 세탁세제가 없다. 평범하고 당연한 세탁세제가. 미안한 마음에 한참을 울었다. 그리고 쉰내가 가득한 빨래 더미를 다시 꺼내어 있던 자리에 놓는다. 하지만 아내에게 묻지 않았다. 집에 왜 세탁세제가 없냐고. 물어보는 순간, 그나마 희미하게 유지하는 가족도 사라질 것 같아서다. 그리고 한동안 그 빨래 더미는 그 자리를 지켰다. 어르신의 쓸데없는 소리로 그때가 떠올라 마음만 싱숭생숭하다. 그래도 어르신 말대로 예전 글을 보기는 할 거다. 그래야 다음에 만나서 대화할 수 있으니까. 다음에 만나면, 주도권을 뺏기지 않고, 바로 본론을 들어가야 한다. 1,000만 원이 적었던 게 분

명하다. 휴, 영감님, 그냥 이사하시라고요. 좀. 네?

세상에 존재하는 그 어떤 것도
평범하지도 당연하지도 않다.

평범한 행복도, 당연한 행복도
처음부터 존재하지 않는다.

행복은 치열하게 삶과 맞선
투쟁의 결괏값이니까.

14. 집에 도착해 현관문을 연다. 머스크 향이 묻어나는 고급스러운 비누 향은 내 코를 자극한다. 무의식적으로 빨래가 쌓인 자리를 바라본다. 빨래 더미는 보이지 않는다. 건조대에 널린 빨래를 바라본다. 안방에서 누군가 나온다. 아내다. 부스스한 모습으로 나를 반긴다. 저녁을 먹었냐고 묻는다. 밖에서 먹었다고 말한다. 아내는 자연스럽게 내 옆에 앉는다. 손에 든 리모컨을 빼앗아 자기가 보고 싶은 채널을 튼다. 드라마다. 아내는 몰두한다. 떠나가는 그의 뒷모습을 그녀는 말없이 바라본다. 당장이라도 뛰어가 그를 잡고 싶지만, 그녀는 이내 그만둔다. 드라마에 몰두한 아내는 소리친다.

"바보야, 당장 뛰어가서 잡으라고!"

그래, 이러면 된 거다. 이러면 된 거다.

무엇을 더 바라는 게 욕심이다.

드라마를 같이 볼 재주는 없다. 지루하고 따분해서다. 조용히 일어난다. 아내의 몰입을 방해하고 싶지 않아서다. 한동안 가지 않았던 서재로 발걸음을 돌린다. 애증의 장소인 서재에 다양한 감정을 묻어 두었다. 어리석음, 무모함, 허세, 만용 등. 서재를 한동안 가지 않았다는 말은 거짓이다. 오늘처럼 대놓고 들어가지 않는다는 소리다. 방문을 열 용기가 좀처럼 나지 않아서다. 그래서 조명이 꺼진, 어둑한 밤이 다가와 모두가 잠들면, 가끔 몰래 서재에 들어간다. 무엇을 하려고 들어온 게 아니다. 정리하지 못한 애증의 감정을 다시 느껴 보고 싶어서일까? 의자에 앉아 책상에 놓인 작은 스탠드 등을 켠다. 스탠드 등이 비치는 작은 범위, 가로로 100㎝도 안 되는 작은 책상을 감싸지도 못하는 그런 작은 범위, 그 정도의 범위가 딱 좋다. 애증을 즐기기는. 책상 한편에 커터칼로 새긴 과거의 결심이 보인다.

正正正正正正正正正正正正正正正正正正正正正正正正正正正正正正正正
正正正正正正正正正正正正正正正正正正正正正正正正正正正正正正正正正
正正正正正正正正正正正正正正正正正正正正正正正正正正正正正正正正正
正正正正正正正正正正正正正正正

15. 물리적으로 골방에 갇힌 세월은 2년이 맞다. 하지만, 난 어느 순간부터 글을 쓰지 않았다. 그냥 종일 앉아 있었다. 더는 소재가 떠오르지 않아, 더는 캐릭터와 대화하기가 어려워 쓰지 못했다. 커터칼로 새긴 날짜가 그 무기력함을 말해 준다. 불타는 열정을 에너지로 환원

해 영원히 끝나지 않으리라 믿었던, 내 꿈은, 405일 만에 동력을 다했다. 글을 쓰지 못한, 괴로움의 나날 동안, 그저 아내에게 왜 글을 포기해야 하는지, 그런 시답잖은 핑계를 찾느라 시간을 허비했다. 그리고 완벽한 핑계가 다가온다. 우현이의 일자리 제안이다. 그렇게 얕은 뚝심과 한심한 창의력으로 글쓰기를 주저한 내게, 가족의 안위[116]는 글을 버릴 수 있는 아주 합리적인 핑계다. 난 아버지니까. 난 남편이니까. 난 가장이니까. 그렇게 마치 선심 쓰는 양 글쓰기를 멈춘다. 용기를 내어 지난날의 상처를 들춰 보기로 한다. 노트북을 켠다. '미완성 폴더'를 클릭한다. 그리고 '미완성 파일'을 클릭한다. 어르신이 말한 대로 답을 줄지도 모른다. 열린 파일을 바라본다. 그리고 글을 찬찬히 읽기 시작한다. 글을 읽을수록 끝내지 못했다는 자괴감과 끝낼 수 없다는 확신이 섞인 지난날의 괴로움은 나를 삼킨다. 심경 변화는 없다. 한결같다. 이래서 보고 싶지 않았던 거다. 영감님의 말을 믿은 내가 순진했다. 장황한 말로 그저 날 내쫓고 싶었던 거다.

이루지 못한 과거의 꿈은
상처로 인해 생긴 딱지다.

딱지는 세균의 침입을 막으려는 방어체제다. 하지만, 가렵다. 완벽하게 외부의 이물질을 막지 못해서다. 가려운 딱지를 뜯어낸다. 뜯어낸 당시는 보기는 흉해도 시원하다. 하지만, 잘못된 선택이다. 피와 진물이 아물지 않은 상처 주의를 곪게 한다. 가려운 딱지를 뜯어낼수록 회복의 시간은 더디다. 과거의 꿈도 그렇다. 자꾸 생각난다. 자꾸

---

116) 안위(安危): 안전함과 위태함.

들춰, 그때로 돌아가고 싶다. 그래서, 가려운 과거의 꿈을 뜯어내면, 그렇게 다시 들추면, 조금은 행복하다. 이번에는 다를 거라는 희망도 보인다. 하지만, 잘못된 선택이다. 시간이 지나면 알게 된다. 결국, 과거에 포기했던 그 지점으로 다시 돌아가야 해서다. 그 지점을 극복하려면, 현재 상황이 변해야 하는데, 과거의 꿈을 다시 들췄다면, 현재 상황이 변하지 않았다는 방증이다. 그렇기에 또다시 포기해야 한다. 괴로움과 씁쓸함은 배로 증가해 우리의 삶을 파괴한다.

딱지는 죽은 세포다.
죽은 세포는 다시는 살아나지 못한다.

더는 이루지 못한 과거의 꿈을 들춰, 새살이 돋아나는 회복의 기간을 늘리고 싶지 않다. 딱지가 생겨 상처 부위가 가렵다는 뜻은, 새살을 돋아나게 하기 위한, 인체가 상처를 치료하고 있는 과정이다. 그러니까, 가려워도 참아야 한다. 그러니까, 가려워도 뜯어내면 안 된다. 그 과정을 견뎌야 새살은 돋아난다. 새살이 돋아나야 더는 가렵지도 더는 아프지도 않다. 카테피아의 건설로 많은 이에게 인생 2막의 기회를 줄 수 있다면, 그것이야말로 이루지 못한 과거의 꿈을 극복해 새살을 얻는 결과물이라 믿는다. 이루지 못한 과거의 꿈이 딱지가 되어 새살을 돋아나게 하는 여정은 행복을 만나는 유일한 길이다. 행복은 멀리서 나를 기다린다. 그렇다면, 그 과정이 어찌 괴로울 수 있는가? 아니, 행복을 누가 달콤하다고 말했는가?

더는 과거의 아쉬움에 사로잡혀,

미래로 나아가지 못하는,
죽은 세포인 딱지를 부둥켜안아
'양패구상'[117]하는 그런 삶은 거절한다.

16. 영감님을 만난 지 두 달이 흘렀다. 그동안 진척은 없다. 카쿠르터가 어르신을 꾸준히 만났지만, 돌아오는 대답은 한결같아서다. 임 대표가 말은 안 하지만, 이 건을 빨리 해결하기를 바란다. 영감님을 다시 만나러 간다. 더는 장황한 말에 속지 않으리라. 아파트 앞이 어수선하다. 평소에 보이지 않던, 외지 사람들이 보인다. 영감님 아파트 현관문에 걸린 노랑 등이 보인다. 무슨 일이지?

근조(謹弔)

어르신의 영정사진이 보인다. 예상치 못한 전개다. 주위에서 이런 저런 말이 들린다. 어르신의 지인들이다.

"어떻게 그렇게 일이 벌어져? 정말 며칠 전까지만 해도 멀쩡했던 양반인데, 그렇게 가나, 그렇게 인사도 없이."

"그러게나 말이야. 평소에 무릎이 아프다고, 산을 좋아하지도 않는 양반인데, 아니 왜 그날은 거기를 올라갔을까?"

"나도 모르지, 죽은 아내가 보고 싶었는지도."

---

117) 양패구상(兩敗俱傷)은 두 사람이 싸우다가 서로 다치는 것을 뜻하는 말. [출처: Bard]

"그래도 끔찍해, 어떻게 죽은 아내와 같은 장소에서, 그런 일이 벌어져? 그래서? 자살한 거야?"

"말조심해, 없는 말 해서 욕먹지 말고. 지금 듣는 사람이 얼마나 많은데? 자살보다는 실족사에 무게를 두는 것 같아. 일단, 경찰에서는 잠정적으로 그렇게 생각하는 것 같아. 유족도 부검이나 조사를 원하지도 않고."

"하긴, 발을 헛디뎌 떨어질 수도 있겠네. 그나저나, 그 영감, 그렇게 아내를 그리워하더니, 이제는 그러지 않아도 되니까, 좋은 일인가?"

"사실은 말이야, 생전에 아내와 다툼이 잦았어. 아마도, 갑자기 하고 싶은 일 한다며, 그게 자기 꿈이라나? 아내가 그렇게 말렸는데, 결국 고집대로 진행했지. 하여튼, 투자했다가 크게 손해를 봤어. 지금 사는 집도 원래는 자가인데, 돈이 없으니까, 그래서 집을 팔아 현재 전세로 살고 있고."

"그랬어? 도통 그런 이야기를 하지 않아서, 난 전혀 몰랐네."

"그 영감, 원래는 엄청나게 떠벌리고 자랑하는 성격인데, 아내가 죽은 후, 성격도 많이 변했어. 자네는 그 이후로 이사 왔으니까."

"그러니까, 늘 말수가 적어서 전혀 몰랐지. 그럼, 아내가 비관 자살을 했던 거야? 산에서? 그래?"

"그건 아무도 모르지, 그때도 실족사로 처리했어. 유서가 나오지 않았거든. 하여튼, 그렇게 아내를 하루아침에 떠나보내고, 모든 게 후회스럽고, 스스로 용서하기 힘들었던 것 같아. 찾아오던 자식들도 못 오게 하고, 그렇게 아무도 그 영감을 찾지 않았지. 그나마 우리가 전부였어. 말벗으로는."

"스스로, 형벌이라도 줬다는 뜻이야? 참 슬프기도 하고, 어리석기도 하네. 그렇다고 죽은 아내가 돌아와? 산 사람은 살아야지."

"내 말이. 그래서 몇 번을 말했는데, 산 사람은 살아야 한다고, 죽은 아내가 지금의 모습을 원하지 않을 거라고. 그런데 말을 듣지를 않아. 자기는 죄인이라고. 아내도 자기 때문에 죽은 거라고. 더는 행복할 자격은 없다고."

"그랬구먼, 그런 일이 있었구먼, 정말 이상하기는 했지. 알지, 이 집에는 늘 향냄새와 죽은 아내 사진으로 가득하고. 죽은 사람과 살고 있다는 그런 생각이 들었지. 얼마나 사랑하면, 아직도 놓아주지 못할까? 그런 마음이었는데, 어쩌면 그게 아닐지도 몰라."

"그게 무슨 소리야?"

"어쩌면, 죽은 아내를 바라보면서, 과거의 후회를 바라본 게 아닐까? 그렇게 스스로 형벌을 주면서, 불행하게 사는 것을 선택하는. 그러니까 있을 때 잘하지. 있을 때 잘해야 해."

"뭐, 그럴지도, 난들 아나? 아무도 그 속을 모르지. 그나저나 그럼 이 집은 어떻게 되는 거야?"

"어떻게 되긴, 어차피 집주인도 아니었는데, 자식들이 정리하기로 한 것 같아. 우리 처지에서는 다행인 건가?"

"또, 또, 입방정!, 조심하라고, 듣는 귀가 많다고."

"뭐, 틀린 소리도 아니잖아, 이 영감이 버티고 있어서, 재건축사업에 차질이 생긴 것은 틀림이 없으니까, 그나저나 유족들이 회사로부터 거액의 위로금을 받았다고 하던데?"

"도대체 자네는 그런 이야기는 어디서 듣나? 그리고 회사가 집주인도 아닌 세입자의 유족에게 위로금을 줄 이유가 있어? 괜한 소리 해서 다른 사람 헷갈리게 하지 말게."

"괜한 소리라니? 나도 듣는 귀가 있다고. 나도 들었어. 유족한테. 장례 비용 일체를 회사에서 부담했다고."

17. 어르신 친구의 이야기를 듣고 나니, 이제는 알 것 같다. 어르신이 내게 말한, 어쩌면 유언일지도 모르는 그 답을. 어르신은 과거의 꿈에 사로잡혀 현재의 행복을 갈아 넣는 바보 같은 일은 그만두라고, 잡을 수 없는 과거의 유령보다는, 현재 옆에 있는 사람에게 충실히 하라고, 옆에 있는 사람과 행복하게 미래를 설계하라고, 그게 현재의 꿈

이 되라고, 넌 틀리지 않았다고, 말하고 싶지 않았을까? 오늘 그 답을 듣고 싶었는데, 이제는 영원히 들을 수 없다. 그래도 괜찮다. 충분한 답을 얻어서다. 어르신이 괴롭지 않은 곳에서 사모님과 행복하기를 바랄 뿐이다. 그나저나 우리가 장례비용을 부담했다고? 관련해 들은 게 없다. 이따가 승기에게 물어야겠다.

"승기야, 이사하지 않겠다고 말했던 그 세입자 어르신 기억해? 어제 다시 설득하러 갔는데, 돌아가셨더라고. 그나저나, 회사에서 장례비용과 위로금을 제공했다고 하던데, 사실이야? 우리가 그렇게까지 해 줄 필요가 있어? 위로금으로도 충분할 텐데?"

"어, 효상아, 깜박하고 네게 이야기를 하지 않았네. 괜한 헛걸음 했겠네. 미안하다. 맞아, 우리가 비용을 치렀어."

"뭐, 깜박할 수도 있지. 그런데, 승기야, 도대체 왜? 우리가 비용을? 돈을 너무 계획 없이 지출하는 게 아닌가 싶다. 지금 이 돈의 출처도 거기지? 부자들의 투자금?"

"네가 이상하게 생각할 수도 있겠네. 이건 임 대표 생각이야. 지금 그 어르신 말고도, 버티는 집주인이나 세입자가 좀 있잖아. 고지가 눈앞인데, 그들 때문에 재건축사업을 포기할 수도 없는 노릇이고. 그런 일이 정말로 벌어진다면, 그게 진짜 큰일이지, 안 그래? 효상아?"

"그건 그래, 그러니까 위로금은 이해는 하겠는데, 왜? 장례비용까지?

도대체 임 대표는 무슨 생각이야?"

"그러니까, 효상아, 임 대표는 이를 'Beyond expectation 전략'이라고 하더라. 기대 이상의 행동으로 상대방에게 좋은 이미지를 준다는 게 핵심인 전략이야. 임 대표는 확신하더라고. 이번 선행으로 기존의 집주인과 세입자가 우리를 좋은 기업으로 인식한다고."

"승기야, 그거야 두고 볼 일이지. 오히려, 보상금을 더 챙기려 버틸지도 모르니까. 그렇잖아. 그리고 정말로 부자들의 투자금을 이처럼 사용해도 되는 거야?"

"그래, 효상아, 그럴 수도 있겠지. 두고 보자고. 임 대표의 전략이 먹히는지를. 그리고, 부자들의 돈으로 무엇을 하든, 그게 다 투자야. 투자에 대한 개념이 넌 너무 좁아. 그리고 지금 부자를 걱정해? 카테피아만 생각해."

18. 퇴근하려다, 사무실로 돌아온다. 임 대표와 술잔을 기울이고 싶어서다. 요즘 임 대표는 매일 야근이다. 혼자서 뭐 이리 바쁜지 알 수는 없다. 하지만 분명히, 임 대표 혼자만 바쁘다. 본사와 관련 일은 누구에게도 공유하지 않아서다. 저번 일 이후로, 예전보다 많은 것을 나와 공유하기는 한다. 그런데, 그게 뭐랄까…… 아직은 제한적이다. 어쩌면 승기는 알지도 모른다. 하지만, 승기도 본사와 관련 일은 나와 공유하지 않는다. 회사의 규모가 커질수록 임 대표는 점점 야위어 간다. 참 딱한 인생이다. 그냥, 오늘은 대학교 시절로 돌아가 임 대표가

아닌, 우현이와 회사 이야기 말고, 시시하고 대수롭지 않은 대화로 서로를 위로하려 한다. 사무실 문을 열기 전, 핸드폰을 열어 시간을 확인한다. 오후 8시 47분. 사무실 문을 연다. 예상대로 임 대표는 대표실에서 열일 중이다. 전화 통화를 한다. 아무도 없다고 생각했는지, 큰 소리로 누군가와 통화한다.

"Beyond expectation(비욘드 엑스펙테이션) 전략은 잘 실행하고 있어?"

참, 그놈의 전략 타령을 지금까지 말할 줄이야. 정말 못 말린다.

"그러니까, 누구도 알아서는 안 돼. 네 가족을 생각해. 이건 너와 나 그리고 블루 고스트만 아는 전략이야."

승기와 통화하나? 승기에게 따로 시킨 게 있나? 그런데 승기 가족을 생각하라니? 무슨 소리야? 바로 대표실에 들어가지 않는다. 그리고 대화를 엿듣는다.

"지금 그런 모습은 바람직하지 않아. 이미 엎질러진 물이야. 다시 담을 수 없다고. 과거로 돌아갈 수 없어. 네가 널, 카쿠르터 중 가장 신뢰한다는 사실은 변함없어."

승기가 아니다. 카쿠르터 중 하나다.

"지금 와서 빠진다고? 네가 빠지면 나머지는? 너만 따르는 다른 대원들은? 그리고 블루 고스트가 얼마나 대단한지 몰라? 대단하다는 것은 그만큼 두려운 집단이라는 뜻이야. 그들은 무엇도 만들 수 있고, 무엇도 행할 수 있어. 그들은 세계의 법을 초월한 집단이야."

도대체 상대방이 뭐라고 하길래, 이처럼 겁을 주지?

"그냥 필요한 것을 속 시원하게 말해. 돈 때문에 시작한 일인데, 그것만 생각해. 쓸데없는 생각 말고. 그리고 넌, 네 가족만 생각해. 이번 건은 블루 고스트에 보고하지는 않을게. 그들은 의심이 많아. 네가 잘못될 수도 있다고. 그리고 네 가족도. 그러니 다시는 약한 모습 보이지 마. 특히 대원 앞에서는. 네가 약해져 흔들리면, 다른 대원도 흔들려. 그리고 앞으로는 이런 일로 전화하지 마. 블루 고스트가 도청할지도 모르니까. 연락은 늘 하던 대로. 그리고 이번 일은 잘했어. 한 번 더 그 일을 해 줬으면 해. 주소와 이름을 보낼게. 이번이 마지막이기를 나도 원해."

도대체 무슨 통화를 이렇게 살벌하게 해? 온몸에 소름이 돋는다. 소름은 내게 경고한다. 이 상황을 들키지 말라고. 이는 통화를 엿들었다는 것을 임 대표가 알면 안 된다는 신호다. 고개를 숙여 바로 포복 자세를 취한다. 그리고 잠시 호흡을 멈춘 채, 조용히 하지만 빠르게, 사무실 문을 열고 밖으로 나온다. 그리고 혹여 들킬까 봐 발뒤꿈치를 들어 살살 엘리베이터 앞까지 걷는다. 1층에서 자리를 잡은 엘리베이터의 무게가 오늘따라 천근만근인가 보다. 당최 올라올 생각을 않는다. 비상구를 연다. 발소리가 들릴지도 모른다. 1층까지 까치걸음으로 잽싸게 걷는다.

살금살금살금살금살금살금살금살금살금살금,
탁탁탁탁탁탁탁탁탁탁탁탁탁탁탁탁탁탁탁탁,
똑똑똑똑똑똑똑똑똑똑똑똑똑똑똑똑똑똑똑똑,
탈깍탈깍탈깍탈깍탈깍탈깍탈깍탈깍탈깍탈깍,
두두두두두두두두두두두두두두두두두두두두

19. 여느 날과 같은 아침이다. 사무실 풍경도 여느 때와 다르지 않다. 작은 까치집을 머리에 달고 출근하는 직원. 머리를 밤에 감아서일까? 아니면, 베개의 문제일까? 한 손에는 커피를, 다른 한 손에는 책을 들고 사무실에 출근하는 직원. 한 손에 커피를 들면서 다른 손에 책을 들고 오는 모습은 영 어색하다. 몇 개월째 같은 책을 들고 다닌다. 인생의 책이라서 그런가? 정말로 책을 읽기는 할까? 오자마자 탕비실에 들어가 주전부리를 잔뜩 챙겨 자기 책상에 놓는 직원. 다이어트 중이라 말하며, 채식 위주로 식사를 한다. 그런데 이미 하루 동안 먹는 주전부리의 칼로리만 계산해도 족히 2,000칼로리는 넘는다. 차라리 운동해라. 괴롭지 않나? 그렇게 살면? 레트로에 푹 빠져, 한 손에는 워크맨을 쥐고 길게 늘어진 줄이어폰을 한쪽 귀에 꽂고 출근하는 직원. 정작 음악은 복고풍과 거리가 먼 최신 음악을 좋아한다. 실제로 워크맨은 작동하지 않는다. 그냥 멋이다. 다른 한쪽 귀에는 무선 이어폰을 꽂고 핸드폰을 연동해 음악을 듣는다. 그렇게 살면, 피곤하지 않냐? 다른 사람보다 1시간 일찍 출근해 아침부터 스트레칭 삼매경에 빠져 스트리밍 서비스를 시청하면서, 미라클모닝을 실천하는 직원. 요가 매트만 있다면 이곳은 회사가 아니라 헬스장이다. 그렇게 살면, 아침은 좀 상쾌해지나? 제발 오전 미팅 때, 졸지 좀 마라. 그러게, 정시

에 출근하고 잠을 더 자라고 그리 말했는데. 그래, 여느 날과 같은 아침이다. 사무실 풍경도 여느 때와 다르지 않다. 달라진 것은 아무것도 없다.

"승기야, 요즘 임 대표는 어때? 일이 많아서 매일 야근하는 것 같아서. 건강을 챙기면서 일은 해?"

"그러게나 말이다. 친구로서 임 대표를 바라보면, 안쓰럽지. 본사와 연락도 혼자서 하니까, 우리가 모르는 부담감이 얼마나 크겠어?"

"그래도, 너와는 그래도 속이야기를 하지 않아? 예전보다 좋아지기는 했는데, 그래도 나와 임 대표 사이에는 보이지 않는 벽이 있어."

"저번에도 말했지만, 그건 순전히 네 오해라니까. 임 대표, 아니 우현이는, 변하지 않았어. 친구로 우리를 생각하는 마음은 같다고."

"그래, 네 말이 맞겠지. 늘 그랬으니까. 그러니까 너는 뭐 아는 것 없어? 본사의 방향이나 앞으로 계획 등, 뭐 그런 것 있잖아. 임 대표와 본사만 알고 있는 그런 말들."

"그거야, 나도 모르지. 임 대표가 이것저것 지시를 하기는 해. 그런데 그게 본사의 방향이라고 생각하는 거지. 특별히 둘이서 따로 회의하지는 않아."

"그래? 지시는 해? 그렇다면, 요즈음, 임 대표가 따로 지시한 게 있어?"

"안효상, 도대체 뭐가 궁금한 건데? 빙빙 돌리지 말고, 원하는 것을 물어."

"아, 별것은 아니고. 카쿠르터와 임 대표는 친해?"

"친하냐고? 그게 무슨 말이야, 효상아. 좀 구체적으로 말해 봐."

"그러니까, 보통 카쿠르터의 업무 지시는 네가 하지 않아? 가끔은 임 대표가 직접 지시하는 게 있는가 해서."

"임 대표는 카쿠르터와 관련한 업무는 내게 일임했어. 임 대표가 따로? 카쿠르터와? 그런 적 없었는데? 왜 물어? 뭐 아는 게 있어?"

20. 승기는 임 대표가 카쿠르터와 따로 일을 진행하는 상황을 전혀 모른다. 승기도 모르게 무엇을 진행하지? 괜히 긁어 부스럼 만들지 말자. 확실한 게 하나도 없는 상황이니까. 임 대표에게 직접 물을까? 그러면, 또 의심하는 꼴인데, 임 대표가 명확하지 않은 의심을 더는 너그럽게 받을지도 모르겠다. 무언가 확실한 물증이 나오면, 그때 승기와 상의하는 게 좋겠다.

"있기는 뭐가 있어, 그냥 다 같이 모여서 술이나 한잔하자고. 그동안 너무 뜸했어. 아무리 회사에서 얼굴을 본다고 해도 말이야, 그래도 가끔은 동료가 아닌 친구로서 만나기도 해야지. 안 그래?"

"난 또 뭐라고, 임 대표도 얼마 전, 비슷한 이야기 하더라. 조만간 모여서 회포나 풀자고, 강변역 포장마차 기억난다. 참 세월 많이 흘렀네. 이따가 임 대표에게 슬쩍 물어볼게."

어르신의 죽음으로 이사를 안 하고 머무르겠다고 하는 세입자는 4가구다. 아? 3가구다. 한 가구는 카쿠르터의 설득으로 위로금을 받고 떠나기로 한다. 임 대표는 말한다. 더는 직접 가지 말라고. 어르신 사건 이후로, 카쿠르터를 통해 보고만 받는다. 임 대표의 수상한 통화 이후로, 모든 상황은 그대로다. 과민반응이었을까? 보다시피, 내 직감은 신통하지 않다. 맞은 적이 없어서다. 직감을 통한 합리적 추론으로 결괏값에 이르기도 전에, 모든 게 상상으로 끝난다. 오히려 그게 다행이다. 만약에, 정말로 만약에, 직감이 맞는다 한들, 솔직히 무엇을 할 수 있을까? 상황을 알면서도 침묵해 사적인 이익을 취하거나, 아니면 내부 고발자가 되어 카테피아를 스스로 무너뜨려야 한다. 무엇을 선택해도 잔인한 결과다. 침묵해 사적인 이익을 취한들, 그게 오래갈까? 그리고 행복할까?

타인을 속여 얻은 부를 통해 행복해질 자신은 없다.

남들이 부러워하는 성공의 화려한 겉치레와 달리,
입고 뽐내는 옷의 안감은 거짓의 유리 섬유로 이루어져,
평생 가렵고 따가운 삶을 살아갈지도 몰라서다.

그렇다면, 내부 고발자가 되어서 스스로 카테피아를 무너뜨릴 용기는 있는가? 최고의 선이라 믿고, 우리를 따르는 카쿠르터와 투자자의 꿈을 한꺼번에 짓밟을 수 있는가? 그들에게 우리는 인생을 변화할 수 있는 마지막 기회다. 누구도 그들에게 관심을 보여 인생 2막의 기회를 제공하지 않으리라 확신해서다. 그렇다. 사회에서 소외된 이들의 힘으로 완성한 카테피아를 통해서 이들은 성취감을 얻게 될 거다. 성취감은 또 다른 성취감을 도전할 용기를 선물한다. 그렇게 그들의 소박한 꿈을 완성해 간다. 무슨 자격으로 그들의 소박한 꿈을 박살 낼 수 있을까? 그리고 그것을 진정한 정의라 말할 수 있는가? 도대체 누구를 위한 정의란 말인가? 사랑하는 동반자 모두, 실의에 빠져 모든 것을 포기할지도 모르는데? 그리고 불편한 내 마음만 편하자고, 그들의 슬픔을 이용한다면? 그렇게 실체가 간악하다면? 그리고 그로 인해 일어나는 후폭풍을 감당할 준비는 되어 있는가? 무엇도 선택할 수 없다. 겁쟁이니까. 악마가 될 자신도, 그렇다고 천사가 될 자신도 없다. 평범한 인간이니까. 쓸모없는 직감이라 다행이다. 그렇게 나를 다독인다.

사필귀정(事必歸正):
모든 그릇된 일은 결국 옳은 이치대로 돌아간다.

21. 출근하는 길에 임 대표가 보인다. 인사를 하려 손을 올린다. 나를 보지 못한다. 임 대표는 서둘러 누군가 차에 올라탄다. 처음 보는 차다. 쓸모없는 직감은 내게 말한다.

'임 대표를 따라가.'

정신을 차리고 보니, 임 대표를 미행 중이다. 왜 또 찰나에 택시가 눈에 보이는가! 허겁지겁 택시에 승차 후, 드라마에서 나올 법한 장면을 연출한다.

"기사님, 저 차, 검은색 SUV를 따라가 주세요.
절대로 놓치면 안 됩니다."

택시기사도 스릴러물을 좋아하는 사람인가? 상기된 표정으로 내게 묻는다.

"형사님이세요? 용의자 차량을 추적 중이시군요? 이래 봬도, 모범시민으로 선정된 사람이에요. 소매치기 검거를 도운 적이 있었어요. 나쁜 놈은 지구 끝까지 쫓아가 엄벌로 단죄해야 합니다. 형사님, 안전띠 매시고, 반드시 끝까지 추적할게요."

"네, 그럼 부탁합니다. 기사님."

아무 말 하지 않는다. 당분간 형사로 있는 게 좋을 것 같아서다. 일단, 미행하는 게 들켜서는 안 된다. 말하지 않아도 택시기사는 이 사실을 너무나 잘 안다. 너무 가깝지도, 그렇다고 너무 멀지도 않은 거리를 유지하며, 검은색 SUV를 따라간다. 이런 신호가 걸렸다. 임 대표가 탄 차량은 떠난다.

"기사님, 따라갔어야죠. 여기서 신호를 지키면. 기사님, 저기 지하철역이 보이네요. 저기서 세워 주세요."

"형사님, 성격도 급하십니다. 무리하게 따라가면 오히려, 발각될 수 있어요. 저 도로를 통해 가는 곳은 뻔해요. 다른 길로 빠질 수가 없어요. 결국, 중간에 만나요. 지름길로 가면, 다시 추적할 수 있어요. 만약에, 그렇게 안 되면, 택시비를 받지 않을게요."

역할 놀이에 푹 빠진, 확신에 찬 택시기사를 말리기는 어렵다. 일단 이곳 지리에 밝은 이 사람을 믿어 보자.

"알겠습니다. 기사님."

택시기사의 말대로 임 대표가 탄 차량이 멀리서 보인다. 택시기사는 힐끗 나를 본다. 개구쟁이 얼굴로 윙크를 날리며, 엄지손가락을 추켜세운다. 이렇게 신바람이 날 상황인가? 고속도로로 진입한다. 검은색 SUV가 속도를 높인다. 택시기사 또한, 오른쪽 발에 흥분한 감정을 실어 가속 페달을 힘차게 밟는다. 가속 페달은 엔진과 실린더에 공기와 연료를 선물한다. 그 힘을 통해 점화 플러그가 점화를 일으킨다. 플러그의 점화로 실린더의 내부폭발을 일으켜 엔진은 회전하기 시작한다. 청신호다. 그리고 서서히 회전수가 올라간다. 엔진의 빠른 움직임은 구동축에 지시한다. 움직이라고. 구동축은 움직이기 시작한다. 구동축이 돌기 시작하면, 변속기는 서서히 속도를 높일 준비를 한다. 변속기를 통해 기어가 맞물린다. 작은 기어는 큰 기어에 자신이 받은 지시를 전달한다. 그렇게 구동축의 회전수는 올라간다. 모든 힘은 바퀴에 전달된다. 바퀴는 지면을 디딤대 삼아 차를 앞으로 나아가게 한다. 이 모든 과정은 완벽해야 한다. 하나라도 제대로 작동하지 않는다면, 차는 움직이지도 가속하지도 않는다. 카테피아를 완성하는 과정은 차가 가속하는 과정과 비슷하다. 임 대표를 미행하는 지금 나의 행동은 어디에 속할까? 가속 페달? 엔진? 변속기? 구동축? 바퀴? 아니면 가속과 관련 없는 고장 신호일까? 쓸모없는 직감을 따른다. 정신을 차리니 임 대표를 쫓는다. 제발 내 직감이 오늘도 틀렸으면 한다. 예상한 결과를 당당하게 마주할 자신도 없지만, 지금 내 행동으로 그동안 쌓은 모든 것을 무너뜨리는 시발점일 거라고, 쓸모없는 직감은 강하게 경고한다. 갑자기 너무나 불안하다. 미행을 멈추고 싶다. 갈피를 못 잡겠다. 미행하라는 거냐? 말라는 거냐? 제대로 된 지시를 하라고. 그럼 처음부터 미행하라고 말하지 말았어야지. 장난하는 것도 아니고, 도대체 넌 뭐냐. 나를 구원할 천사? 혹은 지옥으로 끌고 갈 악마?

"형사님, 도착했습니다."

22. 택시비를 결제한 후 내린다. 생각보다 너무 멀리 왔다. 아무도 예약할 것 같지 않은, 다 무너져 가는 허름한 펜션 앞에 임 대표가 탄 차가 보인다. 간판이 보인다. "○○ 낚시터"다. 여기가 낚시터라고? 저수지가 보여 다가간다. 심한 악취로 다가가기 어렵다. 저수지는 성인 키보다 높은 잡초로 무성하다. 바람 소리는 음산하고 스산하다. 오랫동안 관리가 안 된 버려진 낚시터다. 틀림없다. 낮이라서 다행이

다. 밤이었다면, 오싹하다. 너무 무섭다. 당장이라도 귀신이 나올 것 같다. 임 대표는 이곳에서 무엇을 하는가? 펜션에 조심스럽게 다가간다. 행여라도 임 대표가 알아채서는 안 된다. 창문 너머로 여러 사람이 보인다. 임 대표는 보이지 않는다. 사진과 글씨로 가득 찬 화이트보드가 눈에 들어온다. 영화나 드라마에서 보던 장면이다. 인물관계도다. 얽히고설킨 사진 속의 등장인물의 궁금증으로, 이곳의 으스스함을 잊은 채, 호기심은 나를 지배한다. 인물관계도를 자세히 보고 싶다. 문을 열고 몰래 다가갈 용기는 없다. 핸드폰을 꺼낸다. 카메라의 줌을 확대한다. 그리고 찍는다.

번쩍! 찰칵!

아뿔싸, 무음이 아니다. 내부가 어두웠나? 자동으로 플래시가 켜졌다. 미친다. 야구장 외부 조명의 밝기만큼 강한 불빛은 주위를 환하게 한다. 소리는 어떠한가? 천둥 치는 소리다. 핸드폰 카메라 셔터 소리가 이리도 크단 말인가? 당혹스럽다. 급하게 몸을 창문 아래로 숨긴다. 아주 조심스럽게 핸드폰의 카메라를 다시 켠다. 잠망경 카메라처럼, 조심스럽고 천천히 핸드폰 머리만 아주 살짝 들어 창문 너머의 내부를 살핀다. 제발, 아무도, 아무도, 눈치채질 않기를. 다행이다. 창문 너머의 세상은 평온하다. 들키지 않았다. 하지만, 바지가 축축한 느낌이다. 아뿔싸! 실례를? 착각이다. 이 나이에 바지에 오줌이나 지릴 정도로 바보는 아니라서 다행이다. 하지만 더 있을 용기도 없다. 사진을 확인한다. 잘 찍혔다. 곧 어둑한 밤이 온다. 흔적을 지우면서 낚시터를 서둘러 나온다. 어느 정도 낚시터에서 벗어난 거리다. 더는 발걸음을 신경 쓰지 않아도 될 거리다. 주위를 둘러본다. 이곳은 외진 곳이라 차가 다니기 어렵다. 차량이 보일 때까지 전력 질주다. 당장이라도 이곳을 벗어나고 싶어서다. 숨이 가빠 온다. 현재 15.0의 속도로 트레이드밀을 뛰는 기분이다. 트레이드밀의 속도를 3.0으로 진심으로 낮추고 싶다. 하지만, 잡힐지 모른다는 두려움에 무거운 다리를 멈추기 어렵다. 얼마나 달렸을까? 멀리서 택시가 보인다. 행여라도 놓칠까 봐 젖 먹던 힘까지 짜낸다. 막판 스퍼트다. 택시를 잡아야 한다. 놓치면 끝이다.

"형사님, 여기가 외진 곳이라 택시가 다니기 어려워요.
혹시 몰라서 기다렸는데, 다행이네요. 그럼 출발합니다."

23. 집에 도착했다. 손이 떨린다. 무슨 짓을 했는지 스스로 설명이 안 된다. 진정하기 위해 급하게 찬물로 샤워한다. 요동치는 심장 박동수를 낮추려 샤워 헤드에서 떨어지는 물방울 소리에 집중한다.

웅우우우웅우우우우우우우우우우우우웅우우우우우우우우웅
쏴아아아아아아아아아아아아아아아아아아아아아아아아아아
콸콸콸콸콸콸콸콸콸콸콸콸콸콸콸콸콸콸콸콸콸콸콸콸콸콸콸
졸졸졸졸졸졸졸졸졸졸졸졸졸졸졸졸졸졸졸졸졸졸졸졸졸졸졸
퐁당퐁당퐁당퐁당퐁당퐁당퐁당퐁당퐁당퐁당퐁당퐁당퐁당

골방에 들어와 핸드폰을 열어 촬영한 사진을 확인한다. 창문 너머에 존재하는 다른 차원의 문을 여는 순간이다.

○○○- 이사, 완료.

○○○- 긍정적인 결과 기대. 설득 중.

○○○- 알 수 없음. 설득 중.

○○○- 설득이 안 됨, 제거 대상. 준비 중.

○○○- 사망, 완료.

처리가 안 된 세입자와 집주인의 현황판이다. 사실, 관련한 인물관계도는 특별한 게 아니다. 사무실에서도 비슷하게 진행해서다. 그러나 다른 게 있다. 사무실에서는 볼 수 없는 진행 상황이다.

○○○- 사망, 완료.

소천한 어르신 함자다. 그런데 '완료'라는 뜻은 무엇인가? 보니까 세입자나 집주인이 이사해도 '완료'로 보는 듯하다. 그렇다면, 사망해서 더는 설득하지 않아도 된다는 뜻인가? 다음이 문제다. 해괴망측한[118] 지령이다. 무엇을 말하는지 도통 알 수 없다.

○○○- 설득이 안 됨, 제거 대상. 준비 중.

'제거 대상? 준비 중' 이게 무슨 뜻인가? 제거 대상이라니? 설득 중이라는 뜻인가? 그렇다면, 다른 사람처럼 '설득 중'이라 적어야 했다. '설득 중'과 '제거 대상'은 분명히 다른 의미다. 설마? 제거한다는 뜻이 살해? 그렇다면 어르신도? 에이, 말도 안 되는 상상이다. 왜 갑자기

118) 해괴망측(駭怪罔測): 말할 수 없이 괴이하다.

장르가 스릴러로 변하는데? 그런 일이 벌어지기는 어렵다. 영화가 아니다. 현실이다. 상상력이 지나치다. 그렇다면 우현이한테 직접 물어야 하나? 겁이 난다. 정말로 스릴러 또는 공포 영화로 장르가 변할까 봐. 그렇다면 우현이와 대화하기 전에 승기와 상의를? 아, 이것도 불안하다. 전두엽과 편도체의 과부하가 일어난다. 너무나 많은 정보가 한꺼번에 들어온다. 정보를 차단해 뇌의 과부하를 막아야 하는데, 뇌가 파업 중이다. 명령을 거부한다. 모든 의심과 가짜 정보가 여과 없이 내 머릿속을 헤집는다. 전화가 울린다.

"효상아, 나 승기. 임 대표와 이야기했는데, 저번에 말한, 한번 다 같이 모여 술 먹자는. 하여튼, 내일 저녁에 시간 비워. 임 대표가 근사한 곳에서 먹자고 해. 고맙지 않냐? 우현이는?"

승기는 정말 알 수 없다. 우현이가 사치스럽다고 그리 싫어하더니만, 지금은 근사한 곳으로 우리를 데리고 가서 고맙다고? 언제부터냐? 우현이 관련한 모든 일을 그리 너그럽게 바라보는? 그런데 왜 하필 내일? 혹시 오늘 미행한 게 들킨 것 아닌가?

"그래, 알았다, 기대해야겠네. 얼마나 근사한 곳에 우리를 데려갈지."

24. 임 대표가 나를 보며 천진난만한 웃음을 보인다. 승기도 따라 웃는다. 승기는 천신난만하기 어렵다. 영 어색하다. 무섭다. 승기는 웃지 않는 게 좋을 듯하다. 이따가 말해 줘야지. 우리는 임 대표 차를 타고 어디론가 가는 중이다. 우현이는 기분이 좋은가 보다. 차 안에서

쉬지 않고 떠든다. 반면에 난 밤새 한숨도 자지 못했다. 마땅한 자기 합리화가 떠오르지 않아서다. 여전히, 쓸모없는 직감은 이 상황을 스릴러물이라 말한다. 더 나아가 공포물이 될지도 모른다고 겁을 준다. 미친놈이다. 정말 싫다. 쓸모없는 직감이 눈에 보였다면, 도끼로 찍어내고 싶은 심정이다. 정말이다. 논리적이고 이성적인, 속이 뻥 뚫리는 시원한 해답을 누가 줄 수 있다면, 그래서 불안한 이 상황을 벗어나게 해 준다면, 그게 누구든 평생 감사하며 살아가려 한다. 하여튼, 오늘 술자리에서 우현이로부터 정보를 얻어야 한다. 모든 게 나의 오해라 결론지어야 한다. 늘 틀리니까, 이번에도 틀린 거다.

"얘들아, 그동안 정말 뜸했다. 우리?"

"임 대표, 맞아, 이렇게 모여 술잔을 기울인 게 얼마 만이야?"

"승기야, 오늘은 그냥 친구처럼, 편하게 이름 불러 줘. 이런 자리에서도 그렇게 부르면, 나 솔직히 섭섭해."

"알았다, 알았어. 그럼 그럴까? 우…… 현아? 내가 무심했네. 미안하다. 우현아."

"그래, 그렇게 불러 주니 얼마나 좋으냐? 너희들 생각해 좋은 곳으로 왔는데, 마음에는 들어?"

"당연하지, 역시 사장님 배포는 남달라. 고맙다. 우리를 이렇게 생각해 줘서.”

여전히 승기의 반응은, 정말 어색하다. 무슨 약점이나 잡힌 사람처럼. 아니, 정말 이렇게 변할 일이냐고. 여하튼 오늘 우현이로부터 정보를 얻어야 한다.

“효상아, 그나저나 네가 술자리를 가지자고 해서 조금은 놀랐어. 평소에 술을 즐기지도 않으면서. 그래도, 우리 대학교 때, 아주 징글징글하게 마셨지. 오십세주 기억나지?”

“아, 오십세주? 까먹고 있었다. 오십세주를 말하니 지난날의 추억이 주마등[119]처럼 스쳐 가네. 암, 기억나고말고. 그때 생각하면 참 좋았다. 대학교 시절 우리. 아무것도 아닌 일에 한참을 웃고 울고 분노하고. 뭐가 그리 즐거웠을까? 그리고 뭐가 그리 화가 났을까? 청춘이다. 청춘이었어.”

“맞아, 도봉산 기억나지? 그때 내 복장, 정말 최악이었다. 전날 미리 복장을 말해 줬어야지. 도봉산 이후로, 산만 보며 그때 기억이 떠올라서. 하하하.”

승기는 대학교 동기가 아니라 이 대화에 참여하기 어렵다. 주제를 바꿔야 한다.

“그래, 우현아, 너와 승기의 첫 만남도 정말 가관이었다. 내가 정말, 얼

119) 주마등(走馬燈): 사물이 덧없이 빨리 변하여 돌아감을 비유하는 말.

마나 조마조마했다고. 너희들 관계가 틀어질까 봐. 정말 물과 기름이라 생각했는데, 지금은 나보다 더 관계가 돈독[120]한 것 같아서 보기 좋아. 가끔은 질투도 나고. 하하하."

"효상아, 우리가 싸우기는 무슨. 우현이는 늘 내게 좋은 친구였어. 지금도 그렇고."

"승기야, 정말 그렇게 생각했냐? 아닌데? 내 기억으로는? 너 나 엄청 나게 싫어하지 않았냐? 내가 들은 게 있는데?"

"아니, 임…… 아니, 우현아, 누가 그런 소리를 해? 효상이 너냐?"

"농담이야 농담. 농담으로 말한 것을 뭘 그리 다큐멘터리로 받고 그래? 여하튼 다들 늙었다 늙었어."

"그래 우리 참 늙었어. 너도 승기도 그리고 나도. 그래도 지금이 정말 좋다. 난 그래. 각자 힘든 시기가 있었는데, 잘 이겨 냈어. 그리고 이처럼 한자리에 모여서 이야기할 수 있잖아."

"효상이, 네 말이 맞아. 승기에게 일어난 전세사기를 들었을 때, 정말 가슴이 너무 아프더라."

"우현이, 너도 할 말 없다. 기억나냐? 볼드몰트 사건?"

---

120) 돈독(敦篤): 도탑고 성실하다.

"맞네! 맞아. 그때 승기 너, 얼마나 나한테 핀잔을 줬냐? 넌 날 확실히 싫어했어."

"정말 또 왜 그래? 내가 좀 심했나? 그랬다면 사과할게. 미안하다. 우현아."

"오늘 왜 그래? 자꾸 거리감 느끼게? 뭘 친구끼리 사과를 해? 농담이라고. 농담. 효상아, 이제 승기와 농담도 못 하는 사이가 됐나 봐. 슬픈데? 은근히?"

"이게 승기 탓이냐? 네가 얼마가 뒤에서 승기를 갈구면 승기가 이리 변했겠냐? 도대체 나 몰래 얼마나 승기를 괴롭힌 거야?"

"아, 진짜, 아니라고. 아, 미치겠네. 알았다. 알았어. 오늘 이렇게 골탕 먹이려고 날을 잡았구나."

"야 됐어. 뭐면 어떠냐? 우리가 이렇게 함께 있으면 그것으로 된 것 아니야? 다 같이 건배하자. 승기야, 우현아, 내 옆에 함께해 줘서 늘 고맙다. 그리고 행복하다."

"건배!"

25. 오늘의 복잡함을 털어내고 싶다. 진심 다 잊고 싶다. 친구와 막역하게 대화를 하니 예전으로 돌아간 기분이다. 이 분위기가 영원했

으면 한다. 끊고 싶지 않다. 나의 불안함은, 결국 추측일 뿐이지 않나?

"우현아, 요즘 너 야근이 너무 잦아. 도대체 무슨 일을 하길래, 그리 혼자서 일을 해? 예전에는 그래도 상의를 했는데, 요즘은 통 그러지를 않으니. 걱정이다. 몸 생각은 하면서 일은 해?"

나이스! 김승기! 적절한 시기에 훅 들어간 질문이다.

"승기야, 혹시 섭섭했던 거냐? 너와 상의를 안 해서?"

"섭섭은 무슨, 너 나 모르냐? 진심으로 걱정이 돼서. 모두 너만 바라보고 여기까지 왔는데, 리더가 쓰러지면 큰일이지."

"승기야, 난 너 모른다. 너는 누구냐? 하하하."

"그래, 우현아, 요즘 혼자 무슨 일을 하는 거야? 항상 밤늦게까지 일하고. 본사와 일하는 게 많아?"

"본사와 커뮤니케이션은 너무나 순조롭지. 아무 걱정 안 해도 된다. 승기가 괜한 말을 하네."

"그러면, 말 좀 해 봐. 요즘 우리가 모르는 무슨 일을 하는 거야? 정호님이 우리에게는 말하지 말래?"

"아니야, 별일 아닌데, 뭘 그렇게 궁금해해. 때가 되면 다 이야기할 거야. 그리고 알면 다친다. 진짜로 다쳐. 쉿~ 죽을지도 몰라. 워워~ 애들은 가라~가."

우현이의 농담은 농담이 아닌 일종의 경고로 들린다. 소름이 돋아 온몸이 섬뜩하다.

"우현아, 죽을지도 모르는 일이라면, 공유해야지. 너만 지고 갈려고? 그럴 수는 없다."

"승기야, 또 왜 그리 정색하냐. 농담이다. 농담. 설마 그런 일이 있겠어? 우리가 무슨 조직폭력배도 아니고. 효상아, 승기 앞에서는 농담도 못 하겠어. 안 그래? 하하하."

"우현아, 참 승기 마음을 몰라준다. 요즘 혼자 대표실에 처박혀 밤새 뭘 하는 것은 맞잖아. 그러니 친구로서 걱정하는 건 당연해. 나도 그렇고."

"알았어, 알았다고. 이렇게 우애가 깊은 줄은 몰랐네요. 몰랐어요. 눈물 납니다. 고마워요. 다들."

지금이다. 우현이가 방심한다. 훅 치고 질문을 해야 한다.

"우현아, 그리고 힘든 일 있으면, 카쿠르터에게 지시를 해. 카쿠르터라면, 네가 지시하는 일은 뭐라도 할걸? 아니야?"

"카쿠르터를? 직접? 그들은 승기가 관리하는 집단이지. 글쎄, 필요한 게 있으면, 승기를 통해 지시를 전달하면 될 것 같은데? 지금도 그러고 있고."

"그건 맞아, 효상아. 내가 하면 되는 일을 굳이 우현이가 직접 지시할 이유는 없지."

통하지 않는다. 안 되겠다. 거짓말을 하더라도 원하는 방향으로 끌고 가야 한다.

"너희들, 정말이냐? 아, 사실은, 가끔 사적인 심부름을 시켰거든. 카쿠르터한테. 너희들은 정말 단 한 번도 없어? 그러면 내가 너무 미안해지는데."

"효상아, 무슨 심부름?"

26. 우현이가 동그란 눈을 크게 뜨며 묻는다. 드디어, 우현이의 반응을 이끌었다. 무슨 거짓말을 더 해야 원하는 답을 얻을 수 있을까? 하지만 여기서 물러설 수는 없다.

"아니야, 사적인 심부름은 무슨, 거짓말이야. 미안하다."

"효상아, 거짓이 아닌 것을 알아. 무슨 일을 시킨 거야?"

"승기야, 진짜야. 아무것도 안 시켰어. 그랬으면, 너한테 미리 말했겠지."

"진짜냐? 내일 확인하면 다 나와. 그러지 말고, 오늘 이실직고[121]하는 게 어때? 매를 맞아도 지금 맞는 게 덜 아프다."

"이실직고? 매를 맞아? 말이 좀 심하다. 김승기."

"효상아, 승기야, 기분 좋은 날이다. 다들 왜 그러냐? 하여튼 너희들은 세월이 지나도 변한 게 없다. 그래도 효상아, 궁금하기는 하네. 진짜 사적인 심부름을 시킨 적은 없어?"

"우현이, 너. 친구로서 묻는 거냐? 아니면 회사 대표로서?"

"물론, 친구로서 묻는 거다. 그러니 있으면 털어놔. 그래야 마음이 편하지."

"사실은 사람을 죽여 달라고 했어."

드디어 말했다. 거짓말은 절정을 찍는다. 승기와 우현이를 번갈아 쳐다본다. 승기는 정말로 놀란 듯하다. 눈썹은 찌그러진다. 미간은 올라간다. 그리고 거친 숨을 쉰다. 커질 대로 커진 눈동자는 나를 정확하게 바라본다. 우현이는 아무런 표정이 없다. 못 들었나? 다시 말해야 하나?

---

121) 이실직고(以實直告): 사실 그대로 고함. 이실고지.

"안효상, 내가, 내가, 내가, 잘못 들은 거냐? 다시 똑바로 말해 봐."

승기는 거의 울먹이는 목소리로 다급하게 다시 묻는다. 더는 이 분위기를 유지하면 안 될 듯하다.

"아이들 담임교사한테 전화가 왔어. 아이들끼리 싸움이 났다고. 그래서 부모님이 와야 한다고. 나도 어안이 벙벙했지. 학교폭력이라니? 내 새끼가?"

"그래서?"

"퇴근 후, 아이를 보니까, 얼굴을 맞아서 부어 있더라고. 순간 이성을 잃었지. 눈에 넣어도 안 아플 자식인데, 누가 감히 손찌검을? 그래서 이유를 물었는데, 답을 안 하더라고. 답을."

"네 아이, 정말 착한데, 밖에서 싸움할 아이가 아닐 텐데, 그래서 효상아, 어찌 된 거야?"

"아이가 아무 말을 하지 않으니, 답답하지만 더는 묻지 않았어. 학교 가서 담임에게 들으면 되니까. 그렇게 학교에 갔지. 그리고 담임이 그간 사정을 말하는데, 화가 나서 손이 부들부들 떨리더라고."

"도대체 무슨 일인 게냐?"

"우리 아이, 근래 시력이 갑자기 떨어지더라고. 그리고 후천적 적록색약 진단을 받았어. 우리 아이도 얼마나 힘들겠어. 알록달록한 세상을 더는 볼 수 없으니까."

"너도 힘들었겠네. 그래서 치료는 가능해? 원래대로 돌아올 수는 있어?"

"일단, 후천적으로 생긴 장애라, 치료는 하고 있어. 하지만 모르지. 돌아올지는. 그보다 아이가 이 상황을 받아들이기 어려워해. 부모인 나도 이렇게 힘든데, 당사자인 아이는 얼마나 힘들겠어. 그러다 보니까, 성격도 예민해지고, 화도 자주 내고. 그날도 그런 일이 벌어진 거지."

"그날?"

"그동안 친구한테 적록색약이라고 말을 안 했나 봐. 그 또래, 충분히 창피할 수 있잖아. 미술 시간이었는데, 짝을 지어 그림 그리는 조별 활동을 했던 것 같아. 그때, 색칠을 담당한 내 아이가 적색을 구분을 못 해서. 결국, 칠을 망친 거지."

"그런데, 그 선생님도 그렇다. 어떻게 네 아이한테 색칠을 시켜? 아이가 적록색약이란 것을 몰랐어?"

"그게, 그 선생은 외부 강사였어. 담임 선생님이 깜박하고 전달하지 않은 거야."

"그래서?"

"그 미술 선생은 그 사실을 모르니까, 처음에는 빨간색 크레파스를 집으라고 말했대. 그런데, 아이는 색을 구분 못 하잖아. 그리고 친구들도 이 사실을 모르는 상태고."

"그렇지? 그런데?"

"그러니까, 아이가 빨간색 크레파스를 구분을 못 하니. 그냥 있었지. 그런데. 그것을 반항이라고 생각했던 것 같아. 그래서 다시 한번 이야기한 거지. 빨간색 크레파스를 집으라고."

"아, 그렇구나."

"당연히 집을 수 없으니까, 그 상황을 벗어나고 싶었나 봐. 자리에서 일어났어. 뭐, 미술실에서 벗어나고 싶었겠지. 그때, 그 미술 선생이 우리 아이의 손을 잡아채, 빨간색 크레파스를 강제로 쥐게 했어. 그리고 모든 학생이 다 보는 앞에서 큰 소리로 '이게 빨간색 크레파스야.'라고."

"그래서 선생이 때린 거야? 그래? 그런 거야?"

"그건 아니고, 한 학생이 웃으면서, '너 바보야? 색도 구분 못 해? 선생님, 병신과 조별 활동하기 싫어요. 바꿔 주세요.'라고. 그래서 싸움이 일어난 게지."

"그런 일이 있었어? 그래서 그 미술 선생을 죽이려고 한 거야?"

"아니, 사실, 그 선생도 알고 그런 게 아니니까. 우리 아이가 말을 안 한 것도 문제고. 미술 선생도 그 후로, 우리한테 사과했어. 우리도 역시 사과를 했고."

"그러면 누구를 죽이려 했다는 거야?"

"그게, 우리 아이와 싸운 아이의 부모, 그놈의 면상을 지금도 생각하면 아직도 자다가도 벌떡 일어나. 너무나 분해서."

"무슨 일인데?"

"그래서, 결국은 좋게 마무리해야 하니까, 양쪽의 부모님이 만나서 원만하게 해결하기로 합의를 했어. 그래서 상대방 아이의 부모님을 만났지. 뭐, 솔직히 사과를 듣고 싶었던 게 아니야. 우리 아이도 잘한 게 없었으니까. 그런데, 그 새끼가 하는 말이, 반말하면서. 정말."

"도대체, 그 새끼가 뭐라고 했는데?"

"나를 보자마자 그러더라. '적록색약이야? 그러면, 보통학교가 아닌 특수학교로 보내야지. 왜 애먼 정상적인 아이가 피해를 보게 해? 만약에 그 조별 활동이 성적에 반영되면? 우리 아이가 당신 아이 때문에 피해를 보는데? 그러고 병신 맞잖아. 왜 맞는 이야기를 했는데, 우리 아이를 때려? 가정교육을 어떻게 하는 거야? 너무나 폭력적이잖아? 자기가 장애가 있으면, 미안하다고 말하는 게 정상이지. 감히 우리 아이를 때려? 이래서, 이 동네에 있는 학교에 아이를 보내기 싫었다고. 도대체가 격이 떨어져서. 원. 솔직히, 당신들 만나기도 싫었는데. 담임이 하도 부탁하니까 온 거야. 말 나오는 것도 싫고. 내 아이한테 사과해. 당신 아이와 당신이 함께. 치료비도 청구할까 생각은 했어. 그런데, 장애 하나 제대로 관리 못 하는 가정이라면 형편은 뻔하잖아. 그렇게 나쁜 사람이 아니야. 사람 잘 만난 거야. 사과로 끝내.' 이렇게 말하더라."

"완전 미친놈이네. 힘들었겠네."

"그래서, 이런 답답한 마음을 카쿠르터에게 말했는데, 그 친구 이번에 세입자와 집주인 보상금 문제로 같이 일하면서 친해졌거든. 그 친구가 말하더라고. '제가 손 좀 봐줄까요? 주위에 그런 일 하는 친구를 좀 알아서요.' 하고."

"그러니까, 살인 청부를 한 게 아니구나. 휴, 다행이다. 처음부터 그렇게 말을 했어야지. 그래서, 손을 진짜로 봐준 거야?"

"나도 모르지. 아직 답은 없어."

승기는 놀란 가슴을 쓸어내린다. 승기야 미안하다. 다 거짓말이다. 아무 일도 없다. 다만, 내 아이한테는 좀 미안하다. 아이의 장애를 이렇게 활용해서. 걱정하지 마, 아빠가 반드시 네 적록색약을 고쳐 줄

게. 아빠만 믿어라. 아무 말 없이 듣고만 있던, 우현이가 드디어 입을 연다.

"효상아, 힘들었겠구나. 그런 일이 있으면 내게 말했어야지. 카쿠르터보다는 내가 확실하게 처리해 줬을 텐데, 듣기만 해도 구토가 쏠린다. 진짜로 화가 난다. 효상이 너도 자식을 위해서라면, 무슨 일이든 할 수 있다고 생각하니까 마음은 편해지네. 사실은 너희들한테 말 안 하고 진행하는 프로젝트가 따로 있는데, 고민 중이었거든. 말하는 게 맞나 싶기도 하고. 아버지는 빨리 너희들한테 말하라고 해. 너희도 결정해야 한다고. 아직 결심이 서지 않아서, 고민 중이다. 결심이 서면 말할게. 그리고 효상아, 그 새끼 정보 좀 다음에 알려 줘. 오늘은 시간이 너무 늦었다. 이만 일어나자."

27. 술자리 이후로, 여느 날과 다르지 않은 평범한 하루가 의미 없이 흐른다. 평온하다고 모든 게 좋은 것은 아니다. 술자리에서 우현이의 의미심장한 발언 이후로, 우현이는 아무 말이 없다. 다시 임 대표 모드로 돌아간다. 술자리에 말한 사실조차 잊은 듯하다. 승기는 술자리 이후로, 우리 아이 사건의 진행 상황을 매일 묻는다. 특히, 그 카쿠르터가 누구냐고 집요하게 묻는다. 아, 난처하다. 거짓말이라고 말하기도 뭐하고. 불편하지만, 싫지 않은 상황이다. 조금은 즐기고 있다. 이 모든 게 거짓이지만, 진한 우정을 확인할 계기가 되었다고. 그리고 술자리에서 우현이가 언급한 말은, 우현이가 다시 꺼내기 전까지는 잠자코 있으라고 한다. 그래서 아무런 결론도 짓지 못한, 점심시간 전에 도시락 까먹듯, 어정쩡한 날을 몰래 소비한다. 재건축사업의 진척

도 더디다. 버틴다고 표현하는 게 옳은 표현인지 모르겠지만, 남는다고 말하는 세입자와 집주인으로 잠시 소강상태다. 오늘도 그렇게 어정쩡한 날을 보낸다. 그때다. 나의 게으름을 더는 지켜볼 수 없다는, 하나님의 진노가 사무실을 감싼다.

따르르르르르르르릉

따르르르르르르르릉

따르르르르르르르릉

여직원은 전화를 받는다. 그리고 강력한 SPF 50+ 자외선 차단제로 얼굴을 보호해 언제나 뽀얗고 하얀 얼굴 낯빛은 점점 어두워져 흙빛으로 변한다. 오늘은 자외선 차단제가 아닌 태닝 크림을 얼굴에 바른 게 분명하다. 눈에 보일 정도로 낯빛이 변하다니.

"안 팀장님, ○○○호, ○○○ 님이 어제 교통사고로 사망했다고 합니다. 재건축사업에 연달아 이런 일이 일어나네요. 모든 게 우연이겠지만, 조금은 섬뜩하네요. 저번처럼 근조화환을 보낼까요?"

깨졌다. 드디어 깨졌다. 하나님은 어정쩡한 날을 힘껏 던져 산산조각 냈다. 여직원은 우연이라 말하지만, 나는 안다. 이 모든 상황은 우연이 아니라는 사실을. 철저한 계획 살인이다. 이제 더는 상상은 아니다. 현실이다. 오한이 몰려온다. 손은 떨리고 목도 뻣뻣해진다. 속이 메스껍다. 토하고 싶다. 정신이 멍해진다. 현기증이 난다. 심하다. 그나마 앉아 있어 다행이다. 나도 모르게 손으로 턱을 받친다. 그리고 딱따구리가 한쪽 뇌를 파먹는 듯하다. 편두통이다.

"안 팀장님, 괜찮으세요? 안색이 너무 안 좋으세요. 저보다 더 놀랐나 보네요. 안 팀장님은 임 대표님이나 김 팀장님보다 감성적인 분이니까, 그런데 정말 괜찮으세요? 급체한 것 같아요. 두통도 있으시죠? 비상약 드릴게요. 저도 평소에 두통과 소화불량을 달고 살아요."

"고마워, 그래, 근조화환을 보내도록 해."

28. 실제로 상상한 일이 벌어졌다. 무엇부터 해야 하나? 승기에게 알려야 하나? 사무실을 두리번거린다. 승기는 사무실에 없다. 그래, 오늘 우현이와 출장이다. 승기에게 뭐라고 말해야 하나? 우현이가 살인을 지시했다고? 승기가 믿을까? 나도 믿기지 않는다. 그리고 경찰에 신고해야 하나? 신고해서 뭐라고 말하나? 내 친구가 재건축사업을 위해 살인을 지시했다고? 그동안 두 명이 죽었다고? 아무런 물증도 없다. 모든 게 정황에 불과하다. 만에 하나, 이 모든 게 우연이라면, 신고로 재건축사업을 그르칠 수도 있다. 신고하기 전에 확실한 증거가 필요하다. 그런데 사건의 전모[122]를 혼자서 밝힐 수 있을까? 딱따구리의 공격은 멈출 기미가 없다. 편두통은 더욱더 심해진다. 속은 더 뒤집힌다. 일단, 화장실에서 속을 게워야 한다. 모든 것을 비우고 다시 시작해야 하니까.

웩, 웩, 웩, 웩, 웨에에에에에액, 웨에에에에에액, 웨에에에에에액, 으

---

122) 전모(全貌): 전체의 모양.

헤으혀으혀으, 으으으으으으으으, 웩, 웩, 꿀걱.

속을 비우니, 편두통도 한결 나아진다. 침착하게 그리고 냉정하게 이 상황을 인지해야 한다. 현재 상황을 다시 정리하자.

1) 어르신의 죽음.
2) 우현이와 카쿠르터의 통화.
3) 버려진 낚시터.
4) 사진 속, 화이트보드에 적힌 지시.
5) 술자리에서 언급한 우현이의 의미심장한 말.
6) ○○○호, ○○○ 님의 죽음.

하지만 벌어진 사건을 재건축사업과 관련하기에는 무리가 있다.

1) 어르신의 죽음(실족사 처리. 떠나간 아내를 늘 그리워했으며, 지난 날을 반성함. 스스로 생을 마감했을 수도 있음)- 관련성 모호함.
2) 우현이와 카쿠르터의 통화(의심할 만한 정황은 있으나 6번과 관련성은 있다고 보기는 어려움)- 관련성 모호함.
3) 버려진 낚시터(확실히 의심스러움. 하지만, 정확한 조사가 필요한 장소임)- 관련성 있음.
4) 사진 속, 화이트보드에 적힌 지시(1번과 6번의 사건을 언급했기에 확실히 의심스러움. 하지만, "○○○- 설득이 안 됨, 제거 대상. 준비 중."이라는 뜻을 살해 지시라고 보기에는 무리가 있음)- 관련성 있음.

5) 술자리에서 언급한 우현이의 의미심장한 말(무엇인지 상상하기 어려움. 관련 없는 이야기일 수도 있음) - 관련성 모호함.
6) ○○○호, ○○○ 님의 죽음(사망 사유를 알지 못함. 조사가 필요함.) - 관련성 모호함.

사건을 시간대로 다시 정리하니 다음에 무엇을 해야 할지 떠오른다. 일단, 장례식장으로 가자. 자초지종을 듣는 게 먼저다.

"효상아, 왔어? 굳이 너까지 안 와도 되는데."

우현이와 승기는 외부에서 일을 마친 후, 장례식장으로 바로 온 듯하다. 예상 밖이다. 우현이가 직접 왔다. 이러면, 주위 사람에게 교통사고에 관련해 묻기가 어렵다.

"임 대표도 왔어? 이런 일은 인사팀장인 나만 오면 되는데, 유족들이 고마워하겠네. 회사 대표가 직접 왔으니."

"고맙기는 무슨, 유족들이 정신은 있겠어? 내가 방문했는지 기억도 못 할 거다."

"임 대표, 무슨 소리, 우리가 이렇게 많은 조의금을 내는데? 당연히 임 대표도 기억하고, 임 대표에게 고마워할 거야."

"승기야, 우리끼리 말하지만, 돌아가신 분, 솔직히 골칫거리였잖아.

계속 뻗대고. 조의금? 냉정하게 말하면 위로금이지. 빨리 주변 정리하고 이사 가라는. 나, 참 나쁜 놈이다. 이런 순간에도 사업만 생각하니까."

"임 대표, 그런 소리 마. 재건축사업을 비단 우리만 잘되자고 진행하는 게 아니잖아. 우리 어깨에 카쿠르터의 미래도, 투자자의 미래도 달려 있어. 임 대표, 여전히 착하네. 그런 마음도 있으니."

29. 긍정적으로 우현이의 모든 것을 받아 줄 자세가 된 승기다. 이 정도면 아부다. 해가 갈수록 무섭게 발전하는 승기의 사회성은 정말 미스터리다. 그나저나, 우현이는 세입자의 죽음을 냉정하게 바라보는 자신을 자책한다. 이런 우현이가 정말로 살인교사를? 선뜻 상상하기 어렵다. 소시오패스인 우현이를. 그리고 우현이 딸랑이가 된 승기는 무슨 이야기를 해도 믿지 않을 게 분명하다. 역시 확실한 물증 확보가 먼저다. 그리고 승기를 설득한다. 그리고 단정하지 말자. 우현이가 목적을 위해 수단과 방법을 가리지 않고 나쁜 짓을 저지르는, 반사회적 인격장애를 지니고 있다고.

"그래, 승기 말이 맞아. 임 대표는 회사 대표니, 재건축에 관련한 부담감이 우리와는 차원이 다르겠지. 당연히 그렇게 생각할 수 있어. 오히려 그 마음을 헤아리지 못하는 게 더 미안하지."

"효상아, 무슨 소리냐, 너희가 없었으면, 여기까지 오지도 못했어. 카쿠르터와 투자자에게 희망의 메시지를 만든 사람도, 사실 효상이 너잖아. 카테피아라는 이상향을 만들었으니까."

"생각해 보니까 그러네. 효상이의 철학이 없었다면, 여기까지 성장하기도 어려웠을 거야."

"그러게 말이다. 이제 끝이 보이는데, 이런 사건이 연속으로 터지니, 효상아, 승기야, 나 좀 불안하다. 일이 틀어질까 봐. 다시는 예전으로 돌아가고 싶지 않다. 빚쟁이에 시달려 잠 못 이룬 그 시절로."

"임 대표, 왜 갑자기 약한 소리야. 오늘 술은 별로 마시지도 않았는데, 속이야기하는 것 보니까, 그동안 여린 마음을 숨긴 채 얼마나 힘들었던 거야?"

"승기야, 그냥 불안하다. 좀 무섭고. 하필이면, 이때, 곧 고지가 보이는데, 왜 지금, 지금, 지금……. 이렇게 무서운 일이 벌어지냐고."

"임 대표, 지금, 우리 사업은 아주 순조롭다. 고인에게는 미안하지만, 이 역시 사업이 잘될 신호라고, 난 그렇게 믿어. 그동안 우리 모두 열심히 했잖아. 안 그래? 효상아?"

"그럼, 임 대표, 오늘은 승기와 먼저 일어나는 게 좋겠어. 이곳에 다른 세입자와 집주인도 조문 온 것 같아서. 지금 이런 모습은 불안만 초래해."[123)]

"하하하, 정말로 든든하다. 난 이렇게나 나약하고 감성적인데, 이 상

---

123) 초래(招來): 어떤 결과를 가져오게 함.

황에서도 사업을 우선으로 생각하는 효상이와 승기가 있으니까. 그래, 효상이 네 말대로 일어나야겠다. 승기야, 가자."

"효상이, 넌 같이 안 가?"

"온 지 얼마 안 돼서, 상황 좀 더 보고 일어날게."

30. 우현이는 연달아 누군가 죽는 상황을 두려워한다. 연기라고 느껴지지 않는다. 정말로 힘들어 보인다. 그런데 진심일까? 만약 연기라면, 단연코 남우주연상은 떼어 놓은 당상이다. 만약, 이게 연기가 아니라 진짜라면? 이 모든 게 나의 상상일까? 아니면 다른 누군가가 범인일까? 다른 누군가? 그렇다면, 문제의 답안은 하나다. 승기밖에 없다. 그런데 승기가 왜? 그것도 우현이가 모르게? 이런 일을 벌인다고? 말이 안 된다. 그렇다면 둘은 공범? 만약 그렇다면? 설사 확실한 물증을 찾아도 승기와 상의할 수 없다. 지금 고민한다고 답은 없다. 일단, 고인의 사망 과정을 알아야 한다. 우현이와 승기가 장례식장을 떠난다. 근처를 둘러본다. 삼삼오오 모인 아파트 주민이 보인다.

"정말 사건 · 사고 하나 없었던 평화로운 동네였는데, 연달아 두 사람이나 죽었어. 정말 뒤숭숭해."

"그러게 말입니다. 그나저나 참 이상해요. 돌아가신 두 분 모두 이사하지 않는다고 말한 세입자네요."

"나도 그게 참 이상해. 우연이지만 너무 섬뜩하잖아."

"그래도, 두 분이 돌아가셨으니, 재건축사업은 더 순조로워지지 않을까요?"

"에끼, 이 사람아, 사람이 죽었어. 사람이 죽었다고. 지금 여기서 그게 할 소리인가?"

"아니, 뭐, 못 할 말 했나요? 그리고 그동안 ○○○ 님이 고집부려서 재건축사업에 차질이 있다며, 성을 낸 사람이 누구였는데요? 바로 당신이잖아요. 웬 착한 척? 갑자기 죄책감이라도 들어요? 그리 뒤에서 욕을 했으면서."

"뭐? 내가 언제? 사람 잡겠네. 그리고 지금 그 말, 책임질 수 있어? 어디서 유언비어[124]를 퍼뜨리는 거야?"

"아 다들, 진정 좀 하세요. 장례식장에서 무슨 소란이에요. 그나저나 ○○○ 님의 교통사고가 수상하더라고 해요."

"그게 무슨 소리인가? 수상하다니?"

"확실치는 않은데, 사고 직전에 가족과 통화한 것 같아. 유족의 요청으로 지금 블랙박스를 분석 중이라고 해."

---

124) 유언비어(流言蜚語): 아무 근거 없이 널리 퍼진 소문. 뜬소문. 부언낭설. 부언유설.

"사고 직전에 가족에게 전화했다고? 그럴 정신은 있었대?"

"그게 아니고, 통화 중에 사고가 일어난 것 같아."

"그래서, 뭐라고 했는데?"

"그러니까, 수차례 '급발진'과 '브레이크 고장'이라고 말했대. 그러다가 중앙선을 넘어, 반대쪽의 화물차에 받혀서 그대로 즉사한 거지. 그런데, 그 길목. 화물차가 다니기에는 좀 불편해. 2차선 도로에, 도로도 구불거려서. 자네도 알잖아. 큰 차가 다니기는 불편해. 더군다나, 얼마 전에 새로운 길을 닦아서, 대부분 경제특구지역과 관련한 공사 차량은 그 길로 다니지 않는다고."

"그래, 그건 맞아."

"그리고 더 수상한 것은, 반대쪽으로 달려오는 화물차의 속도야. 블랙박스 분석이 나와야 알겠지만, 화물차가 브레이크를 밟지 않은 것 같아. 중앙선을 넘어 달려오는 상대방 차량을 보지 못했다고 해. 화물차의 운전사가 졸음운전을 했다고 진술했어."

"그렇군, 그런데 그게 왜 수상해?"

"이 사람아, 그 도로, 속도를 낼 수가 없다고. 몰라? 화물차 방향은 내리막길이야. 워낙 가파르고 험해서 제한 속도가 시속 30㎞라고. 더군다나, 아무리 급발진이나 브레이크 문제라 해도, 우리 방향은 오르막길이야. 빨라야 얼마나 빠르겠어? 화물차가 그냥 받은 거야. 빠른 속도로. 브레이크를 밟지 않고."

"수상하기는 하네. 그래도, 운전사가 말했다며, 졸았다고. 그럼 운이 없는 것 아닌가?"

"지금까지는 그렇지. 죽은 사람도, 화물차 운전사도 둘 다 운이 없었지. 유족은 차량 결함으로 생각해. 차량을 구매한 회사에 소송할 생각이라고 하네. 블랙박스 분석 후 모든 게 분명해지겠지."

31. ○○○ 님 사망 후, 유족은 임 대표에게 생각지 못한 큰 조의금에 감사를 표한 후, 바로 고인의 물건을 정리해서 이사하기로 한다. 이 사람이 마지막이었다. 재건축사업을 위한 모든 토지 확보가 끝났다. 사업은 순조롭다. 임 대표도 한결 평온해 보인다. 블랙박스 분석 후, 경찰은 타살의 정황을 의심할 만한 특이한 점은 없다고 결론지었다. 차량 회사는 급발진보다는 브레이크 교체 시기를 놓쳐 일어난 사고라 생각한다. 즉, 운전자의 차량 관리 소홀이라고 말한다. 유족은 변호사를 선임해 소송 준비 중이다. 혹시나 하는 마음에 버려진 낚시터에도 다녀왔다. 아무것도 없는 텅 빈 곳이다. 마치 내가 본 게, 내가 찍은 게, 처음부터 존재하지 않았던 것처럼. 혼란스럽지만 한편으로 다행이라 생각한다. 어쩌면 이 모든 게 쓸모없는 직감의 상상이라 생각해서다. 그런데 여전히 꺼림칙하다. 정말로 이렇게 끝내도 되나? 의심은 사라진 게 아닌데? 누가 내게 속 시원히 말해 다오. 제발!

쓸모없는 직감은 말한다.

'대표실에 도청기를 설치해.'

도청기? 도청기를 설치하라고? 생각을 안 해 본 것은 아니다. 그러다 임 대표에게 들키면? 하긴, 도청기를 발견한들, 설치한 이가 나라고 생각하기 어렵다. 대표실에는 감시카메라가 없어서다. 물론, 사무실에는 감시카메라를 설치했다. 당시에, 임 대표는 대표실에 감시카메라 설치를 승인하지 않았다. 아마도 본사와의 관계를 노출하기 꺼려서인 듯하다. 임 대표와 블루 고스트가 회의한 내용이 혹시라도 감시카메라에 담기면 심각한 정보유출로 판단해서다. 일단, 사무실에 설치한 감시카메라의 사각지대를 파악해야 한다. 그래야 대표실에 잠입할 때, 흔적을 남기지 않을 수 있어서다. 다행히도 감시카메라 관리는 나와 승기의 몫이다. 나의 수상한 행동인, '사각지대 찾기'는 녹화된 영상에서 삭제한다. 일단, 도청기부터 사야 한다. 서두르지 말자. 회사 컴퓨터로 검색해 찾다가 기록을 누군가가 열람한다면, 낭패다. 퇴근 후, 근처 PC방에서 검색하는 게 좋다. 안 된다. 근처 PC방도. 누군가가 나를 볼지도 모른다. 차라리 집에서? 그것도 불안하다. 예상할 수 없는 나만의 아지트가 필요하다. 카쿠르터, 사무실 직원, 임 대표 그리고 승기와 동선이 겹치지 않는 장소를 찾아야 한다. 서울에 그런 곳이 존재할까? 문제는 카쿠르터다. 100명의 초기 카쿠르터는 거의 기억한다. 그동안 자주 만나서다. 하지만, 재건축사업 이후로, 100명으로만 영업과 홍보 활동을 하기에 무리가 있다고 판단했다. 블루 고스트가 대중매체를 활용한 대대적인 광고나 홍보를 허락하지 않는다. 디지털 채널을 통한 투자자 모집을 금했기에, 우리는 아날로그 방식인, 100명의 카쿠르터를 중심으로 점조직을 결성해 운영하기로 한다. 그러니까, 한 명의 시니어 카쿠르터를 중심으로 최대 5명의 주니어 카쿠르터를 채용해 관리하는 방식이다. 그렇기에 주니어 카쿠르터의 얼굴을 다 기억할 수 없다. 사실, 거의 모른다. 만날 일이 없어서다. 하지만 그들은 날 기억한다. 가끔, 뜻밖의 장소에서 그들을 자주 만난다. 난 그들에게 중요한 인물인 듯하다.

"안녕하세요, 안효상 팀장님이시죠? 저는 ○○지역에서 활동하는 주니어 카쿠르터 ○○○입니다. ○○○ 시니어 조장님이 말씀 많이 했습니다. 카테피아를 만든 분이라고요. 직접 뵙게 되어 영광입니다."

물론, 뜻밖의 장소에서, 특히 가족과 있을 때, 이러한 대우 아닌 대우를 받으면, 기분은 좋다. 아내가 바라보는 눈빛이 달라져서다.

"자기야, 카테피아? 그게 뭐야? 자기를 만나서 영광이라고? 은근히 기분 좋네. 출세했네. 출세했어. 안효상."

32. 하지만, 오늘은 다르다. 점조직으로 활동하는 수천 명의 주니어 카쿠르터가 임 대표의 감시카메라다. 이들의 눈을 피한다는 게 쉽지 않다. 설사 도청기를 판매하는 장소를 알아낸다고 하더라도 그곳으로 가는 길 또한 쉽지 않은 여정이다. 즉, 동선을 감추기는 어렵다. 그렇다면, 주니어 카쿠르터의 감시 아닌 감시를 역으로 이용해야 한다. 그런데 무슨 수로? 생각해야 한다. 우현이를 이렇게 의심할 바에

는 뭐가 됐든 결론을 내야 한다. 차라리 검색하지 말자. 어디서 구매할 수 있을지는 뻔하다. 종로에 있는 청운상가다. 공식적으로 회사 차원에서 청운상가로 출장을 어떻게 가느냐다. 그것만 해결하면, 손쉽게 도청기를 구매할 수 있다. 전자 제품은 인터넷으로도 구매할 수 있기에, 그런 이유로 청운상가를 간다고 하면, 의아해할 확률은 높다. 좋은 핑계가 없을까? 모르겠다. 머리가 너무 아프다. 오늘은 그만 생각하자. 승기가 저녁에 밥을 먹자고 청했지만 거절한다. 난 지금 누구도 믿기 어렵다. 외롭다. 이번에는 정말로 외롭다. 결이 다른 외로움이다. 지하철에 홀로 탄다. 빈자리가 보인다. 자리에 앉을까 하다가 이내 그만둔다. 임산부를 위한 배려석이다. 임산부 배려석에 앉을, 용기 있는 자는 한동안 나타나지 않는다. 이미 지하철 내부는 만석이다. 다들, 나른하고 피곤할 텐데, 노곤한 심신을 딱 하나 남은 분홍색 좌석에 기대지 않는다. 분홍색 좌석만 시간이 멈춘 듯, 평온하다. 그 평온한 공간을, 처음부터 존재하지 않는 공간처럼 혹은 누구도 침범할 수 없는 영역처럼, 분홍색 임산부 배려석은 한동안 빈 채로 만석의 지하철과 균형을 이룬다. 100㎍/㎥ 이상의 심각한 미세먼지로 가득 찬 지하철 내부에, 발 디딜 곳도 하나 없이 콩나물시루처럼 빽빽하게 꽂힌 사람들을 바라본다. 숨쉬기가 불편해 보인다. 아니, 힘겨워 보인다. 하지만 분홍색 임산부 배려석은 홀로 초미세먼지 농도가 10㎍/㎥ 이하인 청정지역처럼 느껴진다. 누구라도 신성한 이곳을 침범해 깨끗한 공기를 만끽할 수 있다. 하지만 누구도 그러지 않는다. 수호해야 할 사회의 마지막 보루인 것처럼. 그렇게 우리는 균형을 유지한다. 균형이 깨진다면, 우리의 미세먼지로 그 공간이 더럽혀진다면, 결국 무질서로 모든 게 무너질지도 몰라서다.

내가 알고 싶은 진실이
마지막 보루를 무너뜨리는 행위일까?

무질서로 향하는 나의 행동으로
모든 것은 무너질까?

33. 집에 도착해, 골방으로 직행한다. 아무 생각 없이 책상의 서랍을 열어 본다. 서랍 안에 답을 숨기고 있을지도 몰라서다. 논리적으로 더는 생각하기 어렵다. 초자연적 존재에게 이 문제를 맡기고 싶다. 무엇이든 좋다. 답을 다오.

첫 번째 서랍을 연다. 아무 답도 없다.
두 번째 서랍을 연다. 아무 답도 없다.
세 번째 서랍을 연다. 답이 있다. 녹음기다.

세 번째 서랍에 고이 모셔 놓은 녹음기다. 왜 이 물건은 떠오르지 않았을까? 그동안 도청기를 구매한다고 고민했던 모든 방황이 부끄러워지는 순간이다. 녹음기는 애증의 물건이다. 트랙킹 코스를 만들어 빠른 걸음에 취했던 당시에 녹음기를 샀다. 빠른 걸음이 뇌의 활성화를 유도했는지는 모른다. 결과적으로 빠른 걸음으로 운동할 때마다, 물끄러미 떠오르는 글쓰기 소재를 주체하기 어려웠다. 아무리 참신한 소재라 하더라도, 뇌의 저장 공간은 크지 않다. 트랙킹이 끝나고 샤워 후, 자리에 앉으면, 기막힌 소재가 명확하게 떠오르지 않는다. 느낌은 알겠는데, 구름처럼 형태만 떠다니는 기분이다. 그래서 핸드폰에 있는 녹음 기능을 사용했다. 아무런 문제가 없었다. 다만, 멋이 나지 않는다고 해야 하나? 지금 생각하면 쓸데없는 허세다. 여하튼 멋진 아이디어를 저장하고 싶었다. 녹음기에 이어폰을 꽂아 작동하는지 확인한다. 플레이 버튼을 누른다.

"효상아, 잘 들어, 그러니까 결국 모든 게 가짜인 거야. 다 허구라고. 하지만, 정작 소설의 주인공은 현실과 허구를 구분하지 못하지. 그렇게 독자도 이끌어 가야 해. 독자에게 주인공의 상황이 진짜라고 느낄 만큼 자세하게 상황을 묘사해. 그렇게 모두를 속이는 거야. 그리고 효상아, 난 널 믿는다. 마침표를 찍어 완성할 그날을. 그러니까, 포기하지 마. 글도 운동도. 절대로 포기하지 마. 알았지? 난 네가 자랑스러워. 파이팅!"

삭제가 완료되었습니다.
기록된 파일이 없습니다.

34. 홀로그램 스티커 안에는 다양한 이미지나 텍스트가 숨어 있다. 빛을 비추면, 홀로그램 스티커는 숨겨진 의도를 보인다. 주로 홀로그램 스티커 안에 색인된 이미지나 텍스트로 제품의 정품과 가품을 구별한다. 녹음기를 찾아 그 안의 내용을 확인한 순간, 홀로그램 스티커 안에 각인된 정품의 마크를 다시금 발견한 듯하다. 당시의 효상이는 글쟁이로 살아가기를 원한다. 그때의 효상이는 앞으로 일어날 일을 알지 못한다. 아이디어의 고갈로 곧 한 글자도 쓰지 못한 채, 책상 앞에서 무의미하게 보낼 다수의 날을. 과거의 효상이는 긍정적이며 밝은 녀석이다. 하지만 모른다. 그 녀석은 곧 아이가 장애가 겪을 일

도, 세탁세제를 살 돈이 없어서 거실에 쌓인 빨래 더미와 쉰내로 고생할 다수의 날을. 그날의 효상이는 앞으로 일어날 일을 너무나 모른다. 마지막 장을 끝으로 마지막 문장의 마침표를 찍는다는 게 얼마나 고통스러운 과정을 이겨 내야 한다는 사실을. 주저하지 않고 모든 파일을 삭제한다. 잠시 머물었던, 철없던 판타지 세계를 지우고 싶어서다. 아비로서, 남편으로서, 어른으로서, 그 무엇 하나 책임지려 하지 않던 천둥벌거숭이 시절을 지우고 싶어서다. 내친김에, '미완성 폴더'에 숨겨진 '미완성 파일'을 클릭해 가품의 흔적을 지우려 한다. 마우스 커서를 '미완성 파일'로 움직인다. 그리고 마우스의 오른쪽 버튼을 누른다. 다양한 항목 중, '삭제하기' 항목에 시선을 멈춘다. 한참을 바라본다. 이제 모든 준비는 끝났다. 손가락의 결정만 남는다. 눌러. 다 끝내자고. 누르라고! 손가락은 망설인다. 손가락은 가품의 흔적을 끝내 지우지 못한다. 쯧쯧쯧, 한심한 녀석!

그런데 지금의 내 모습은
홀로그램 스티커에 숨겨진
정품 마크일까?

35. 오늘이다. 녹음기를 임 대표 방에 몰래 설치한다. 다른 직원이 퇴근할 때까지 기다린다. 감시카메라의 사각지대를 파악해야 한다. 승기가 마지막 남은 직원이다. 승기에게 모든 것을 공유하고 싶다. 마음에 담긴 모든 내용을 승기에게 털어놓으면, 물 먹은 무거워진 패딩이 한순간에 건조되어 깃털처럼 가벼워지는, 그런 마음의 가벼움을 얻을지도 몰라서다. 하지만, 승기에게 말하기는 이르다.

"효상아, 퇴근 안 해? 할 일이 남았어? 없으면, 간단하게 맥주에 노가리 어때?"

"맥주에 노가리? 맥주에 치킨이 아니고?"

"언제부터 맥주에다 치킨이었다고. 원래 진짜는 맥주에다 노가리지. 안 그래? 그리고 금치킨이다. 금치킨."

"그래, 요즘 치킨값이 너무 오르기는 했어. 편하게 먹기에는 부담스럽지. 그런데, 오늘은 할 일이 좀 남아서, 다음에 먹자. 미안하다."

"미안하기는, 무슨, 그래 알았다. 그럼 나 먼저 퇴근한다. 내일 보자."

텅 빈 사무실에 홀로 있다. 작전 개시다. CCTV 위치를 확인한다. 사무실 양쪽 코너에 CCTV 총 2개를 설치했다. 작은 사무실에 왜 2개나? 이제 사각지대를 찾아야 한다. 한참을 사무실 공간을 최대한 활용해 이리저리 움직인다. 영상 파일을 확인한다. 사각지대를 찾았다. 부서별로 설치한 칸막이를 방패 삼아 몸을 숙여 움직이면 보이지 않는다. 문제는 대표실까지 가는 방향은 칸막이가 없다. 안 되겠다. 사무실 불을 끈 후, 다시 한번 동선을 점검하자. 사무실 불을 끈 후, 움직인다. 영상 파일을 확인한다. 예상과 다르게 움직임은 선명하게 CCTV에 담긴다. 실패다.

쓸모없는 직감은 말한다.

'바보야? 그냥 대표실에 녹음기 설치 후, 영상을 삭제하면 되잖아. 뭐 그리 쓸데없는 짓을 해?'

맞다, 맞아. 어차피 영상을 삭제하면 그만이다. 오히려 지금까지 수상하게 행동한 영상을 삭제해야 하는 게 걸림돌이다. 벌써 1시간을 사각지대를 찾는다고 낭비했다. 나중에 문제가 생기면, 승기나 임 대표에게 약 1시간 정도 삭제한 영상을 설명해야 해서다. 참 바보 같다. 대표실 문을 연다. 그리고 녹음기를 숨길 만한 장소를 물색한다. 사무실 소파 틈새에 넣는 게 좋겠다. 손을 넣어 녹음기를 깊숙한 곳에 놓는다. 이제는 녹음기가 작동하는지 확인해야 한다. 이유는 모르지만, 원격제어가 가능한 녹음기를 구매했다. 이런 날을 예상했을까? 원격제어 버튼을 누른 후, 사무실에서 떠든다. 그리고 소파 틈새에서 녹음기를 꺼낸 후, 확인한다. 녹음은 잘된다. 소파 틈새에 손을 넣어 깊숙한 곳에 녹음기를 다시 놓는다. 자리에 돌아와, 수상하게 행동한 모든 장면을 삭제한다. 이제 모든 준비는 끝났다.

밑밥은 깔았다.
우현아, 부탁이다.
밑밥을 물지 마라.

36. 임 대표가 출근한다. 대표실로 곧장 들어간다. 누군가와 통화를 한다. 원격제어 버튼을 누른다. 당분간 야근을 해야 한다. 밤마다 대표실에 들어가 녹음한 내용을 확인해야 한다. 또한, 녹음기의 작동 시간도 확인해야 한다. 은밀한 작전이 탄로 나지 않아야 한다. 귀찮

지만, 감시카메라에 녹화된 영상 파일을 매번 지워야 한다. 승기가 언제든 확인할지 몰라서다. 빛의 속도로 모든 것을 끝내야 한다. 삭제한 영상의 시간이 길다면, 승기가 의심할지 몰라서다. 그렇기에 빠른 움직임으로 대표실로 직행해 녹음기를 뺀 후, 바로 자리에 돌아와 녹음한 파일을 노트북에 옮긴 후, 대표실로 돌아가 녹음기를 다시 숨겨야 한다. 녹음한 파일은 집에서 들으면 된다. 이제는 기다리면 된다. 밤이 오기를.

"안 팀장님, 퇴근 안 하세요? 요즘 야근이 잦네요. 혼자서 왜 그리 바쁘세요? 저희가 먼저 퇴근하는 게 민망하네요."

"아니야, 야근이 아니라, 요즘 아내 몰래 자격증을 준비하고 있거든. 그래서 인터넷 강의를 신청했는데, 집에서 공부하는 게 좀 그래. 눈치도 보이고. 그래서 그래."

"자격증이요? 무슨 자격증이요?"

"아, 뭐 대단한 것은 아니고. 사회복지사에 관심이 있어서. 미리 공부해 따놓으려고."

"사회복지사요? 안 팀장님 성격과 잘 어울리세요. 그래요, 그럼 저희는 퇴근하겠습니다. 안 팀장님, 파이팅!"

또 거짓말이다. 거짓말은 꼬리를 물어 또 다른 거짓말을 낳는다. 하지만, 이는 대의를 위한 하얀 거짓말이다. 죄책감을 느끼지는 않는다. 사회복지사? 은퇴 후, 이모작의 삶을 위해 예전부터 생각한 직업이다. 눈앞에 놓인 10년 후의 대한민국을 상상해도, 상황은 뻔하다. 노인들의 천국이다. 국가가 아무리 노력해도, 이 상황을 바꾸기는 어렵다. 정부를 탓하기도 지친다. 아니, 안 한다. 저출산 고령화 사회로 달려가는 이 상황은 선진국이 겪어야 할 정해진 현상이다. 선진국이라 불리는 어떠한 나라도 아직 이를 해결하지 못한다. 단지 그들보다 저출산 고령화 사회의 속도가 빠르다는 게 다를 뿐이다. 미시적 관점에서 이를 해결하려면, 완화한 비자 정책으로 적극적으로 이민을 장려해야 한다. 그리고 이미 그러고 있다. 하지만, 대한민국처럼 단일 민족으로 성장한 국가가, 다문화 가정을 바르게 이해한다는 게 쉬운 일은 아니다. 그리고 급진적인 정책으로는 무엇도 해결하기 어렵다. 급진적이고 진보적인 정책은 눈에 보일 만큼 혁신적이다. 그렇기에 피부로 체감한다. 확실하게 변한다고. 하지만, 빠르게 변화하는 게 좋은가? 모르겠다. 더군다나 이런 정책은 특정 세대의 희생을 강요한다. 특정 세대는 누구일까? 급진적이고 진보적인 정책을 써야 하는, 비참한 사태까지 몰고 온 주축 세대가 아니다.

물은 네가 엎질렀는데,
내가 왜 치워야 하는데?

37. 그렇다면, 이대로 아무것도 하지 않은 채, 모든 것을 멈춰야 하는가? 인간은 태생적으로 그럴 수 없는 동물이다. 인간은 퇴보를 멀리하고 진보를 선택한 어리석은 동물이다. 퇴보는 모두가 살길이고,

진보는 모두를 멸망하게 하는 지름길이다. 살아가는 동식물 중에, 퇴보할까 봐, 뒤처질까 봐, 멀어질까 봐, 걱정하는 개체는 인간이 유일하다. 이리도 한심한 개체를 만류의 영장이라 말할 수 있을까? 한심한 개체에 속한 자로서 지구에 미안한 마음이다.

나 또한 인간이기에 진보의 길을 선택한다. 그래서 미안하다. 나도 어쩔 수 없는 이기적인 생물이니까. 다만, 급진적인 진보가 아닌 조금 느린, 기존의 시스템을 시나브로 변화하는 길을 걷고 싶다. 돌아보면 알게 된다. 우리가 말하는 진보는 하루아침에 뚝딱 만들어진 게 아니다. 그 발자취를 들여다보면, 오랜 시간 동안 묵묵히 감내한, 특정 세대의 고귀한 희생이 선명히 살아 숨 쉰다.

산해진미[125]도 급하게 먹으면 체하는 법이다. 아무리 좋은 정책도 급하면 부작용이 큰 법이다. 그리고 그 부작용은 특정 세대, 즉 젊은 세대가 감당한다. 그렇기에 이민 정책으로 인구의 분포를 적정 수준으로 유지하려면, 적어도 30년 이상을 모든 세대가 천천히 감내해야 한다. 30년 후에도 대한민국이 다민족 국가로 변하지 못하면, 많은 지역은 유령 도시로 전락할 게 뻔하다. 다만, 이민 정책이 성공해 대한민국이 다민족 국가로 변하더라도 저출산 현상은 해결하기 어렵다. 이민 정책은 저출산 현상을 해결하지 못해 나온 임시방편이다. 출산율을 높이지 않으면, 다민족 국가로 변한들 대한민국의 미래는 정해져 있다.

---

125) 산해진미(山海珍味): 산과 바다에서 나는 갖가지 진귀한 산물로 잘 차린 맛이 좋은 음식.

대한민국은
지도상에서 사라진다.

일단, 그때까지 내가 살 확률은 없다. 그리고 다민족 국가로 변화하려는 국가 정책은 급진적으로 하기도 어렵다. 급진적인 정책을 국민이 바라지도 않아서다. 그렇다면, 저출산 고령화 사회는 죽기 전까지 해결할 수 없는 난제[126]다. 그렇기에 노인의 천국이 될 대한민국의 미래를 대비해야 한다. 사회복지사로 인생 이모작의 꿈을 설계하는 것은 지극히 타당한 행동이다.

다시 태어날 수 있다면,
그러한 기회가 정말로 주어진다면,
나무로 태어나고 싶다.

정말이다.
인간으로 환생은 사절[127]이다.

38. 사무실에 홀로 남는다. 대표실로 들어간다. 빠르게 모든 일을 마친다. 도둑질도 한 번이 어려운 거다. 떨리는 마음조차 없다. 변태인가? 오히려 이 상황을 즐긴다. 집으로 돌아와 녹음 파일을 확인한다.

첫 번째 녹음.

---

126) 난제(難題): 해결하기 어려운 문제나 일.
127) 사절(辭絕): 사양하고 받지 않음.

"○○○! 오랜만이야, 나? 요즘 사업하느라 바빠. 그래, 너는 아직도 그 회사에 있는 거야? 그 회사에서 3년 차인가? 어느 정도 경력이 차면 이직하는 게 좋아. 그대로 있으면 능력이 없는 거야. 요즘 세상은. 이직을 생각해. 연봉 올리기도 좋고. 그나저나 그쪽 바닥은 어때? 여전히 그래? 조만간 보자고."

"안녕하세요, 임 대표입니다. 저번에 문의한 투자 건을 알아봤는데요, 이미 우리 쪽에 투자해 바람직한 수익을 올리고 있으니, 그쪽에 투자하는 것은 다시 한번 고려했으면 합니다. 리스크가 좀 있어요. 관련한 이야기는 곧 만나서 자세하게 말씀하겠습니다."

"응, 밥은 먹었어? 아이는? 그래, 오늘은 조금 늦을 것 같아. 기다리지 말고 아이들하고 먼저 밥 먹어. 응 이따가 봐. 그리고 조만간 시간 내서 중국으로 가야 해, 부모님이 우리 가족을 무척 보고 싶어 해. 아이들 여권 미리 준비하고."

별것 없다. 일반적인 대화다. 다행인데, 조금 허탈하다. 아무래도 원하는 내용을 녹음하려면, 시간이 걸릴지도 모른다. 원하는 내용? 아니다. 그러한 내용을 우현이 입에서 나오지 않기를 바란다. 정말 나오지 않았으면 한다.

두 번째 녹음.

"승기야, 그때 그 기레기? 어떻게 됐어? 혹시나 흑심을 품고, 회사를 공격할지도 모르니까, 그 기레기가 주로 활동하는 지역을 파악해. 그리고 관련한 지역에서 일하는 카쿠르터에 감시하라고 해."

"뭐? 헤어졌어? 아니, 얼마 전까지 깨가 쏟아지더니만, 불과 몇 개월 사이에 무슨 일이 벌어진 거야? 아이들 양육권 문제는? 오늘은 선약이 있어서 힘들고, 다음 주에 보자."

"잘 지내시죠? 벌써, 아저씨하고 인연이 20년째에요. 20년. 그때는 아저씨 얼굴만 봐도 무서워서 도망가고 싶었는데, 어찌나 돈 갚으라고. 하하하. 그러다가 서로 이렇게 친해졌어요. 솔직히, 아저씨를 아버지처럼 생각한 것 같아요. 이번에도 투자자 모집 감사해요. 저희 아버지요? 몰라요, 그 사람. 저는 잊고 산 지 오래입니다. 그 사람 이야기하고 싶지 않아요. 그래요, 아저씨, 조만간 찾아뵐게요. 늘 건강하세요."

39. 오늘도 별 내용이 없다. 우현이는 다양한 사람과 꾸준히 관계를 유지 중이다. 물론, 거짓말로 사실과 다르게 말할 때도 있다. 하지만, 이는 선의의 거짓말로 느껴진다. 이렇게나 많은 사람 중에, 나와 승기만 우현이의 최측근이다. 계속 녹음하면서, 우현이를 의심하는 게 맞는가 싶다.

세 번째 녹음.

"○○○ 대표님? 무슨 일로? 아, 그 이야기는 누구한테? ○○○한테요? 아닙니다. 우리는 그런 일을 하지 않아요. 대표님 돈도 많으면서, 뭘 또 욕심을 부립니까? 정말로 아니에요, 잘못 들은 정보예요."

"○○, 주위에 여자가 어디 있어? 예전 습관 다 버렸다. 지금은 와이프와 아이만 바라본다. 예전에 만난, ○○? 기억나? 아무리 철이 없던 시절이라도, 유일한 재산인 자동차를 팔아서 빚을 갚아 주는 놈이 어디 있냐? 뭐, 순애보? 웃긴다 진짜. 그 이후로 네가 만난 여자가 한 트럭이다. 이놈아. 그래, 여자는 몰라도, 소주는 언제든지 살 테니, 연락하고 이쪽으로 건너와."

"네, 선생님, 요즘은 예전보다 불면증 증세가 좋아지고 있어요. 감사합니다. 말씀한 대로, 조금 떨어져서 저를 바라보니, 한결 편안한 마음이었어요. 조만간 제가 찾아뵐게요. 그리고 말씀한 투자 자리도 만들었으니, 그때 추천한 지인분과 같이 봬요."

오늘도 별 내용은 없다. 우현이가 불면증에 시달리고 있었구나. 하긴, 혼자서 블루 고스트를 상대하니, 그게 보통 일이냐. 다행이네. 불면증이 좋아지고 있다니. 개인적으로, 우현이에게 직접 투자를 의뢰하는 지인도 꽤 있었네. 도대체 혼자서 몇 개의 업무를 하는 게냐. 아무 일도 일어나지 않으면, 우현이에게 몰래 녹음한 사실을 말해야 하나? 우현이가 날 이해해 줄까?

네 번째 녹음.

"정호 님, 알겠습니다. 그렇게 진행하겠습니다. 아직 안 팀장과 김 팀장에게 말하지 않았습니다. 조만간 이야기하겠습니다. 중국은 곧 시간 내어 건너가겠습니다."

"안녕하세요, 아니라니까요, 글쎄, 걱정 붙들어 매세요. 그동안 대표님께 거짓을 말한 적이 있나요? 불안해 마시고요, 지금 시장 경기가 좋지 않아요. 그러니 놀라지 마시라고요. 매달 들어오는 수익금의 액수가 적어도. 그러니까, 제 말은 혹시라도."

"미국이 금리를 계속 올리는 추세라, 한국도 이에 반응할 수밖에 없어요. 그러니, 일단은 관망하는 게 좋을 것 같아요. 섣불리 주위 사람 말만 듣고 투자하시면, 안 됩니다. 우리 쪽 계좌를 더 열어 주고 싶은데요, 아직 자리가 없어서요. 대표님, 조금만 기다리세요. 지금은 무엇을 할 때가 아니라, 지키는 게 더 중요한 시기입니다."

40. 드디어, 정호 님과 나눈 대화를 녹음했다. 아버지와 이렇게 사무적으로 말하는지 몰랐다. 다시금 깨닫는다. 우현이도, 정호 님도 비즈니스에 진지하게 임하고 있다고. 저번과 비슷한 주제다. 도대체 무엇을 나와 승기에게 말하려 뜸을 들이는지. 매번 녹음해 확인하는 게 쉬운 일은 아니다. 몇 주가 흘렀지만, 특별한 내용은 없다.

다섯 번째 녹음.

"비자가 나왔어? 그러면, 아버지에게 일러둘게. 일단, 아이와 함께 먼저 중국으로 가. 상하이 공항에 도착하면, 아버님 직원이 나와 안내해 줄 거야. 아이들하고 여행하고 있어. 결혼 후, 처음 만나는 거니까, 너무 긴장은 말고. 아버지도 어머니도 좋은 분이야. 나? 난 아직 마무리할 게 남아서. 그것 끝나면 바로 갈 거야. 오늘 외식할까? 그래, 퇴근 후 봐."

"제가 임우현 대표입니다. 실례지만 누구시죠? 안녕하세요, ○○○ 통해 말씀 들었습니다. 그런데, 정말 죄송한 말씀을 전해야 하는데요, 투자자 모집은 종료했습니다. 일단, 관망하세요. 맡기실 금액은 얼마인가요? 알겠습니다. 조만간 다시 연락하겠습니다. 감사합니다."

우현이 가족은 중국 여행을 간다. 부럽다. 우리 가족은 아직 해외여행의 경험이 없어서다. 이번에 시간 내어, 해외여행을 다녀오고 싶다. 어디로? 제주도를 가는 것보다, 일본으로 가는 비행기 삯이 저렴하다고 한다. 아니면, 근처 동남아시아도 좋다. 돈을 버니까 이런 게 좋다. 삶의 여유다. 우현이가 VIP 투자자를 따로 일임한다는 사실은 알고 있지만, 이렇게나 많을 줄은. 아무래도 나오는 게 없다. 의심을 거둬야 할까? 쓸모없는 직감을 믿는 게 아니었다. 그래도, 그때 이야기했던, 그 카쿠르터와 다시 통화할지 모른다. 아직은 포기하기 이르다.

여섯 번째 녹음.

"건강검진 결과가 좋지 않더라고. 스트레스로 인해, 간 수치도 높고, 고혈압에, 체중 감량에, 말도 하기 싫다. 아, 아직 당뇨는 아니고. 당뇨 전단계. 하여튼, 의사 선생님은 좀 쉬라고 하는데, 쉴 수가 있나? 아? 같이 일하는 친구들? 효상이와 승기는 몰라. 바빠. 둘 다. 회사에서 중요한 역할을 하느라. 그래서 미안하다고. 나도 꼭 참석하고 싶은데, 여의치 않아. 그래. 고마워."

"부동산 투자요? 어느 지역을? 아, 그 지역? 저희는 투자할 계획은 없습니다. ○○○ 님, 맞습니다. 리스크가 없이는, 얻는 것도 없지요. 그런데요, 그 지역은 우리가 말하는 '에러'가 아닙니다. 선택은 ○○ 님의 결정이지요. 다만, 저희를 믿는다면, 당분간 투자를 하지 않고 시장 상황을 지켜보는 게 좋다고 생각합니다. 지금은 투자하고 싶은 그 마음을 참는 게 리스크입니다. 그 리스크를 견뎌야, 좋은 수익처가 발생합니다. 회사에서 '에러'를 찾으면 바로 말씀할게요. 조금만 기다려 주세요."

우현이의 몸 상태는 별로다. 예상은 했다. 시간이 지날수록 말라 간다. 포동포동한 얼굴은 온데간데없다. 날카로운 턱선과 도드라진 광대 그리고 엄청나게 커진 눈. 원래도 눈이 큰 편인데, 살이 빠져서, 눈만 보인다. 얼굴색도 안 좋다. 황달까지는 아니어도, 얼굴에 홍조가 나타난다. 부쩍이나 두통을 호소하는 이유가 고혈압 때문일지도 모른다. 승기는 우현이의 건강 문제를 눈치챘나? 근 석 달째, 우현이의 사생활을 염탐한다. 대표로서 혼자서 많은 것을 안고 간다는 사실을 알게 된다. 미안한 마음이다. 이 짓을 그만둘 시기가 다가온다. 우현이에게 모든 것을 말한 후, 사죄해야 한다.

일곱 번째 녹음.

"정호 님, 일단, 준비는 끝났습니다. 킥오프는 언제? 알겠습니다. 그때 진행하겠습니다. 이번 주 내로 안 팀장과 김 팀장에게 말하려고 합니다. 그건, 저도 잘 모르겠습니다. 그들이 올바른 결정을 내리기만 바랄 뿐입니다. 그나저나, 아내와 아이는 만나셨습니까? 알겠습니다. 다음에 이야기하겠습니다."

"이쪽으로 연락하지 말라고 했지? 블루 고스트가 도청하고 있다고. 그래, 이번 일은 잘 처리했어. 직접 할 줄은 몰랐어. 아슬아슬했어. 일단은, 그 사건이 잠잠해질 때까지 어디 좀 나가 있어. 낚시터로 와. 나머지 정산해 줄게. 18일 오후 8시. 그때 봐."

41. 마침내, 원하는 내용을 녹음했다. 낚시터? 아마 그곳이다. 18일 오후 8시? 내일모레다. 약 5개월 동안 우현이의 대화를 도청했다. 증거는 확보했다. 하지만, 여전히 정황뿐이다. 녹음한 내용으로는 그 어떤 범죄 사실도 입증하기 어렵다. 낚시터에서 카쿠르터와 우현이가 만나면 증거를 확보 후, 승기와 상의해야 한다. 진실을 마주한 후, 다음은? 머리가 깨질 것 같다. 일단은 혼자 간다. 다음은 그때 가서 생각하자. 끝이 보인다.

"들어와, 효상아, 아무도 없다."

무슨 소리지? 미행한 게 들킨 건가? 그럴 리가 없다. 모른 척하자.

"들어오라고. 효상아, 너 기다린 거야."

기다렸다고? 나를? 스릴러 영화에서도 이런 장면은 꼭 있다. 순진하게 들어가면, 기절시킨 후, 비닐과 노끈으로 몸을 꽁꽁 묶어서 낚시터 저수지에 버릴지도 모른다. 그래서 부른 건가? 아니, 함정에 빠진 건가? 공포? 불쾌감? 알 수 없는 감정으로 심박수는 빠르게 증가한다. 숨이 가쁘다. 입을 틀어막는다. 우현이에게 들키면 안 된다. 잡히면, 죽음이다. 뇌의 편도체가 극도로 활성화된다. 이는 바로 교감신경계를 자극한다. 피부 표면에 털구멍이 열리기 시작한다. 차가운 공기가 다가온다. 피부와 맞닿는다. 이렇게나 추운 날씨였나? 전기에 감전된 듯, 온몸은 찌릿찌릿하다. 어떡하지?

"효상아, 안 잡아먹는다. CCTV로 다 보여. 일 크게 만들지 말고 들어와. 그래야 끝난다."

끝난다고? 무서운 소리만 해댄다. 더 나가기 싫다. 감시카메라가 있었어? 그렇다면, 우현이는 모든 것을 알고 있었나? 어떡하지? 어떡해야 하지?

"안효상! 빨리 들어오라고! 내가 시간이 없어! 지금 이야기하지 않으면 더는 기회가 없다고!"

우현이가 보통 친구냐. 무려 25년 지기 친구다. 25년. 상상력이 과하다. 우현이가 설마, 내게? 아니다. 용기를 내어 나아가자.

"하여튼 겁만 많아서, 도대체 너란 놈은, 왜? 저수지에 너를 수장[128]시킬까 봐? 너 나 몰라?"

"그래, 우현아, 그럼, 말을 해. 이게 다 무슨 상황인지."

"효상아, 다 알고 있었어. 녹음기를 대표실에 숨긴 것을. 따로 대표실에 CCTV를 설치했거든. 그건 아무도 몰랐지. 시기를 본 거야. 너한테 진실을 말해야 하는 시기. 그날이 오늘이야. 따라와. 보여 줄 게 있으니까."

42. 우현이를 따라간다. 우현이는 지하로 내려간다. 상상과 사뭇 다른 광경이 펼쳐진다. 특수 스테인리스강과 합금, 그리고 콘크리트로 이루어진, 어림잡아도 두께가 2m 이상의 벽으로 둘러싸인, 영화에서 볼 법한, 대형 원형 금고문이 보인다. 우현이는 손짓으로 날 부른다.

"홍채와 지문을 등록해야 하니까, 이쪽으로 와."

얼떨떨하다. 그냥 시키는 대로 한다. 그리고 우현이는 홍채와 지문을 등록하는 과정을 설명한다. 그리고 OTP 카드처럼 보이는 것을 2개 건넨다.

"이제부터, 네가 문지기다. 너한테 분명히 넘긴 거다. 승기도 같은 방식으로 등록하면 돼. 문을 열려면, 홍채인식과 지문인식 그리고 이 카드에서 보여 주는 8자리 숫자를 45초 안에 입력해야 해. 45초를 넘기면, 모

---

128) 수장(水葬): 물속으로 가라앉히거나 버림.

든 게 리셋된다. 리셋되면, 이 안의 내용물은 전부 전소[129]돼. 꼭 기억해. 45초다. 문을 여는 과정을 시작하면, 멈출 수가 없어. 그리고 반드시 순서대로 해야 해. 홍채인식, 지문인식, 그리고 숫자 입력. 그러니까, 카드가 작동하는지 확인을 먼저 해. 원형 건전지를 쓰니까. 수시로 교체하고. 카드는 세상에 2개만 존재해. 난 더는 필요 없어. 너 하나, 그리고 승기 하나. 알겠지? 이제 문을 열 테니, 놀라지는 말고."

거대한 문이 조금씩 열리면서, 내용물은 조금씩 시야로 들어온다. 은행나무 잎인가? 온통 노랗다. 은행나무 잎을 왜 금고 안에? 금고 안에는 불투명한 비닐로 덮인 은행나무 잎이다. 우현이가 비닐을 걷는다. 정체가 드러난다. 은행나무 잎의 정체는 오만 원권이다. 오만 원권으로 빚어진 육중한 직육면체가 눈앞에 있다. 얼마인지, 그리고 육중한 직육면체가 모두 오만 원권으로 이루어졌는지 알 수는 없다. 다만, 문제가 있는 돈이라는 사실은 대번 알 수 있다.

"이게 다 뭐냐, 우현아. 영화 찍냐? 그리고 이 돈, 전부 투자자 돈 아니야? 이 돈을 어쩌라고? 도대체 상황이 어떻게 돌아가고 있는 거냐?"

"효상아, 300억이다. 300억. 해외로 돌리고 돌려서 더는 출처를 알기 어려운, 깨끗하게 세탁한 돈이야. 너와 승기, 각 150억씩."

"뭐, 세탁한 돈? 각 150억? 무슨 누아르 영화 찍어? 장난 그만 치고, 진실을 말해 줘. 부탁이다. 우현아."

---

129) 전소(全燒): 남김없이 모두 타 버림.

"진실? 효상아, 진실은 눈앞에 있잖아. 네 눈앞에. 일생일대 절호의 기회. 평생 만질 수 없는 돈. 그게 진실이야."

"아니, 원하는 진실은 과정이야. 과정. 지금도 이해가 가지 않아. 우리 사업은? 재건축은?"

우현이는 잠시 말을 멈춘 후, 생각한다. 어디서부터 시작을 해야 하는지, 어디까지 말해야 하는지, 고민하는 것 같다.

"그래, 아버지가 너와 승기에게는 선택할 기회를 주라고 했어. 앞으로도 블루 고스트로 활동을 할지를."

"앞으로도? 알쏭달쏭하게 말하지 말고. 무슨 선택할 기회?"

"정식으로 블루 고스트에 합류해 세계를 돌면서, 소외층인 서민에게 인생 2막의 기회를 줄, 제2의 카테피아, 제3의 카테피아를 건설할 기회."

"그거라면, 당연하지. 아버님이 얼마나 대단한지도 알고, 블루 고스트의 힘도 알고. 오히려 우리가 감사하지. 우현아, 나도 세계를 돌면서, 우리와 비슷한 처지에 놓인 사람에게 희망을 선물하고 싶어. 그런데, 여전히 이해가 안 간다. 낚시터는 무슨 용도고, 숨겨진 금고는 뭐고, 300억은 다 뭐냐."

"300억? 그래, 이렇게 설명하면 좋겠다. 효상아, 이것은 블루 고스트가 너와 승기에게 내민 스카우트 비용이다. 앞으로 평생 블루 고스트로서 살아간다는 다짐에 대한 이적료."

"이적료? 스카우트 비용? 이런 것 받지 않아도 나와 승기는 평생 내 옆에서 있을 거야. 무슨 가치가 있다고, 우현아, 이렇게나 많은 돈을. 아버님께 말씀드려. 이 돈이 없어도 우린 함께할 거라고."

43. 우현이는 괴로운 표정으로 나를 바라본다. 원하는 답변은 아닌 듯하다.

"효상아, 블루 고스트로 살아가면, 이전의 모든 삶을 포기해야 할지도 몰라. 이 돈은 너희들의 인생을 담보로 잡은 목숨값이라고."

"목숨값이라니? 좋은 일을 하는데, 왜 그렇게까지 말해? 가난한 사람에게 새로운 기회를 제공해 나은 내일을 꿈꾸게 하는 일인데, 안 그래?"

"효상아, 그래, 우린 분명히 좋은 일을 하고 있어. 안 그래도 그 이야기를 해야 하는데, 레벨 1 달성을 위한 500억을 맡긴 투자자와 카쿠르터 100명에게 일괄적으로 5,000%의 수익률을 지급했어. 그러니까, 5,000% 수익률은 원금 대비 51배니까, 100만 원 투자하면, 원금 포함해 5,200만 원을 돌려줬어."

"5,000% 수익률? 그럼 1억을 투자한 고객에게 52억을 돌려줬다고?"

"효상아, 아까도 말했지만, 레벨 1의 투자자만 대상이라고. 가난한 사람이 수중에 1억이 어디 있어? 전부 소액 투자였잖아. 기억 안 나?"

"그렇지. 그런데, 이 일을 혼자 했다고?"

"승기는 알고 있어. 다만, 승기는 몰라. 왜 이런 지시를 내렸는지. 하여튼 승기가 오늘 처리하고 보고한 거야."

도대체, 감이 잡히지 않는다. 우현이가, 아니 블루 고스트는 무엇을 하려는가?

"그럼 이 돈은 다 뭐야?"

"그렇게 정리하고 남은 돈이야. 처음부터 너희들의 몫, 300억은 빼고 시작했다고 하는 게 맞겠네."

"그럼 넌? 네 몫은?"

"내 몫을 걱정하는 거야? 효상아? 우리 아버지가 블루 고스트 아시아 헤드다. 아시아 헤드. 이미 관련한 몫은 다 챙겼어."

"레벨 1 달성 이후로 모인 투자자의 투자금은? 우리 사업은? 재건축 사업은?"

우현이는 말없이 물끄러미 나를 바라본다. 그리고 크게 심호흡한다.

"효상아, 다 가짜야. 우리 사업이라는 게. 처음부터 진행하는 사업은 없었어."

"가짜라고? 가짜라고? 그동안 우리가 진행했던 모든 과정이?"

"우리가 땀 흘려 달성한 모든 것은 진짜지. 그리고 고귀하며 숭고한 작업이고. 과정은 진짜야. 결과도 진짜야. 다만, 대외적으로 말한 방향이 가짜라는 거야. 처음에는 몰랐어. 아버지가 말씀을 안 했어. 중국에 갔을 때도, 한국에서도. 레벨 1을 달성하니 그제야 말씀하더라. 블루 고스트가 언론 노출을 극도로 꺼렸는지."

"왜 꺼렸는데, 그게 늘 궁금했어."

"레벨 1의 투자자와 카쿠르터의 보호 차원이었어. 언론에 노출되면, 이들에게 지급한 인생 2막의 기회를 빼앗길 수 있으니까. 현재, 레벨 1의 투자자와 카쿠르터의 인적사항은 너와 나 그리고 승기만 공유하고 있어. 그것도 이유였어. 다른 직원이 알아서는 안 되니까. 승기에게 이미 말해 뒀어. 수익금을 모두 지급하면 관련한 파일을 모두 삭제하라고. 그것도 이미 처리한 상태야. 이제는 아무도 몰라. 누가 카쿠르터인지, 누가 레벨 1의 투자자인지."

"우현아, 그래도 레벨 1 때, 통장 내역을 살피면 그들의 이름과 계좌이체한 명세를 볼 수 있는데?"

"효상아, 뭘 착각하는 거야? 아 그럴 수도 있겠구나. 하긴, 이건 처음부터 승기도 너도 모르는 일이니까. 너와 승기가 본 수많은 계좌이체 내역은 전부 대포 통장이야. 엄밀하게 말하면, 대포 통장은 아니구나. 전부 외국인 명의의 통장이지. 그리고 블루 고스트의 지시로, 이들은 프로젝트를 위해 이미 3년 전에 한국에 들어와 경제 활동을 했어. 그러니 그 정도 소액금액은 들어오고 나간 게 당연하지. 아무도 의심하지 않아. 그리고 그들은 레벨 1을 달성한 시점에, 모두 한국을 떠났고."

우현이가 무슨 말을 하는지 이해가 가지 않는 사람? 나뿐인가?

"그래, 효상아, 만약에, 레벨 1 투자자의 돈을 편취할 생각이었다면, 들통났을 거야. 경찰의 수사망은 그리 허술한 게 아니니까. 하지만, 소액의 배당금을 그들에게 꾸준하게 지급했고. 누가 의심을 해? 매달 꼬박꼬박 돈을 받는데? 그리고 너도 알잖아, 모든 배당금을 카쿠르터가 현금으로 직접 지급한 것을. 그러니 전산상에 남는 게 없다고. 결국, 레벨 1 투자자는 공식적으로 우리와 아무런 접점이 없어. 추적 불가라고. 그래야, 그 돈을 몰수당하지 않고, 그 돈으로 재기할 수 있으니까."

"이번에는? 그 큰 수익금을 일괄적으로 어떻게 보내? 계좌이체 하지 않는 한, 그게 가능해?"

"효상아, 그래, 가능하지 않지. 그래서 목숨값이라 한 거야. 300억이.

너와 승기의."

"무슨 소리야, 알아듣게 설명을 해."

"승기는 아마 눈치챘을 거야. 워낙 냉철하고 사려분별을 잘하니. 아마 선택을 했겠지. 선택. 승기에게 얼마 전 지시를 했어. 우리 셋 이름으로 비대면으로 계좌를 만들라고. 대리인도 가능하니까. 그리고 계좌를 만든 후, 레벨 1 투자자에게 보낼 수익금을 계산해 계좌이체하라고."

"우현아, 승기가 의심을 안 했어? 사업을 시작도 안 했는데, 투자에 대한 수익금 정산하라는 지시를?"

"의심은 한 것 같은데, 그냥 미리 정산한다고. 알지? 승기는 예전처럼 내가 하는 모든 일에 시비를 걸지 않아. 전세사기 당한 이후로, 승기는 변했어. 하여튼, 곧 문제가 반드시 터질 거야. 수익금의 출처가 문제니까. 수익금의 출처가 어디인지는 너도 대충 눈치챘잖아."

"그래, 우현아, 레벨 2 이후로 모인 부자들의 돈이겠지."

"그래 맞아. 그리고 경찰은 바로 우리 셋을, 폰지사기의 용의자로 지목할 거야. 우리 계좌로 돈이 빠져나갔으니까."

"그래, 이제 와서 화를 내는 게 무슨 소용이냐? 이제 잘 알겠다. 목숨값이 무엇을 말하는지. 그런데, 우현아, 그럼 우리 통장으로 계좌이체하면, 그 돈은 전부 몰수당하는 것 아니야? 그런데 레벨 1 투자자가 어떻게 그 돈으로 인생 2막의 기회를 얻어?"

"걱정할 이유가 없어. 승기가 계산해서, 전부 중국으로 보낸 거야. 그리고 그 통장 역시 중국에서 활용하는 대포 통장이고. 그리고 그 통장의 주인 역시, 외국인이야. 같은 방법이지. 그러니, 레벨 1 투자자도 이 돈의 출처를 알기 어려워. 하지만, 이 돈이 수익금이라는 사실을 어렴풋이 알 거로 생각해. 계좌이체한 명의가 'BLUE GHOST'니까. 처음이야 어리둥절하지. 너무나 큰돈이 들어왔으니. 무섭기도 하고. 신고해야 한다고 생각할지 몰라. 그런데, 누구나 바라잖아. 내게도 이런 큰 행운이 있었으면 좋겠다고. 진짜로 이 돈을 신께서 주신 선물이라면, 열심히 살겠다고. 그런 바람. 누구나 꿀 수 있잖아. 레벨 1 투자자는 대부분 지인 추천이었으니까, 지인에게 확인하지 않을까? 너도 큰돈을 받았냐고. 그리고 그들도 같은 명의로 큰돈이 이체된 사실을."

44. 이제 돌아가는 사정은 알겠다. 하지만, 아직도 의문이 남는 사건이 있다.

"우현아, 그럼, 그 사건은 뭐야? 재건축사업으로 죽은 2명의 세입자? 이것도 다 네가 지시한 거야?"

"2명? 산에서 다리를 헛디뎌 떨어진 그 영감님? 그건 정말로 실족사야. 나와 관계는 없고. 다음에 일어난 교통사고는 맞아. 죽이라고 지시한 게 아니야. 사고라고. 순전히 사고. 겁을 주려고 했던 건데, 실족사 사건은 우리가 한 짓은 아니지만, 연달아 사고가 나면, 이상하잖아. 꼭 우리가 한 것 같고. 그래서 자연스럽게 포기하도록. 그리고 이미 유가족인 아들과 상의한 일이야. 그 집 아들, 돈이 꽤 필요했어. 코인에 빠져서 모은 돈 다 날리고, 집까지 저당 잡혔더라고. 효상아, 세상은 말이야. 이상한 일 천지야. 이해할 수 없는 선택을 하는 사람들 천지라고. 만약, 그 아들이 돈을 원하지 않았으면, 나도 안 했어. 그래, 한 2분 망설이더라. 그리고 당시에 돈을 받아 갔어. 사고로 죽기는 했지만, 그에 대한 미안함은 충분히 더 보상했고. 어떻게 보면, 아들이 살인을 교사한 셈이지."

"그런데, 어차피 다 가짜라면, 다 가짜인데, 어쩌자고 그런 일을 벌인 거야? 우현아, 이게 다 정호 님 지시니?"

"아버지는 몰라. 어떤 미친 아버지가 아들에게 사람을 죽이라고 사주해? 지금도 모르는 사실이고. 알잖아. 우리가 부자 돈을 어떻게 쓰고 있었는지. 그러니, 매달 수익금을 지급하기가 어려웠어. 부자들이 얼마나 눈치가 빠른데? 승기가 그러더라. 그 기자. 우리 투자자 중 한 명이 붙인 프락치[130]라고. 그래서 사업이 순조롭게 진행한다는, 그러한 액션이 필요했어. 결과적으로 그렇게 보였고. 그러니까, 지금 네가 눈앞에 놓인 300억을 마주하고 있지."

우현이는 금고 옆에 놓인 여행용 가방 2개를 발로 툭 차며 말한다.

---

130) 프락치(←러 fraktsiya): 특수한 사명을 띠고 어떤 조직체에 몰래 들어가서 신분을 숨기고 활동하는 사람.

"일단, 최대한 쓸 만큼 담아. 2~3년 정도 쉴 수 있을 만큼. 승기 몫도 챙기고. 세탁한 돈이라고 해도. 당분간 묵히는 게 좋겠지. 오늘 저녁 비행기로 중국으로 가. 아내와 아이는 이미 중국에 있고. 아, 알고 있지? 도청했으니. 오늘 한국을 뜨면, 카테피아 프로젝트는 정식으로 종료야. 당분간은, 아마 한 달 정도는 시간이 있을 거야. 너와 승기가 잠시 쉴 곳을 찾을 시간. 이번 달까지 투자 수익금을 전달할 수 있도록, 조치[131]했어. 다른 직원은 아무것도 모르니까. 너와 승기는 적당히 핑계 대고, 출장 다녀온다고 해."

"아무것도 모르는, 사무실 직원은?"

"뭘 걱정하냐, 수사를 진행해도 아는 게 아무것도 없을 텐데, 그리고 승기가 이미 사무실 직원에게도 인센티브를 제공했어. 걱정하지 마. 사무실 직원이 몇이나 된다고. 아무도 다치지 않아."

"내가 만약, 이 모든 사실을 경찰에 알리고 자수하면? 결과가 좋아도 과정이 문제라면? 이건 아니지 않아?"

"흠, 효상아, 그건 네 몫이다. 네가 다가올 후폭풍을 감당할 마음이 있다면, 그렇게 해. 설사 지금 당장 수사기관에 가서 모든 사실을 말한다고 해도, 누가 그 말을 믿을까? 지금 우리 회사는 지극히 정상이야. 그리고 블루 고스트? 아무리 말해 봐라. 블루 고스트가 존재한다는 사실을 누구도 밝힐 수 없어. 처음부터 없는 존재니까. 너조차 확신할 수 없잖아. 블

131) 조치(措置): 문제나 사태를 해결하기 위해 필요한 대책을 세움.

루 고스트가 실재하는지를? 결국, 네가 무슨 말을 하든, 주위 사람은 네가 미쳤다고 생각할 거야. 그러니 오늘 비행기를 타는 사실은 변하지 않아. 더군다나 지금 회사는 아무런 문제점을 발견하기 어렵다고. 우리가 하는 일이 폰지사기로 드러나려면, 최소한 5개월은 지나야 해. 만약 정말로 자수하고 싶다면, 승기에게 의견을 먼저 물어. 승기는 너와 다른 선택을 할 수 있으니까."

45. 우현이가 손을 내민다. 무슨 의미지? 수고했다는 뜻일까? 범죄에 이용돼서? 악수하고 싶지는 않다. 아직 이 상황을 이해하기 어렵다. 여전히 모든 게 거짓처럼 느껴진다.

"우현아, 그동안 내가 믿었던, 진심으로 바꿀 수 있다고 믿었던, 그 유토피아는? 카테피아는? 이렇게 수많은 이에게 악한 짓을 저지르고 넌 편히 살 수 있어? 정말로 그래?"

"너와 내가 무슨 악한 짓을 그렇게 했다고 그러냐? 우린 부의 재분배를 실천한 현대판 홍길동이라고. 나라에서 상을 주면 줘야지."

"그럼, 그렇게 떳떳하면, 왜 중국으로 도망가려는데?"

"참 답답하네. 아무리 옳은 행동을 했어도, 우리는 시스템을 초월했어. 시스템을 초월해 이루어진 그 어떤 선도, 국가의 관점에서는 용납할 수 없는 거야. 너도 선택해야 해."

“우현아, 무슨 선택 말이냐. 난 모르겠다. 정말로.”

“그러니까, 승기와 상의 후, 블루 고스트의 요원이 되어, 세상 모든 서민층을 위해 싸울지. 아니면, 네 말대로 국가 시스템을 초월한 대가를 치를지, 아니면, 평생 도망 다니면서 숨어 지낼지.”

우현이는 핸드폰 2개를 건넨다.

“대포폰이야. 너와 승기 것. 중국 간 후, 너희들에게 의향을 물으러 전화할 거야. 그 전화로 우리의 관계는 결정돼. 새로운 시작이 될지 혹은 마지막이 될지. 비행기 시간이 다 돼 간다. 그럼 간다. 몸조리 잘해.”

이대로 헤어지기 싫다. 정말로 싫다. 이런 것을 보자고 여기까지 온 게 아니다. 원하는 결말이 아니다. 난 그저, 쓸모없는 직감이 틀리기를 바랐다. 모든 게 기우라고 우현이가 말해 주기를 바랐다. 모든 것을 망친 기분이다. 내가 승기를 설득해서 우현이와 사업을 시작하고, 내가 카테피아를 만들어서 많은 이가 사기를 당하고, 내가 의심하고, 내가 도청해서 우현이도 이렇게 급하게 떠나고, 내가, 내가, 바로 내가, 우리 셋의 인생을 망친 주범인 것 같다. 아니다. 내가 주범이다. 그렇다고 해도 우현이를 이대로 보내기는 싫다.

“우현아, 마지막으로 하나만 물을게.”

“그래, 효상아, 하나만이다. 어차피 또 만나서 세계를 누비며 선한 일을 하자고. 멋지잖아. 남아돌아 썩어 나는 부자의 돈으로 가난한 사람에게 살아갈 희망을 주는 이 일. 안 그래? 모르긴 몰라도, 카쿠르터와 레벨 1 투자자는 블루 고스트를 신으로 생각하지 않을까? 그래, 뭐야?"

"네 말대로, 멋진 일이지. 현대판 홍길동이니까. 우린 의적이니까. 그런데, 그로 인해서 발생하는 사회의 혼란은 생각 안 해? 우리의 행동을 정말로 사람들은 이해할까? 그리고 스스로 정당화할 수 있을까? 너도 이를 폰지사기라 했으니까."

46. 우현이는 알 수 없는 표정으로 한참을 나를 바라본다. 그리고 호흡을 가다듬은 후, 말을 이어간다.

"효상아, 비슷한 질문을 아버지께 했었다. 처음에는 혼란스러웠으니까. 그때 아버지가 이렇게 말씀하더라.

'임 대표, 아니 아들, 아버지는 블루 고스트를 만나기 전까지는 한낱 잡범에 불과했어. 네가 빚쟁이에게 시달린 이유? 그건 말이다, 아버지 일생의 가장 잘못된 선택이지. 능력을 바로 쓰지 않은 죄. 그로 인해, 네가 고통받은 나날을 생각하면, 지금도 미안한 마음이구나. 아들, 사람은 크게 생각해야 해. 그래야 같은 능력도 크게 쓰일 수 있어. 그리고 크게 생각하려면, 누구를 만나느냐가 중요해. 블루 고스트가 우리에게 그런 존재지. 우리가 하는 일? 누군가는 이를 폰지사기라 불러. 그래, 그들이 볼 때는 이는 범죄임이 틀림없지. 하지만, 이를 통해, 새 삶을 꿈꾸는 소외층은? 그들에게도 우리가 범죄자일까? 그들에게 우린 메시아야. 메시

아. 그 누가 우리에게 돌을 던질 수 있을까? 물론, 부자 중에 땀 흘려 돈을 번 사람도 있겠지. 하지만, 그러한 부자는 극소수야. 현실을 봐야 해. 우리 사업에 끌려 돈을 투자하는 부자 중에, 바르게 부를 축적한 사람은 많지 않아. 왜인 줄 알아? 우리 사업 수익률은 처음부터 사기니까. 그렇게나 높은 수익률? 일반적인 사업에서 가능해? 불가능하지. 이처럼 상식적으로 말이 안 되는 높은 수익률에 투자한다는 뜻은, 과거에도 그렇게 돈을 벌었다는 뜻이야. 그들 모두 부정축재로 부를 쌓은, 세상에서 사라져야 할 악질적인 부류지. 그들의 돈 일부를, 국가에서 말하는 불법적인 행위로 빼앗는다고, 그들에게는 아무 일도 일어나지 않아. 어차피 남아도는 돈이니까. 어차피 다 쓰지도 못할 돈이니까. 대의를 위한 작은 희생은 감수해야 해.

아들, 우리가 하는 일은 정말 범죄일까? 범죄라면, 너에게 권하지도 않았어. 블루 고스트는 부의 재분배를 앞장서 실현하는 급진개혁파야. 언젠가, 세상도 우리의 힘을 인정해, 함께 부의 재분배를 실현하는 날이 오리라 믿는다. 그리고 남자가 태어났으면, 한번은 큰 뜻을 품어야지. 안 그래? 블루 고스트가 그러한 삶을 안내할 거야. 상상해 봐. 모두가 평등한 세상을. 모두가 파란색 물결로 평화를 외치는 정화된 세상을 말이다. 부자도 거지도 없는 파란색만 존재하는 평화로운 유토피아. 그날을 위해, 우린 일정 이상의 부를 쌓은 모든 이에게 칼을 겨눠 부의 재분배를 실현해야 해.

마지막으로, 세상은 실타래와 같아. 하지만, 완전하게 얽히고설킨 엉킨 실타래. 엉킨 실타래를 제대로 풀려면, 처음과 끝을 알아야 하는데,

워낙 꼬여서 처음과 끝을 찾을 수 없어. 그렇게 문명이 생긴 후로, 수천 년을 그 상태로 세상은 진보했지. 그렇게 엉망으로 엉킨 상태로 말이야. 그러니까, 아들, 세상에 존재하는 그 어떠한 선한 정책도, 꼬일 대로 꼬인 이 상황을 풀 수는 없어. 세계는 말이야, 엉킨 채로 진보하다가 자멸할 거야. 그렇기에, 세상에서 부르짖는 올바름은 결국 가짜지. 그 가짜로 아주 조금 틈이 생기기는 해. 그러니까 엄청나게 꼬인 실타래를 약간 느슨하게 하는 일시적인 미봉책이지. 하지만, 그 안에 사는 사람들은 느슨해진 실타래를 보면서, 세상의 뒤틀림을 바로잡았다고 기뻐해. 그런데 정말 뒤틀림을 바로잡았을까? 그렇지 않아. 그 느슨해진 공간을 유지하려고 주위의 실타래는 이전보다 더욱더 엉키니까. 결국, 우리는 정해야 해. 누구의 공간을 느슨하게 할지를. 아버지는 정했어. 그리고 곧 너도 정해야 해.'

효상아, 아버지 말씀 이후로, 삶의 방향을 정했어. 누구를 위해서 살아야 하는지도 이제 명확하고. 이제는 너와 승기가 결정할 순간이야. 누구의 공간을 위해 살아갈지를. 네가 말하는 올바른 과정이 무엇인지 모르겠다만, 난 우리가 하는 일이 올바른 과정이라 믿는다.

누구도 엉킨 실타래는 풀 수 없어.
약간 공간을 만들 뿐. 그게 진실이야.

그리고 효상아,
일어날 일은 결국 일어나."

47. 우현이는 그렇게 낚시터를 떠났다. 공식적으로 중국 출장을 갔다. 하지만, 한국에 언제 올지는 모른다. 다음 날, 승기와 낚시터로 가 모든 상황을 설명했다. 승기는 금고 안에 있는 돈을 말없이 여행용 가방에 담는다. 가방에 오만 원권을 꽉 채운 후, 지퍼를 닫은 후, 내게 말한다.

"우현아, 전세사기를 당했을 때, 깨달은 게 있다. 국가는 절대로 날 지켜 줄 수 없다는 것을. 그리고 그때 결심했어. 괴물이 되기로. 그리고 나는 블루 고스트의 제안을 수락할 거야. 오히려 그런 제안이 기쁘다. 선택해야 한다면, 부자가 아닌 가난한 사람과 함께하고 싶다.

잘못된 방향이라고 세상이 손가락질해도.
블루 고스트가 말하는 유토피아에 인생을 걸어 보고 싶다.

지금도 봐라. 평생, 아니, 몇 세대가 지나도 모을 수 없는 돈이 눈앞에 있다. 너도 쓸데없는 생각 말고, 가족만 생각해. 자수하면, 감옥에 갈 일은 당연하고, 금고에 있는 모든 돈도 국가가 몰수 아니 강탈해. 정말 그러기를 원해? 그렇다면, 남겨진 네 가족은 어찌 살아가라고? 얄팍한 정의감으로 주위 모두를 힘들게 하지 마. 현명한 선택 했으면 한다. 내일 가족과 한국을 뜰 거야. 가방에 있는 돈이면, 오랜 시간 버틸 수 있으니까. 해외에 있다가 우현이이게 전화 오면 합류할 생각이야. 내일 회사에 출근하면, 급한 일정으로 출장이라고 말해 줘. 너도 빨리 마음 정리하고. 우현이와 내가 없으니, 대부분 일이 멈춰. 자연스레 주위에서 알게 돼. 우현이 말대로 길어야 한 달이다. 하지만 한 달은 도피하기에 충분한 시간이야. 일 터져서 수사기관이 들이닥치기 전에 한국을 무조건 떠. 효상아, 다시 한번 말하는데, 가족만 생각해. 네가 자수한다고 아무것도 변하지 않아."

회사에 출근한다. 사무실 직원은 묻는다. 승기는 왜 출근하지 않느냐고. 승기가 어디로 갔는지 모른다. 급한 일이 생겨, 베트남으로 출장을 갔다고 에둘러 말한다. 아무도 의심하지 않는다. 내가 출근해서다. 아무도 이 모든 게 가짜라는 사실을 모른다. 사무실 직원의 평온한 모습을 바라본다. 아니, 웃음꽃을 피운다. 모두 인센티브를 받아서다. 인센티브는 가짜다. 부자의 돈이다. 훔친 돈이다. 곧 다쳐올 그들의 불행을 생각하니 미안해진다. 승기는 한국을 떠나기 전, 앞으로 위클리 미팅은 없을 거라고, 모든 카쿠르터에게 공지했다. 그리고 공식적으로 카쿠르터의 업무는 종료했으니, 받은 인센티브로 인생 2막의 기회를 찾아보라고 마지막 지시를 했다. 사무실 직원들은 승기와 우현이가 출장 중이라, 당분간 위클리 미팅을 하지 않는다고 생각한다. 카쿠르터와 레벨 1 투자자가 받은 선물을 추적하기는 어렵다. 세상은 그들이 그렇게 큰돈을 받았는지 모른다. 하지만, 사무실 직원의 인센티브는 다르다. 회사 통장으로 지급해서다. 사무실 직원은 이를 모른다. 그래서 또 미안하다. 결국, 우현이와 승기는 몇 안 되는 사무실 직원에게 모든 책임을 전가하고 떠난 셈이다. 경찰이 사무실로 들이닥치면, 이들을 추궁해 우현이와 승기의 행방을 찾으려 하겠지. 그래서 또 미안하다. 철저하게 홀로 남겨진 오늘이다. 외롭다. 괴롭다. 자꾸 눈물이 흐른다. 해맑게 웃고 있는 직원에게 미안해서다. 행여라도 있을지도 모르는, 착한 부자에게 미안해서다. 결정해야 한다. 자수해 사무실 직원을 구원할지, 모른 척하고 떠날지를. 벽에 걸린 시계를 본다. 시간은 빠르게 흐른다. 눈을 감는다. 혼란하고 복잡한 심경을 무심한 초침 소리에 기대본다.

틱톡.틱

톡.틱톡.틱톡.틱톡.틱톡.틱톡.틱톡.틱톡.틱톡.틱톡.틱톡.틱톡.틱톡.틱
톡.틱톡.틱톡.틱톡.틱톡.틱톡.틱톡.틱톡.틱톡.틱톡.틱톡.틱톡.틱톡.틱
톡.틱톡.틱톡.틱톡.틱톡.틱톡.틱톡.틱톡.틱톡.틱톡.틱톡.틱톡.틱톡.틱
톡.틱톡.틱톡.틱톡.틱톡.틱톡.틱톡.틱톡.틱톡.틱톡.틱톡.틱톡.틱톡.틱
톡.틱톡.틱톡.틱톡.틱톡.틱톡.틱톡.틱톡.틱톡.틱톡.틱톡.틱톡.틱톡.틱
톡.틱톡.틱톡.틱톡.틱톡.틱톡.틱톡.틱톡.틱톡.틱톡.틱톡.틱톡.틱톡.틱
톡.틱톡.틱톡.틱톡.틱톡.틱톡.틱톡.틱톡.틱톡.틱톡.틱톡.틱톡.틱톡.틱
톡.틱톡.틱톡.틱톡.틱톡.틱톡.틱톡.틱톡.틱톡.틱톡.틱톡.틱톡.틱톡.틱
톡.틱톡.틱톡.틱톡.틱톡.틱톡.틱톡.틱톡.틱톡.틱톡.틱톡.틱톡.틱톡.틱
톡.틱톡.틱톡.틱톡.틱톡.틱톡.틱톡.틱톡.틱톡.틱톡.틱톡.틱톡.틱톡.틱
톡.틱톡.틱톡.틱톡.틱톡.틱톡.틱톡.틱톡.틱톡.틱톡.틱톡.틱톡.틱톡.틱
톡.틱톡.틱톡.틱톡.틱톡.틱톡.틱톡.틱톡.틱톡.틱톡.틱톡.틱톡.틱톡.틱
톡.틱톡.틱톡.틱톡.틱톡.틱톡.틱톡.틱톡.틱톡.틱톡.틱톡.틱톡.틱톡.틱
톡.틱톡.틱톡.틱톡.틱톡.틱톡.틱톡.틱톡.틱톡.틱톡.틱톡.틱톡.틱톡.틱
톡.틱톡.틱톡.틱톡.틱톡.틱톡.틱톡.틱톡.틱톡.틱톡.틱톡.틱톡.틱톡.틱
톡.틱톡.틱톡.틱톡.틱톡.틱톡.틱톡.틱톡.틱톡.틱톡.틱톡.틱톡.틱톡.틱
톡.틱톡.틱톡.틱톡.틱톡.틱톡.틱톡.틱톡.틱톡.틱톡.틱톡.틱톡.틱톡.틱
톡.틱톡.틱독.늑독.늑톡.틱톡.틱톡.틱독.틱녹.틱톡.틱톡.틱톡.틱톡.틱
톡.틱톡.틱톡.틱톡.틱톡.틱톡.틱톡.틱톡.틱톡.틱톡.틱톡.틱톡.틱톡.틱
톡.틱톡.틱톡.틱톡.틱톡.틱톡.틱톡.틱톡.틱톡.틱톡.틱톡.틱톡.틱톡.틱
톡.틱톡.틱톡.틱톡.틱톡.틱톡.틱톡.틱톡.틱톡.틱톡.틱톡.틱톡.틱톡.틱
독.늑독.늑톡.틱톡.틱녹.틱녹.틱녹.틱녹.틱톡.틱톡.틱톡.틱톡.틱톡.틱
톡.틱톡.틱톡.틱톡.틱톡.틱톡.틱톡.틱톡.틱톡.틱톡.틱톡.틱톡.틱톡.틱
톡.틱톡.틱톡.틱톡.틱톡.틱톡.틱톡.틱톡.틱톡.틱톡.틱톡.틱톡.틱톡.

48. 집이다. 쇼파에 앉는다. 졸리다. 눕고 싶다. 눈을 감을까? 그래, 눈을 감자. 잠시만 평화로운, 아무도 없는 무의 공간을 즐기자. 눈을 감으니, 당연한 소리이지만, 아무것도 보이지 않는다. 칠흑 같은 어둠은 내 불안함을 걱정한다. 이내 바로 눈을 뜬다. 남은 시간이 얼마 없어서다. 우현이가 그리고 승기가 따르고 싶은 과정을 생각한다. 부자를 속여 뺏은 돈을, 가난한 사람에게 분배하는 게 정의사회를 구현하는 일인가? 그 일로 보람을 느낄 수 있을까? 범죄다. 범죄라는 사실은 해가 서쪽에서 뜬다면 모를까, 변하지 않는다. 정황적으로, 나 역시 공범이다. 정말로 괴롭다. 눈을 감아도 눈을 떠도, 괴로운 감정은 가시지 않는다. 왜, 왜, 왜, 왜, 내가 범죄자가 되어야 하는가? 난, 난, 난, 정말 좋은, 너무나 기쁜, 행복이 넘치는, 우리만의 제국을 건설하고 싶었다. 악한 마음은 없었다. 카테피아를 구실로 돈벌이를? 그런 생각조차 하지 않았다. 이해할 수 없다. 나는 지금 수사기관에 자수를 왜 고려해야 하는가? 도대체 어디서부터 꼬인 걸까? 기존의 시스템을 전복해 새로운 유토피아를 꿈꾸는 발상은 위험하다. 카테피아는 그러한 유토피아가 아니다. 전두엽의 기능은 망가지기 일보 직전이다. 마지막까지 정신을 잃지 않아야 한다. 스스로 설득할 수 있을까? 세상이 말하는 범죄로 세상을 정화하는, 그런 일을 필요악이라고? 그렇게 설득할 수 있을까? 그리고 그 일로 난 떳떳할 수 있을까? 그럴 수 있을까? 가슴이 답답하다. 소리를 지른다. 작은방에서 아이들이 나온다. 안방에서 아내가 나온다. 잠꼬대라고 둘러댄다. 슬프다. 또 슬프다. 무엇을 잘못했지? 왜 이렇게 돼 버린 걸까?

오 주여, 제발 가르쳐 주세요.

블루 고스트로 합류하면, 평생 도망자 신세다. 도망자로 살면서, 세상을 등지고 영웅 놀이를? 그럴 용기도 흥미도 없다. 그들의 과정이, 그들의 옳음은 틀렸다고 생각한다. 문제는 남겨진 가족이다. 혼자라면, 고민하지도 않는다. 취조실에서 모든 사건 과정을 실토한다. 남편 없이, 아비 없이, 지내야 하는 아내와 아이가 눈에 밟힌다. 아내하고 상의해야 하나? 그래, 상의하는 게 맞다. 일방적으로 통보한다면, 너무나 잔인한 처사다. 아내의 의견을 듣고 난 후, 결심하자.

"여보, 혹시 내일 시간 돼? 하고 싶은 말이 있는데, 집에서는 말하기가 어려워."

"무슨 일인데?"

"그건, 내일 이야기해. 장소는 방금 문자로 보냈어. 이리로 와. 오후 1시까지."

"여기가 어디야? 좀 먼 곳이네. 굳이 거기까지 가야 해?"

"응, 이 장소가 중요해. 그래야 대화할 수 있어."

30분 동안, 아내는 말이 없다. 눈앞에 펼쳐진 모든 상황을 이해하기 어려운 상황이다. 그리고 30분 동안 운다. 그렇게 1시간이 지났다.

"그래서, 승기 씨와 우현 씨는 한국에 없다는 소리지? 그래서, 지금 자기가 모든 죄를 안고 자수를 하겠다는 거지?"

"모든 죄를? 상황이 그렇게 되나? 그래, 지금 너무 괴로워. 처벌을 받지 않으면, 평생 죄책감에 시달릴 것 같아."

"눈앞에 놓인 돈은? 이 돈은 다 어쩔 거야? 전부 자기 몫은 아니라며? 반은 승기 씨 몫이라며?"

"여보, 어차피 범죄로 얻은 돈이야. 아무 의미 없다고. 그리고 승기도 한국을 떠나기 전, 이 돈의 처분을 내게 일임했어."

"자기는 왜 그렇게 순진해? 눈앞에 보여도, 손으로 이렇게 만질 수 있어도, 꿈을 꾸는 기분이야. 평생 상상할 수 없을 만큼, 아니, 생각조차 않는, 그렇게 큰돈이야. 그것을 승기 씨가 그리 쉽게 포기한다고? 승기 씨가 그리 선택했다면, 승기 씨 가족도 그렇게 선택했다는 뜻인데, 돈을 포기하겠어? 더군다나, 승기 씨 얼마 전 전세사기당해서, 힘든 상황이라며? 그럼 더욱더 포기하기 어렵지 않을까?"

"당신 이야기 들으니, 그럴지도. 그런데, 승기는 그런 친구가 아니야."

"자기야, 세상에 나올 때부터, '나 살인범이오.'라고 이마에 쓰여 있는 사람 있어? 없잖아. 자기가 자수해서, 모든 돈을 몰수당하고, 만약, 그 돈의 일부를 우리에게 갚으라고 하면? 자기는 감옥에 있는데?"

"그럴 일은 없어. 승기는 그렇게 하지 않아. 내가 알아. 승기를."

"그럼, 자기는 승기 씨가 이런 선택을 하리라 생각했어? 우현 씨가 당신과 승기 씨를 중대한 범죄에 끌어들이리라 상상은 했어? 모두 아니잖아. 그러니까, 아무것도 장담하지 마."

"그럼, 여보, 나보고 어찌하라고? 자수하라고? 아니면 그들과 함께 범죄자가 되라고?"

"나도 몰라! 모른다고! 이렇게 엄청난 일을 들었는데, 모른다고! 모르겠다고!"

49. 아내의 원망 섞인 마음이 낚시터 공간에 숨 쉬는 모든 공기를 산화한다. 숨이 막힌 것처럼 답답해진다. 아내는 그렇게 또 운다. 이야기하지 말았어야 했나? 하면 할수록 망가지는 기분이다. 수백억이 눈앞에 있는데, 행복하지 않다니. 한참을 운 아내는 정리가 끝난 듯하다.

"난, 용납 못 해. 허락할 수 없어. 자수하는 것. 너무나 이기적이라고 생각 안 해? 남겨진 우리는? 자기 마음 편해지자고, 벌받는 동안, 남겨진 우리는? 뭘 먹고살라고? 그동안 글 쓴다고, 알지? 내가 어떻게 버텼는지? 그나마 우현 씨와 일하면서 좀 나아지나 싶더니만, 이게 뭐냐고! 자기는 우리 가족한테 예의가 없어. 예의가 없다고! 이렇게 자수해 떠나면, 평생 우리 못 봐. 그리고 평생 당신 저주할 거야."

예상은 했지만, 아내의 원망 섞인 단호함은 폐부[132]를 찌른다. 틀린 말은 없다.

"알겠어, 자기야, 그럼 당신 하라는 대로 할게. 어찌하면 좋겠어?"

"대포폰으로 우현 씨가 전화한다며? 당신 생각 들으려고. 그때 제대로 매듭을 지어. 자수할 생각이면, 가족의 안전부터 챙기라고. 그렇게 도망치듯 사라질 생각 말고."

아내는 말없이 남겨진 여행 가방에 돈을 주섬주섬 담는다. 이유는 모른다. 또 운다. 돈이 좋아서 울고 있나? 그렇게 집으로 돌아온다. 아내는 돈 가방을 들고 안방으로 들어간다. 그리고 방문을 잠근다. 그리고 또 운다. 아무래도 받아들이기는 어려운 것 같다. 순수한 아내를 공범으로 만든 느낌이다. 난 정말 쓸모없다. 이후로, 아내는 나를 없는 사람 취급한다. 그렇게 며칠이 또 지났다. 대포폰이 울린다. 우현이다.

"여보세요, 나 우현이. 아직은 아무 일도 없지? 승기는 곧 중국으로 넘어올 거야. 결정했어? 어느 공간을 느슨하게 할지?"

"우현아, 아무래도 난, 자수하려고. 자수해도 너희 둘 이름은 불지 않아. 다만, 남겨진 우리 가족 안전을 챙겨 줄 수 있어? 그렇게만 한다면, 죽는 그 순간까지 너희 둘, 너와 승기는 처음부터 모르는 사람처럼 생각

132) 폐부(肺腑): 마음의 깊은 속.

할게. 아내와 내 아이 좀 부탁해."

"효상아, 나한테 가족을 부탁하지 말고, 네가 지키면 되잖아. 왜 자수를 하려고? 감옥에서 얼마나 살 줄 알고? 폰지사기 금액이 얼마인지는 알아? 어림잡아도 3천억은 넘는다고. 너 그거 혼자 뒤집어쓰면, 평생 감옥에서 못 나와. 다시 생각하는 게 어때? 생각만 조금 바꾸면, 마음도 편해지고, 모든 서민의 구세주가 될 수 있다고."

"우현아, 힘들고 괴롭다. 매일매일 죄책감이다. 정말 너희 둘 이름은 불지 않아. 친구로서 맹세해. 내가 너희 둘의 선택을 존중하는 것처럼, 우현이 너도, 내 선택을 존중하면 안 될까? 마지막으로 부탁한다. 우리 25년 지기 친구 아니냐. 자수해 감옥에 들어가면, 우리 가족 좀 가끔 들여봐 줘."

"알겠다 치고. 그럼 금고 안의 돈은? 어떻게 하려고? 다 태울 거야?"

"아니, 그건 아니고, 자수할 때 금고 존재도 말하려고. 그래야 사기당해 손해 본 사람에게 조금이라도 돌아갈 것 아니야."

"효상아, 진짜, 그 돈은, 그들에게 없어도 되는 돈이라니까. 그리고 그런 금고를 경찰이 발견하면, 이를 단독범이라 생각할 수 있겠어? 생각을 좀 해. 신짜 이렇게 일을 크게 만들어야 해? 그래, 눈 한번 질끈 감으면 끝나잖아."

"그 한번이 힘들다. 우현아. 그렇게 살 수 없을 것 같다. 미안하다. 그래도, 응원할게. 너희 둘의 새 삶을. 가족을 부탁한다."

"일단, 그 돈을 국가기관에 귀속하는 짓을 볼 수가 없네. 그 돈을 깨끗하게 만들려고, 블루 고스트가 얼마나 노력했는지 알아? 알았어. 자수해. 그리고 남겨진 가족도 챙길게. 다만, 그 돈은 안 돼. 그 돈은 네 몫만 있는 게 아니야. 그리고 그 금고가 들키면, 일이 더욱 꼬여. 아무도 단독범이라 믿지 않아."

"그럼 어떻게 해야 해? 남겨진 가족만 지켜 준다면, 우현이, 네 말대로 할게. 고맙다. 못난 친구의 힘든 부탁도 들어주고. 함께하지 못해서 미안하다. 정말로."

"그래, 너무나 아쉽지. 너의 결정은. 그래도 이해한다. 생각은 다를 수 있으니까. 지문 등록이야 다시 하면 되는데, OTP 카드는 2개밖에 없어서 회수해야 해. 만날 장소의 주소를 문자로 보낼게. 사람 하나 보낼게. 그 친구한테 카드 전해 주면 돼."

"그래, 그렇게 할게. 정말로 고맙고, 정말로 미안하다."

"그래, 효상아, 이게 마지막 통화겠구나. 네가 어디에 있든, 네 마음이 편해졌으면 한다. 나도 25년 동안 정말로 고마웠다. 그리고 정말로 미안하다. 거기서도 편했으면 한다."

50. 아내에게 우현이와 통화한 내용을 말한다. 아내는 아무 말이 없다. 차라리 그때 돈을 더 담으라고 할걸. 그래도 우현이가 가족을 챙긴다고 하니 안심이다. 아내는 여전히 날 투명인간 취급한다. 이미 결심한 듯하다. 내가 없는 삶을 살아가기로. 문자가 왔다.

마포대교, 13번 가로등
새벽 1시 7분

약속 장소에 조금 일찍 온다. 얼굴을 스치고 지나는 바람은 조금 쌀쌀하다. 가을을 지나 겨울이 오는 신호다. 다리 아래를 바라본다. 새까맣다. 이내 현기증이 올라와 하늘을 바라본다. 보름달을 기대하지는 않았다. 역시 보름달은 아니다. 모두가 나를 이해하지 않아도, 주님은 날 이해하리라 믿는다. 곧 모든 게 끝난다. 하긴 끝이 아니라 이제 시작인 셈이다. 카드를 건네면, 바로 자수할 생각이다. 아내에게도 마지막 인사를 하고 나왔다. 아이들은 보지 않고 나왔다. 결심이 무너질 것 같아서다. 아내가 잘 설명하리라 믿는다. 누군가는 이렇게 해야 한다. 그게 나라서 억울하다고 생각하지 말자. 누군가는 지켜야 한다. 그래야 시스템은 좋은 방향으로 진보할 수 있다. 안효상으로 살아간 날은 오늘이 끝일지 모른다. 설사, 나의 날은 끝나도, 나의 날은 끝나도, 나의 날은 끝나도…….

"안효상 씨?
임 대표님이 보내서 왔습니다."

"아 넵, 여기 카드. 그럼.

아, 아, 왜 그러세요? 그러지 마세요.

그러지 말라고! 아아아아아악!"

우현이 말대로, 결국 일어날 일이 일어난 걸까? 하인리히의 법칙처럼, 이 상황을 마주하기까지 수많은 전조현상을 놓쳤던 걸까? 조금은 억울하다. 매사 최선을 다했기에, 옳은 방향이라 믿었기에, 우리 셋은 하나의 방향을 추구한다고 생각했기에, 열심히 살면 복이 온다는 옛말을 믿어 의심치 않았는데, 왜 이렇게까지 어긋난 걸까? 최선은 차선이었을지도, 그릇된 방향으로 움직였을지도, 우리 셋은 동상이몽[133)] 이었을지도, 처음부터 열심히 살지 않았을지도 모른다. 지금이 그런 상황이다. 설사, 나의 날은 끝나도 주님은 모든 것을 예비하셨다. 곧 주님을 만난다. 그렇기에 안심이다. 인간은 알 수 없는 하나님의 손길을 기다린다. 받아들이자. 벌어진 일이다. 더는 돌이킬 수 없다. 한국인 체형의 맞게, 어떠한 흔들림에도 사람의 몸을 지지해 주는, 단단한 압축률의 스프링을 자랑하는, 천국으로 안내하는 검은 침대가 저 아래서 나를 기다린다. 곧, 정신을 잃을 것 같다. 인체공학적으로 내 몸을 감싸는 침대의 감미로운 촉감을 맨정신으로 견뎌낼 자신이 없어서다. 우현이는 날 믿지 않았다. 승기도 알고 있을까? 승기가 걱정이다. 우현이의 무서움을 모르니. 우현아, 승기한테는 그러지 마. 많이 외로워진다. 혼자서는 세상을 살 수 없어. 우현아. 알겠지? 널 미워하면, 가족에게 해를 가할까 두렵구나. 그러니 원망 안 한다. 진심이다.

---

133) 동상이몽(同牀異夢): 같은 자리에 자면서 다른 꿈을 꾼다는 뜻으로, 겉으로는 같이 행동하면서도 속으로는 각각 다른 생각을 하고 있음을 일컫는 말.

가족을 부탁한다. '꼭'이다. 의식은 흐려진다. 뇌의 스위치가 꺼진다. 너희들과 웃었던 행복한 날이 주마등처럼 떠오른다. 마지막으로 백 번을 사과해도 부족할 만큼 미안한, 더는 미안하다고 말하기 어려운 한 사람이 떠오른다.

미안하다.
마지막까지,
못난 사람이라서.
이기적인 사람이라서.

살면서, 사랑한다는 말을
연례행사로 먹는 한우처럼
너무나 아낀 것 같아.

과분한 너이기에
혹시라도 마음을 들키면
날개옷을 받아 하늘나라로 사라진
선녀처럼 나를 떠날까 봐

항상 무뚝뚝하게 대했어.

그래서 마지막 용기 내어
마음을 몰래 보낸다.

내 사랑의 조도는

퀘이사[134]의 밝기를 뛰어넘는다.

내 사랑의 면적은

방패자리 UY 별[135]의 크기를 뛰어넘는다.

너라서, 너여서 좋았어.

사랑해. 너무나도.

그래서 말하기가 두려운 거야.

이 모든 게 사라질까 봐.

사랑합니다.

고맙습니다.

미안합니다.

---

134) "빅뱅 직후 6억 7000만 년 뒤에 관측된 이 퀘이사는 우리 은하보다 1000배나 밝으며, 태양 질량의 16억 배 이상에 달하는 초거대질량 블랙홀에 의해 구동되는 것으로 밝혀졌다."
(출처: 김병희, 『우주 최초 초거대 블랙홀과 퀘이사 발견』, The Science Times, 2021.01.13., https://www.sciencetimes.co.kr/news/우주-최초-초거대-블랙홀과-퀘이사-발견)

135) "이제껏 알려진 별 중에서 가장 큰 별로, 태양 반지름의 1,708배에 달한다. 지름은 24억 km(16AU)이고, 부피는 태양의 50억 배다."
(출처: 이광식, 『[아하! 우주] 우주에서 가장 큰 '별'(항성)은 얼마나 클까?』, 서울신문, 2015.01.17., https://nownews.seoul.co.kr/news/newsView.php?id=20150117601002)

Final Episode 16

마침표

이는 하나님의 공의로운 심판의 표요, 너희로 하여금 하나님 나라에 합당한 자로 여기심을 얻게 하려 함이니, 그 나라를 위하여 너희가 또한 고난을 받느니라.[136]

1. 행복하다. 따사로운 빛은 온몸을 감싼다. 눈을 떠 주위를 둘러본다. 처음도 끝도 없는, 하늘과 땅의 개념도 없는, 작은 불순물도 들보처럼 보일 만큼 하얗고 투명한, 공간의 정의를 무시한 곳이다. 행복의 정체는 숨이다. 호흡할 때마다, 귓가에 맴도는 행복한 소리. 숨을 내쉬고 들이마신다. 행복을 관장하는 세로토닌이 단번에 충만해진다. 마음은 편안해진다. 고개를 숙여 사지가 멀쩡한지 확인한다. 몸은 보이지 않는다. 눈을 비벼 다시 확인한다. 없다. 손도 발도. 지금 내 상태는 무엇인가? 아무래도, 지금 '무'인 듯하다. 느껴져도 표현할 수 없는, 존재해도 증명하기 어려운, 그런 '무'의 상태인 듯하다. 살면서 느낄 수 없었던 놀랍고 경이로운 경험이다. 주체할 수 없는 행복의 신비

136) 대한성서공회, 『개역개정 뱁티스트 성경전서』, (주)한일문화사, 2016, 데살로니가후서 1장 5절.

함은 나를 끌어안고 어디론가 데려간다. 알고 있다. 그곳이 어디인지.

주님을 곧
영접할 시간이다.

강력한 힘이 나를 이끈다. 너무나 빠른 속도로 이동 중이기에, 인간이라면 이미 갈기갈기 신체가 찢겨 나갔을지도. 놀라운 사실은 광속 이상의 속도로 움직이면서도, 그 어느 날보다 평온하다는 사실이다. 어디를 바라봐도, 무엇을 집중해도 의미는 없다. 무엇을 볼 수도, 집중할 수도 없어서다. 과학이 통하지 않는 세계다. 한참을 지나, 어디론가 도착한다. 놀라운 일이 일어난다. 하늘이라고 말해야 하나? 아니다, 지금 공중에 떠 있다고 표현하는 게 정확하다. 하늘은 이렇게나 광활하고 푸르며 해맑은 요소로 가득 찬 사랑이던가? 이러한 황홀경을 죽어서만 볼 수 있다니, 절대로 살아 있는 사람은 알아서는 안 된다. 사후 세계의 즐거움은 사자[137]만 공유하기로. 안 그러면, 이곳은 삶을 스스로 포기한 자로 가득할지도. 휴, 생각만 해도 끔찍하다. 황홀경에 푹 빠져, 세로토닌의 수영장에서 행복과 담소를 나누던 중, 표현하기는 어려운데, 그래, 인간 말로는 하늘에서 무언가 떨어진다.

커다란 저울이다.

그리고 모든 게 멈춘다. 커다란 저울도 그렇게 느낄 뿐, 사실 형태가 존재한다고 말하기도 어렵다. 만약 살아 있는 인간이 이곳을 온다

---

137) 사자(死者): 죽은 사람.

면, 무엇도 느끼기 어렵다. 정작 죽은 나조차 다른 이의 영혼을 보거나 만질 수 없다. 하지만 느낄 수 있다. 무의 공간은 수많은 영혼의 심판으로 분주하다. 눈에 보이는 게 전부가 아니다. 정말 그렇다. 언어로는 설명할 수 없다. 한낱 언어로 이곳을 그린다는 생각은 어리석다. 뇌에서 무언가 떠오른다. 내 차례인가? 십대 시절이다. 엄마와 다투는 모습이다. 부끄럽다. 참 버릇없다. 미안합니다. 어머님. 당시는 어려서 철이 없었네요.

인정하십니까?

2. 저울의 바늘이 한쪽으로 기울어진다. 커다란 저울은 죽음 이후의 내 삶의 방향을 결정하는 도구로 보인다. 지옥으로 향할지. 천국으로 향할지. 그렇게 과거의 모습을 보여 주면서, 주님은 날 심판 중이다. 하나님의 모습을 보고 싶은데, 커다란 저울이라니! 천국을 가야 비로소 볼 수 있나? 또다시 뇌를 자극한다. 아파트 놀이터다. 승기는 풀 죽은 채 담배를 피운다. 그만 좀 피워대라. 몸 상한다. 아마 그때인 것 같다. 돈을 빌리러 온 그날. 그리고 우현과 투자를 같이 하자고 제안한 그날.

같은 선택을 하시겠습니까?

아니, 절대로! 아니지! 이미 결과를 아는데. 그런데, 심판을 주관하는 멍텅구리 저울은 선택권을 주지는 않는다. 어차피 판단은 저울의 몫이다. 결과를 알아 버린 지금, 예전과 같은 선택을 할까? 영화라고

하기에는 흥행할 요소가 전혀 없는, 그런 평범한 날을 계속해서 보여 준다. 보여 주는 장면의 시기는 무작위다. 저울의 눈금은 요동친다. 심판이 빨리 끝났으면 한다. 내 삶을 반추[138]하니, 뭐 하나 제대로 이룬 게 없어서다. 아무래도 지옥 확정이다. 저울은 퇴사 후, 글을 쓰던 시절을 보여 준다. 생각보다 표정이 좋아 보인다. 매일 괴로운 심정을 견딘다고 생각했는데, 착각이다. 오히려 글에 집중해 캐릭터와 대화를 나눌 때, 엄청 행복해 보인다. 좋은 글을 쓰고 싶었다. 하나님의 말씀처럼, 영원한 생명의 글로 많은 이에게 영감을 주고 싶었다. 만약, 승기에게 투자를 권하지 않고, 만약 우현이와 일을 하지 않았다면, 마지막 장의 마지막 문장을 완성하는 마침표를 찍을 수 있었을까? 그랬다면, 우리 셋은 웃고 있을까?

다시 글을 쓰고 싶습니까?
마침표를 찍고 싶습니까?

네, 기회가 있으면,
마침표를 찍고 싶습니다.

3. 잠이 온다. 뇌를 너무 많이 쓴 탓이다. 심판의 끝이 보인다. 곧 기나긴 여정의 마침표를 찍겠지. 눈을 감는다. 맞다, 난 눈이 없구나. 그럼, 눈을 감을 수는 있나? 모르겠다. 그냥 감았다고 생각하자. 잠을 자는 건가? 그냥 잔다고 생각하자. 어차피 이곳은 무엇으로 설명할 수 없는 주님의 공간이니까.

138) 반추(反芻): 어떤 일을 되풀이하여 음미하고 생각함.

"저기요? 저기요?
정신이 드세요?"

누군가 날 애타게 부른다. 천국인가? 천국은 한국어를 쓰나 보다. 뭐, 어떠한 언어를 쓰면 어떠냐? 알아들으면 그만이다.

"주님이신가요?
전 지금 천국에 있나요?"

주님은 노란 옷을 입고 있다. 생뚱맞다. 노란 옷이라니! 병아리인가! 아니면, 내가 어린 양이라, 노란 옷을 입었나? 난 주님의 아기니까!

"무슨 소리 하는 거예요?
이 사람, 정신이 오락가락해.
구급차 불렀어?"

구급차? 천국에 구급차가 있단 말인가? 무의 공간에 무슨 구급차가 필요한데? 아무래도 뭔가 이상하다. 손이 보인다. 다리도 보인다. 마치 살아 있는 느낌이다.

"혹시 당신들, 죽은 사람인가요?
여기는 천국이 아닌가요?"

"무슨 소리 하는 거예요? 왜 그렇게 자전거를 험하게 모세요. 자전거에 떨어져 한동안 기절했어요. 대로변으로 떨어졌는데, 다행히 그때 버스가 멈춰서 다행이지, 하마터면 초상 치를 뻔했어요. 정말 하나님과 인사했을지도 몰라요."

환생이야? 나 돌아왔어? 천국도 지옥도 아닌 환생이라고? 난 크리스천인데? 환생은 안 되는데?

"혹시? 오늘은 날짜가?"

"오늘, 2020년, 10월 19일이에요."

2020년? 2020년이라고? 퇴사 후, 글을 쓰기 시작한 시점이다. 도대체 어떻게 돌아가는지 알 수 없다. 설마 이 모든 게 꿈이었다고 말하기에는 생생하다.

"정말, 2020년인가요? 2023년이 아니고?"

"아무래도 크게 넘어진 것 같아요. 구급차가 곧 와요, 진찰을 꼭 받으세요."

"그건 됐고요, 정말로 2020년인가요?"

자전거를 끌고, 집으로 간다. 가벼운 뇌진탕이다. 병원에 갈 정도는 아니다. 문을 연다. 아내가 주방에서 설거지한다. 웃으며 말한다.

"자기야, 글 쓰느라 힘들지? 원래 창작은 고통이 필요해. 난 자기를 믿어. 곧 보상이 있을 거야."

기시감에 소름 돋는다. 익숙한 대화다. 정말로 꿈이 아니었나? 모든 게 사실일까? 아내의 응원에 아무 말 하지 않고 작업실로 들어간다. 의자에 앉는다. 책상을 바라본다. 칼로 그은 '正'의 표시가 몇 개 없다. 그리고 알고 있다. 곧 글쓰기를 단념한다. 그동안 작성한 원고를 다시 읽는다. 진부하다.[139] 마음을 움직이는 글이 아니다. 그래서 포기했다. 하지만 오늘은 다르다. 글을 쓸 소재가 생겨서다. 우현, 승기 그리고 내가 앞으로 겪을, 혹은 겪었던 상황을 소재로 쓰자. 그리고 그 일이 일어나지 않도록 노력하자. 실현된 미래를 바꿔 보자. 실현된 미래는 오직 소설 속의 허구로만 존재해야 한다. 그래야 한다. 두 번 죽을 수는 없다. 그리고 우현이를 살인자로 만들 수는 없다. 승기에게 경고해야 한다. 전세사기당할 날짜가 얼마 안 남았다.

"승기야, 절대로 시세보다 싼 빌라에 혹해서 전세계약 하면 안 된다. 아직은 이사 계획 없지?"

"무슨 뜬금없는 소리야? 이사는 무슨? 그런가? 벌써 전세계약이 끝나가나? 어떻게 알았어? 너, 내 이사한 날짜도 기억해? 참 정겨운 우정이다. 우정."

"그래, 찐 우정이다. 찐 우정. 그러니까, 승기야. 일단, 아이들 학교 너

---

139) 진부하다(陳腐—): 사상 · 표현 · 행동 따위가 낡아서 새롭지 못하다.

무 생각 말고. 통학하기 좀 멀더라도. 정상적인 집을 구하라고. 아마도 지금 전세금으로는 근처로 이사하기 어려울 거다. 늘 그럴 때 조심해야 해. 구세주로 보이는 사람이 바로 사기꾼이다. 잊지 마. 알았지? 수시로 내가 확인한다."

"싱겁기는, 알았다. 내가 넌 줄 아냐? 전세사기나 당하는? 글은? 좀 진도는 나가? 힘들면 말해라. 강변역에서 소주 한잔하게."

이제는 우현이 차례다. 통화연결음이다. 전화를 받지 않는다. 다시 걸어 본다. 받지 않는다. 답답하다. 그리고 불안하다. 언제인지를 몰라서다. 삶이 버거워 마포대교에서 뛰어내리려 시도한 날짜를. 그리고 그때 정호 님의 전화만 받지 않았다면, 정호 님을 만나 잘못된 길로 빠질 일은 없다. 절대로 정호 님의 전화를 받게 해서는 안 된다. 우현이가 전화를 받지 않는다. 2시간이 지난 후, 수신음에 잠에서 깬다. 우현이다. 목소리를 보니 술에 취해 인사불성이다.

"어, 전화를? 어, 엄청나게 했네? 허허윽, 보고 싶냐? 형님은 말이다. 사회생활로 윽, 어, 그래, 힘들다. 힘들다고. 글이나 쓰는 네가 흑, 억, 알아?"

눈동자를 타고 진한 눈물이 떨어진다. 잠든 아내가 깰까 봐 거실로 나온다. 알고 있다. 우현이가 얼마나 괴로울지. 당시는 몰랐으니까. 우현이가 빚쟁이에 시달린다는 사실을. 이제는 안다. 네가 얼마나 힘들지.

"그래, 그동안 내가, 내가, 내가, 너무 몰랐다. 그래서 미안해, 아주 많이. 우현아. 많이 힘들지? 너무……."

"미친놈, 헉흥흥헉, 왜 그러는데? 니…… 뭐 잘못 먹었나? 형님은 너무 취했다. 아가는 빨리 자라. 형님은 지금 고독을 씹는다. 끊는다."

그래, 절대로 마포대교로 가게 두지 않는다. 일단, 그러려면, 볼드몰트 사건부터 막아야 한다. 핸드폰을 열어 단톡방을 확인한다.

"처음에는 믿기가 어려워 망설였어. 이렇게 좋은 고급 정보를 나한테 줄 리가 없잖아. 그래서 망설이니까, 실시간으로 투자한 금액의 수익률을 볼 수 있는 사이트를 보여 주더라고. 너희들도 방금 보낸 주소로 체크해 봐."

"우현아, 그래서 재미 좀 봤어?"

"효상아, 지금까지 수익률 1000%다. 1000%!"

단톡방을 확인하니, 여기까지다. 이미 투자한 돈은 회수 불가다. 무엇을 해야, 우현이를 막을 수 있지? 맞다, 우현이가 보낸 사이트가 있지? 경찰에 신고를? 아니다. 사기라는 증거는 어디에도 없다. 정황뿐이다. 더군다나, 그 사이트 서버는 중국이고, 언어도 전부 중국어다. 어떡해야 하지?

"안녕하십니까?, 여기는 사이버범죄수사대 수사관 ○○○입니다. 임우현 씨? 지금 피해자 신고가 있어서요."

"피해자요? 제가요?"

"그렇습니다. 얼마 전, ○○사이트에 투자한 사실이 있지요? 그 사이트는 가짜입니다. 서버가 중국에 있어서, 검거가 쉽지 않습니다. 그들 수법이, 초기에 수익을 보여 준 후, 사실, 그것도 가짜입니다. 그리고 큰 금액의 투자를 유도합니다. 그러니, 절대로 속으면 안 됩니다. 혹시라도 그들에게 다시 연락이 오면, 사이버수사대에 바로 연락 주세요."

얼마 후, 우현이는 단톡방에 메시지를 남긴다.

"나, 사기당했다. 다 가짜란다. 사이버수사대? 거기서 전화 왔다. 그래도 다행이다. 사실은 아내 몰래 담보대출 받아서 몰빵하려고 했거든. 얼마나 다행이냐. 이 정도만 잃어서."

4. 우현아, 미안하다. 사이버수사대는 가짜야. 연기자를 고용해 벌인 일이다. 그래, 이 정도 마무리면 아름답다. 이 정도 액수로는 마포대교에 가지는 않는다. 마포대교에만 가지 않으면, 정호 님이 전화한다고 바로 중국에 가지는 않을 거다. 그렇다면, 블루 고스트를 만날 일도, 대규모 폰지사기를 일으키는 주범이 될 리도 없다. 그리고 날 죽이라고 지시하지도 않는다. 단톡방에 메시지를 남긴다.

"그 정도가 어디냐? 다행이네. 우현아, 액땜했다고 생각해. 담보대출? 끔찍하다. 끔찍해. 그리고 혹시라도 국제전화가 오면, 절대로 받지 마라. 특히 중국에서 온 국제전화. 사기꾼이 전화해 어떠한 짓을 할지 모른다. 알았지? 당분간 무조건 피해라. 중국에서는 오는 전화는. 무조건 피해. 아, 그러지 말고, 전화번호를 바꿔."

"전화번호를 바꾸라고? 야, 나 영업하는 사람이야. 그렇게 쉽게 번호를 바꾸기는 힘들다. 그냥 중국에서 온 전화를 안 받으면 되지."

"그럼 약속해라. 중국에서 오는 전화는 무조건 받지 않는다고."

"알았어, 알았다고. 한 번 속지, 두 번 속냐? 중국 쪽으로는 쳐다보지도 않는다. 요즘, 효상이 너, 좀 이상해."

최악으로 가는 우현이와 승기의 첫 번째 선택은 막았다. 그래도 불안하다. 당시 우현이가 말한 섬뜩한 말이 뇌리에서 떠나지 않아서다.

결국, 일어날 일은 일어나.

걱정하지 마라. 그럴 일은 없다. 절대로 다시는 일어나지 않는다. 온 힘을 다해 막는다. 수시로 확인한다. 우현이와 승기의 상황을. 그리고 전생? 또는 과거에 일어난 모든 사건을 글로 담아야 한다. 세상 사람에게 말하고 싶어서다. 사는 대로 생각하면, 얼마나 비참한 최악의 결과가 일어나는지. 힘들어도 생각한 대로 살아가라고. 조금은 느려도, 느리다고 무시당해도, 절대로, 절대로, 빠른 길로 가려 말라고. 주위에 흔들리지 않고, 생각한 대로 살아가라고.

"승기야, 이사할 곳은? 그래? 그래 거기면 안심이다. 절대 ○○동은 안 된다. 절대로."

"우현아, 중국에서 온 전화 다 무시하지? 그래? 그럼 안심이다. 절대로 받으면 안 된다. 절대로."

그렇게 평온한 날을 지속한다. 얼마나 지났나? 책상에 칼로 새긴 '正'를 확인한다.

正正正正正正正正正正正正正正正正正正正正正正正正正正正正正正正正
正正正正正正正正正正正正正正正正正正正正正正正正正正正正正正正正正
正正正正正正正正正正正正正正正正正正正正正正正正正正正正正正正正正
正正正正正正正正正正正正正正正正正正正正正正正正正正正正正正正正正
正正正正正正正正正正正正正正正正正正正正正正正正正正正正正正正正正
正正正正正正正正正正正正正正正正正正正正正正正正正正正正正正正正正
正正正正正正正正正正正正正正正正正正正正正正正正正正正正正

당시 405일을 끝으로 글쓰기를 중단했다. 지금은 405일을 이미 훌쩍 넘겼다. 우려했던 모든 일은 일어나지 않는다. 승기는 승기대로, 우현이는 우현이대로, 각자의 삶을 살아간다. 이 둘은 여전히 서먹하다. 이게 정상적인 관계다. 정말 생각하기도 싫다. 우현이의 심복인 승기의 모습을. 그리고 난 마지막 장의 마지막 문장을 쓴다. 그리고 대망의 마침표를 찍는다. 고생했다. 효상아.

모든 심판은 끝났습니다.
이제 판결합니다.

5. 심판이 끝났다고? 환생한 게 아닌가? 속은 기분이다. 그럼 내가 본 것은 무엇인가? 내가 한 행동은 또 무슨 의미인가? 다시 잠이 온다. 뇌를 너무 많이 쓴 탓이다. 이제 뭐가 뭔지 모르겠다. 빨리 판결해 다오. 그리고 천국과 지옥 중 하나로만 보내줘. 기분 나쁜 경험은 한 번으로 족하다.

"승기 씨? 승기 씨? 일어났어요?"

"승기 씨? 저요? 저 말인가요?"

"아, 미안합니다. 우현 씨. 오늘은 임우현 씨군요."

"무슨 소리예요? 전 안효상입니다. 안효상."

"아, 효상 씨, 알지요, 안효상 씨. 요즘 승기 씨와 우현 씨가 뜸해서 장난 한번 쳐어요."

"제 친구를 아세요?"

"그럼요, 효상 씨와 가장 친한 친구인데, 우리가 모를 리가요."

"그런데, 여기는 어디인가요? 천국? 지옥? 심판의 결과는?"

어떠한 판결을 받았는지, 여기 있는 사람은 말을 아낀다. 분주하게 움직일 뿐이다. 지옥은 아닌 게 확실하다. 지옥이라면, 성경에서 말씀하는 지옥이라면,

또 저희를 미혹하는 마귀가 불과 유황 못에 던지우니, 거기는 그 짐승과 거짓 선지자도 있어 세세토록 밤낮 괴로움을 받으리라.[140)]

불과 유황 못에 내쳐진 느낌은 없다. 이곳은 전혀 뜨겁지 않다. 오히려 시원하다. 그렇다면, 여기는 천국인가? 주위를 둘러본다. 모르겠다. 천국이라면, 성경에서 말씀하는 천국이라면,

하나님의 영광이 있으매, 그 성의 빛이 지극히 귀한 보석 같고 벽옥과 수정같이 맑더라.[141)]

보석도 보이지 않고, 수정같이 맑은 느낌도 아니다. 그럼 천국도 아닌가? 또 하나님의 장난인가? 누군가 지나간다.

---

140) 대한성서공회, 『개역개정 뱁티스트 성경전서』, (주)한일문화사, 2016, 요한계시록 20장 10절.

141) 대한성서공회, 『개역개정 뱁티스트 성경전서』, (주)한일문화사, 2016, 요한계시록 21장 11절.

“저기요? 여기가 어디인가요? 천국인가요? 지옥인가요?”

지나간다. 철저하게 날 무시한다. 아무래도 관심을 끌어야겠다.

“저기요!, 도대체 여기가 어디냐고요! 제가 안 보이나요! 누구라도 말씀을 주세요!”

누군가 다가온다. 백색 옷을 입은 차분한 남자다. 너무나 좋은 인상이다. 블랙홀처럼 아름다운, 신비하고 깊은 눈을 지닌 사람이다. 나를 보며 살짝 웃는다. 그 웃음에는 그동안 만날 수 없었던 연륜과 따스함이 묻어난다. 혹시 천사인가?

“작가님, 또 그러신다. 그렇게 매번 물어보세요? 당연히 천국이죠! 천국. 작가님을 위해서 특별하게 제작한 천국이라고요. 승기 씨.”

“전 안효상입니다. 승기는 제 친구라고요. 왜 자꾸 헷갈리는지. 작가님? 여기는 그럼 출판사에서 제공한 독립 공간인가요?”

“아, 오늘은 효상 씨구나. 맞습니다. 작가님, 작가님을 위해 제공한 우리 회사의 특별한 서비스입니다.”

“그런데요, 제가 이처럼 대우받을 만한 글을 쓴 기억이 없는데요.”

“사모님이, 작가님 몰래 습작을 우리 회사에 기고했어요. 우리는 작가님의 생각과 스타일이 마음에 무척 들었고요. 그래서 짜잔!"

"그런데요, 계약을 제가 했는데, 왜 전 전혀 기억이 없을까요?"

"그건 말이에요, 작가님은 지금 단기 기억 상실증이라, 당시의 기억은 없으세요."

"제가요? 단기 기억 상실증? 무슨 말도 안 되는 소리를? 출판사가 이렇게 갑질을 해도 되나요?"

"또 그러신다. 좋아요, 그럼 사모님 성함은 어떻게 되나요?"

"이……. 모르겠습니다. 아내는요? 잘 지내나요?"

"그럼요, 사모님은 아주 잘 지내요. 좋습니다. 살았던 동네는요? 어디였나요?"

"자……. 모르겠네요."

"그래요, 그럼 기억나는 게 있나요?"

"친구 이름, 김승기, 임우현, 그리고 제 이름 안효상, 그리고 제가 글쟁이라는 사실입니다."

"사라진 기억은 차차 돌아온다고 하네요. 작가님은 기억이 안 나서 그러는데요, 저희도 말렸어요. 글 쓰는 작업을. 그런데 작가님이 반드시 써야 할 내용이 있다면서, 당시에 고집을 부렸어요. 우리도 우려했지만, 다행인지는 몰라도, 작가님의 상상력은 사라지지 않았어요. 이제 좀 이해가 되세요? 우현 씨?"

"왜 자꾸, 전 안효상이라고요."

"장난이에요. 안효상 작가님. 그럼 꾸준히 글을 쓰세요. 그리고 저와 매주 회의해요."

6. 한번 호되게 당한 환생 경험이 있기에, 섣불리 내가 겪는 일을 현실이라 단정하기 어렵다. 더군다나, 기독교인은 환생을 믿지 않는다. 이것도 전부 예비하신 일인가? 무의 공간에서 심판을 여전히 받는 중인가? 이 모든 게 상상이고? 아니면, 또 다른 환생인가? 정말로? 단기 기억 상실증이라니?

그래도,
하나는 명확하다.
이 세계에서도 난 글쟁이다.

그리고
세상에 던질 메시지는 명확하다.
우리 이야기를 쓰는 거다.

매주 글을 쓴 후, 편의상 편집장이라 부르자. 편집장과 관련한 이야기를 나눈다.

"작가님, 설정상, 볼드몰트 사건으로 우현 씨는 잘못된 길을 걷게 되네요. 맞나요?"

"맞습니다. 그때 우현이를 막았어야 했어요. 그러지를 못했어요. 너무나 후회스럽네요. 한동안 우현이를 보지 못했어요. 혹시, 편집장님이 말씀 좀 전해 주시겠어요? 안부?"

"그럼요, 안 그래도 우현 씨가 종종 효상 씨 안부를 물어요."

"잘 지낸다고 말씀 좀 전해 주세요."

"알겠습니다. 걱정하지 마시고, 계속 글을 쓰세요. 그 이후로 우현 씨가 누구를 만나고, 어떻게 움직이는지, 다음에는 승기 씨의 관점에서 글을 쓰면 재미있을 것 같아요."

또 그렇게 몇 주가 흐른다. 편집장의 요구대로 이번 장은 승기에 관한 이야기다. 편집장은 녹음기를 책상 한편에 둔다.

"작가님, 승기 씨의 상황은 정말로 안타까워요. 누군들 예상할 수 있었을까요? 전세사기를? 승기 씨의 불안함과 괴로움, 그리고 분노가 여기까지 전해지네요."

"저도 승기에게 관련한 사건을 들었을 때, 너무 화가 나서 손이 떨렸습니다. 그리고 슬펐습니다. 아무것도 도와줄 수 없었어요. 그리고 승기에게 하지 말았어야 했는데…… 정말로 권하지 않았어야 했는데…… 하여튼, 제 글로, 전세사기로 꿈과 희망을 잃은 많은 이의 상실감을 표현하려고 했어요. 그렇게 위로하고 싶었어요."

"그럼요, 작가님, 다음에도 좋은 내용 부탁해요."

몇 달이나 지난 걸까? 이곳은 정말로 천국일까? 그렇다면, 하나님은 글을 쓰는 소명을 부여한 걸까? 그게 내 업무? 확실한 것은 없다. 다만, 무의 공간과 이곳을 비교하면, 모든 것을 보고 느낀다. 천국일지도 모르지만, 예상한 모습은 아니다. 더군다나, 편집장은 항상 말한다. 친구와 아내를 언제든지 볼 수 있다고. 그들은 살아 있는데? 아, 그들이 죽으면 만날 수 있다는 소리를 돌려서 말했나? 천국이 아니라면, 여기는 또 다른 세계다. 그리고 이 세계에서 승기와 우현이는 나를 보러 오지 않는다. 편집장이 만남을 막고 있나? 왜? 글에 집중하라고? 친구야 그렇다 치더라도, 아내와 아이도 오지 않는다. 아내의 마지막 얼굴이 떠오른다. 날 바라보는 차가운 눈빛, 자수를 결심해서? 가족을 버린다고 생각했을까? 모든 사실을 인지 후, 아내는 나를 없는 사람 취급했다. 아직도 화가 난 걸까? 다시 만나면, 무슨 말부터 해야 할까? 모르겠다. 펜을 드는 것 말고는 할 수 있는 게 없다. 잡념을 비운 후, 글쓰기에만 집중하자. 이곳은 최적의 장소니까.

"작가님, 블루 고스트? 정말로 흥미로운 집단이네요. 정말로 이런 존재가 세상에 있을까요?"

"있습니다. 제 두 눈으로 목격한 사실만 글에 담습니다. 블루 고스트는 폰지사기로 이득을 취하는 범죄집단입니다. 하지만, 이들은 서민에게 새로운 기회를 준다는 집단최면에 걸려, 부자의 돈을 편취하는 행위를 정당화합니다."

"두 눈으로 목격한 사실만 글에 담는다? 그건, 조금 이상한데요? 글의 대부분 시점은 작가님 본인이지만, 꽤 많은 장을 우현 씨와 승기 씨의 관점으로 글을 썼네요."

"생각해 보니까, 그러네요. 하지만, 사실을 기반으로 쓴 글임은 분명합니다. 그런데, 어떻게 우현이와 승기의 관점으로? 혼란스럽네요."

"그건, 차차 생각하기로 해요. 우리는 시간이 많으니까요. 블루 고스트 관련한 내용은 다음에 회의하지요."

7. 편집장은 녹음기를 챙겨 자리를 떠난다. 그리고 그동안 작성한 글을 다시 읽는다. 편집장 말은 일리가 있다. 이전 세계도, 현재에도 어떻게 우현이와 승기의 관점으로 글을 썼지? 승기와 관련한 전세사건 전모, 그리고 중국에서 있었던 우현과 정호 님의 재회, 이 모든 사건을 어떻게? 그들을 인터뷰한 기억조차 없다. 모든 게 가짜인가? 상상력에서 나온? 아니다. 그들과 함께 지낸 수많은 추억은 마음의 사진으로 진하게 남아 있다. 당장 무엇을 꺼내도, 우리 셋과 관련한 이

야기를 망설임 없이 말할 수 있다. 그들은 진짜다. 실존 인물이다. 마지막 장의 마지막 문장에 마침표를 찍으면 답을 알지도.

"작가님, 오늘은 표정이 좋아 보이네요, 저번에 말씀했던, 블루 고스트에 관해서 이야기해요. 말씀대로, 어둡고 사악한 범죄집단인데, 왜 빠져나오지 못했나요? 분명히 그만둘 기회가 있지 않았나요?"

"블루 고스트가 문제가 있는 집단이라고 수도 없이 생각은 했어요. 그때마다 그들은 예상을 뛰어넘었어요. 모든 것을 가능케 했고, 앞으로 벌어질 모든 상황을 예측했어요. 더는 의심할 수 없었어요. 그들은 진짜였다고요."

"그렇게 대단한 집단이라면, 왜 배신을? 그러니까, 승기 씨나 우현 씨가 보기에는 작가님의 행동을 그렇게 느끼지 않았을까요?"

"그래요, 그럴지도 모르겠네요. 다만, 편집장님, 블루 고스트의 이상[142]은 위험합니다. 그러한 방식으로, 타인의 행복을 갈취해 다른 이의 행복을 만든다는 발상은 오히려 세상을 망치는 길이라고 믿습니다. 이는 개혁이라고 말하기 어려워요. 세상의 모든 부자가, 블루 고스트가 말하는 그런 부류는 아니니까요."

"그건 그렇지요. 어디까지가 정의고, 어디까지가 부의 새분배고, 어디까지가 선의의 행동일까요? 다시 말하면, 어디까지가 불의고, 어디까지

142) 이상(理想): 생각할 수 있는 범위 안에서 가장 완전하다고 여겨지는 상태.

가 부의 갈취고, 어디까지가 악의의 행동일까요? 블루 고스트라는 집단을 통해서 다시금 생각하게 됩니다. 오늘은 여기까지 할게요. 다음 주에 만나요, 새로운 이야기 기대할게요. 작가님, 주무세요."

천국이라 불리는 이곳을 벗어나는 상상을 해 본다. 천국에 머물면, 내면의 근심은 마법처럼 사라지리라 믿었다. 그렇지 않다. 여전히, 우현이와 승기를 걱정한다. 그리고 아내를 그리워한다. 그들과 난 서로 닿을 수 없는 먼 거리에 있다. 각자의 역할을 일임한 영혼들은 나처럼 천국을 벗어나는 불순한 상상을 하지는 않을 거다. 심근경색으로 쓰러져 스탠스 시술을 받은 후, 건강을 회복한 회사 동료가 떠오른다. 그에게 난 물었다. 죽음에 이르는 기분은 어떠냐고. 현생의 무게를 털어내고 떠날 수 있느냐고. 괴롭지 않으냐고. 후회스럽지 않으냐고. 하지만, 그는 예상 밖의 대답을 한다. 죽음으로 이르는 길은 괴롭지도, 후회스럽지도, 불편하지도, 그래서 슬프지 않았다고. 오히려, 잠시나마 마음이 편안했다고 한다. 그런데, 그의 말은 거짓이다. 천국에 있어도 현생의 무게를 털어내지 못한다. 나는 지금 괴롭고, 후회스럽고, 불편하고 슬프다.

"작가님, 잠자리는 좋았나요? 제가 확인을 했는데요, 작가님이 언급한 부동산이요."

"부동산이요? 무슨 부동산?"

"글에서 언급한, 자투리 지역에서 활동한 부동산 중개업자요. 확인했는데요, 존재조차 하지 않았어요."

"그래요, 그럴 리가, 아마도 흔적을 지웠겠죠. 블루 고스트는 그렇게 대단한 집단입니다."

"그런가요? 그리고 자투리 지역 근처에는 그런 지역이 없어요."

"무슨 지역이요?"

"경제특구지역이요. 작가님이 말씀한 그런 지역은 없다고요."

"아까부터, 저를 의심하는 기분이라 기분은 좋지 않네요. 없는 말을 지어낸다는 소리인가요? 편집장님."

"아니요, 기분이 나쁘다면 미안합니다. 그래서 생각을 해 봤는데요, 블루 고스트가 집단으로 최면을 걸어서 존재하지 않는 경제특구지역을 만들어 낼 가능성은 없을까요?"

"블루 고스트가요? 집단최면을? 그렇게 많은 사람을? 그럴 리가요."

"하긴, 억지스러운 설정이네요. 작가님의 글을 읽을수록, 블루 고스트가 점점 더 궁금해지네요. 오늘은 여기까지 할게요. 다음 주에 만나요."

"아, 편집장님, 혹시 외출할 수 있을까요? 이곳에만 있으니 답답해서요."

"외출이요? 여기가 어디라고 생각하나요? 여기는 천국이에요. 천국. 외출한다는 뜻은 지옥으로 가겠다는 소리는 아니지요?"

"하긴, 쓸데없는 청을 했네요. 다음 주에 뵐게요."

8. 편집장이 돌아간 후, 편집장이 던진 의문을 되새긴다. 블루 고스트가 정말로 집단최면을? 그 많은 사람을? 경제특구지역은 처음부터 존재하지 않았다고? 그렇다면, 자투리 아파트에서 겪은 일들은? 세입자 2명의 죽음은? 아직도 그때를 떠올리면, 온몸에 전기가 흐른다. 몸은 기억한다. 모든 게 사실이라고. 아무래도 신의 심판은 끝나지 않았을지도 모른다. 천국이라 말하는 편집장의 말도 의심스럽다. 여기에 머문 다른 사람을 몇 달간 관찰했다. 천국이라면, 매일은 아니어도, 그들은 행복한 에너지를 발산해야 한다. 행복한 얼굴을 지닌 사람을 만나기 어렵다. 몇 번 말을 걸었는데, 말이 통하지 않는다. 한국인이 아닌 듯싶다. 그래서 대화는 포기했다. 천국이라면, 언어의 장벽은 허물어져, 모든 이가 자유롭게 의사소통을 나눠야 한다. 천국이라 말하기에는, 모든 게 수상하다. 편집장과 다음 미팅에서는 이곳의 진실을 듣고 싶다.

"안녕하세요, 작가님, 오늘은 기분이 안 좋아 보여요. 무슨 일 있으세요?"

"질문이 있는데요, 솔직하게 답해 주세요. 부탁입니다."

"무슨 질문을 하려고요? 긴장되네요, 그래요, 솔직하게 말할게요."

"편집장님, 믿으실지는 모르겠지만, 잠깐 무의 공간에 다녀왔습니다. 그곳은 영혼의 세계입니다. 그리고 심판을 받는 중이었습니다. 심판의 결과로 저는 이곳에 있습니다. 말씀대로, 이곳은 정말로 천국입니까? 그리고 당신은 하나님의 천사입니까? 아무래도, 이곳은 너무나 현실적입니다. 만약에 전부 아니라면, 여전히 심판을 받는 중입니까? 그리고 무엇보다 행복하지 않습니다. 과거의 사슬에 묶여, 이를 끊어내려고 여전히 노력합니다. 불안하고 슬픈 감정은 저를 짓누르고 있습니다. 점점 더 강해집니다. 천국이라면, 천국에서, 이러한 감정을 느낄 수 있나요?"

"흠, 일리 있는 말이에요. 작가님, 그럼 하나만 물을게요. 그 대답에 따라서 제 대답도 달라질 것 같아요."

"무슨 질문인가요?"

"작가님에게 우현 씨와 승기 씨는 어떠한 존재인가요?"

"그건 고민할 가치도 없습니다. 명백합니다. 물론, 우현이는 저와 승기에게 몹쓸 짓을 제안했습니다. 블루 고스트요. 하지만, 이전에도 몹쓸 짓을 하는 동안에도, 우리 셋은 서로를 지탱해 준 가장 소중한 친구입니다."

"그렇군요. 가끔은 부럽네요. 작가님에게 소중한 친구가 있어서요. 오늘은 여기까지 하시죠."

"그럼 질문의 답은요?"

"아직은 때가 아닌 것 같네요. 다음에 기회가 되면 말씀할게요. 글을 꾸준하게 쓰세요. 그래야 맑은 정신을 유지할 수 있어요."

원하는 답을 얻지 못했다. 맑은 정신을 유지하라고? 때가 아니라니? 알 수 없는 말만 하고 떠난 편집장. 수상하다. 만약 천국이 아니라면, 이곳은 현실이다. 그렇다면, 난 갇힌 동물원의 원숭이 신세다. 물론, 불편함 없이 지낸다. 그래도 상황이 다르다면, 이곳을 벗어나야 한다. 그 열쇠는 편집장이 쥐었다. 인생의 방향을 타인에게 맡긴다는 뜻인가? 스스로 그렇게 생각하는가? 수동적인 발상이다. 블루 고스트의 솔깃한 제안도 일언지하[143]에 거절했다. 인생의 방향은 스스로 선택해야 한다. 그동안 생각지 않았지만, 물리적으로 움직일 수 있는 공간은 제한적이다. 허락된 자유로운 공간은 어디까지일까? 실험하자. 직진해 걷는다. 벽이다. 여기까지인가? 허락된 공간이? 어랏? 작은 틈이 보인다. 자세히 보니까, 벽으로 위장한 문이다. 문고리가 없어서 문이라 상상하지 못했다. 벽을 밀어본다. 꿈쩍도 안 한다. 벽을 두드린다. 반응은 없다. 쓸모없는 직감은 말한다. 이 문을 열어야 한다고. 아무래도 이 문 너머, 편집장의 공간이 있으리라 추측한다. 그 공간을 침범해야 한다. 그 안에 그가 원하는 답이 숨어 있다. 그래야 탈출할 수 있다. 탈출하자. 이곳에서.

"안녕하세요, 작가님, 오늘은 어느 소재를 이야기해 볼까요?"

"편집장님, 오늘은 다른 이야기를 해요."

---

143) 일언지하(一言之下): 한마디로 잘라 말함.

"궁금한 게 있으세요?"

"한 공간에 머물러, 글만 쓰려니까, 찌뿌둥하네요. 편집장님을 도와 제가 할 수 있는 다른 일은 없을까요?"

"다른 일이요? 저를 돕고 싶으세요? 좋은데요?"

"돕고 싶어요. 편집장님 덕분에 글도 편하게 쓸 수 있고, 이곳은 천국이니까, 주님이 보시기에 아름다운 일을 많이 하고 싶네요."

"하나님은 글을 쓰고 있는 작가님을 매우 예쁘게 보실 텐데요."

"그래도요, 뭐든지 돕고 싶어요. 덕분에 운동도 하고요. 다른 사람과 같이 사용하는 공간을 청소하고 싶어요. 그리고, 식사 후, 설거지도 하고 싶어요."

"사람들과 어울려, 단체생활을 하려는 마음은 맑은 생각이에요. 그래요, 그럼 일단, 공동 공간 청소부터 시작해 보죠."

9. 청소하면서, 사람들과 대화를 시도한다. 여전히 그들은 한국어를 이해하지 못한다. 평소에 영어를 공부했어야 했는데, 아쉽다. 일단, 벽으로 위장한 문이 열리는지 확인해야 한다. 벽이 움직인다. 그리고 편집장은 이곳에서 들어온다. 역시 문이었다. 편집장이 무엇을 하는지 관찰한다. 편집장은 다른 작가에게 다가가 나와 비슷한 이야

기를 나눈다. 수상한 행동은 하지 않는다. 오히려 친절하다. 여기에서 생활하는 작가들은 열댓 명이다. 이들의 글을 읽은 후, 관련한 소재로 이야기하는 게 쉬운 일은 아니다. 그리고 편집장은 온화한 미소로 우리를 대한다. 편집장은 글을 통해 맑은 정신을 유지하기 원한다. 맑은 정신? 이해할 수 없는 말이다. 편집장은 다른 작가와 회의를 마친 후 자리를 뜬다. 문이 열린다. 카드였다. 카드가 있어야 문을 열 수 있다.

"오늘은 사모님 이야기를 해 보죠."

"글에는 아내 이야기를 많이 쓰지 않았어요. 그런데 왜?"

"작가님, 항상 사모님에게 미안해하니까요. 그 감정이 궁금해요."

"감정은 무슨, 그냥 죄인입니다. 죄인. 아내만 생각하면, 미안한 마음에 고개를 들 수가 없어요. 아내와 결혼 후, 단 한 번이라도 아내를 위한 선택을 했나 싶어요. 이곳에 오는 결정조차, 아내의 바람과 다른 선택이었어요. 홀로 남겨져, 아이와 지낼 아내를 생각하면, 천국에 있는 제가, 여기에 있는 게 맞나 싶어요."

"스스로 그리 자책하지 않아도 됩니다. 이는 맑은 정신의 유지를 방해합니다. 조금 더 긍정적으로 생각해요. 정말로 아내를 위한 선택은 전혀 없나요? 가령, 이사할 곳을 아내 대신 점검했다든지?"

"그게 무슨, 아내를 위한 선택인가요? 아내가 늘 그 일을 했어요. 항상 회사 핑계로 집안일은 뒷전이었죠. 차라리, 그때도 아내와 함께했다면, 혼자서 결정하지 않았다면, 그리고 아내를 설득하지 않았다면, 그런 끔찍한 일을 당하지 않았을 거예요."

"무엇을 말씀하나요? 그동안 집필한 내용 중에는 그런 사건은 보이지 않는데요?"

"없기는요, 그 일 때문에 제 인생은 완전하게 망가졌다고요. 그리고 아주 자세하게 묘사했는데요. 요즘 편집장님이 다른 작가님 글에 빠져서, 제 글에는 소원[144]한가 보네요. 섭섭합니다."

"아니요, 작가님, 전 누구보다도 작가님 글에 흥미가 많아요. 어떠한 사건을 말씀하시죠?"

"섭섭하네요. 뭐긴 뭐에요. 전세사기요. 전세사기 당했잖아요."

갑자기 머리가 깨지는 고통을 느낀다. 무슨 말을 했던가? 건드리지 말아야 할 무언가를 건드린 기분이다.

"편집장님, 머리가 너무 아프네요. 깨질 것 같아요. 저 왜 그래요? 아아악!"

---

144) 소원(疏遠): 지내는 사이가 두텁지 않고 거리가 있어서 서먹서먹하다.

"간호사! 간호사! 간호사!"

눈을 뜬다. 주위에 아무도 없다. 저녁이다. 한참을 자고 나니, 두통은 사라졌다. 머리를 눌러 본다. 특별한 외상은 없다. 알 수 없다. 기억이 나지 않는다. 아침에 편집장과 무슨 대화를 했지? 쓸모없는 직감은 강하게 말한다. 당장, 벽 너머에 있는 진실을 보라고. 편집장의 카드 열쇠를 얻어야 한다.

"두통은 좀 좋아졌나요?"

10. 편집장을 돕는 다른 천사가 내게 묻는다. 한참 시끄러웠나 보다. 사실, 기억에도 없다. 아무 말 않고 열심히 청소한다. 편집장이 보인다. 나를 보며 웃는다. 무사해 보여서 다행이라는 안도의 웃음이다. 편집장은 오늘 내게 신경 쓸 겨를이 없어 보인다. 오늘은 다른 작가가 말썽이다. 큰 소리로 뭐라고 떠든다. 한국어다. 어? 이 사람? 분명히, 한국어 못했는데? 그냥 날 무시했나? 좀 거세다. 편집장을 돕는 다른 천사가 일제히 달려들어 그를 제압한다. 이 작가는 뭐가 그리도 화가 났을까? 그때다. 뭔가 반짝이는 게 바닥으로 떨어진다. 그게 무엇인지 한눈에 알 수 있다. 카드 열쇠다. 모두가 그와 상대하느라 정신없다. 잽싸게 카드 열쇠를 챙긴다. 쇠뿔도 단김에 빼자. 오늘이 바로 그날이다.

문은 열린다.
벽 너머의 진실을 확인한다.

문이 열린다. 끝도 없이 긴 복도가 펼쳐진다. 주위를 둘러본다. 복도의 양 벽은 작가의 얼굴 사진이 걸려 있다. 그렇다. 여기는 작가의 글을 보관하는 방이다. 시간이 없다. 급하다. 내 얼굴을 찾는다. 저기 끝이다. 달린다. 오늘따라 더욱더 느려진, 쓸모없는 다리다. 얼굴 사진 아래, 서랍 2개가 있다. 하나를 열어본다. 지금까지 쓴 글이다. 다른 서랍을 열어본다. 편집장의 글이다. 편집장은 우리 글을 읽은 후, 자기 생각을 기록하는 듯 보인다. 시간이 없다. 아무거나 읽어 보자.

기록일지 12

여전히, 그는 자기가 누구인지 알지 못한다. 하지만, 점점 자아를 찾는 중이다. 아직은 임우현과 김승기가 어떠한 존재인지 깨닫지 못한다.

어떠한 존재라니? 다른 기록일지를 읽어 본다.

기록일지 26

안효상 아내와 오늘 통화했다. 볼드몰트 사건과 전세사기 사건은 확인했다. 다만, 걸리는 게 있다. 블루 고스트라는 존재다. 허구라 말하기에는 너무나 자세하다. 아직 시간이 더 필요한가?

아내와 통화를 했다고? 볼드몰트 사건과 전세사기 사건은 아내와 무슨 관련성이? 아내를 통해 무엇을 확인했다는 걸까? 마음은 급해진다. 빠르게 다른 기록일지도 살핀다.

기록일지 33

경제특구지역은 존재하는가? 블루 고스트가 실제라면, 안효상은 지금 경제특구지역을 혼동하는 듯싶다. 그가 말한 지역에는 무엇도, 아니, 지역조차 존재하지 않는다. 하지만, 겪지 않은 일이라면, 이리도 자세하게 기술할 수 있는가? 조금 더 지켜봐야겠다. 글쓰기를 통해 상태는 점점 호전된다.

상태가 호전된다고? 이해할 수 없다. 난 정상이다. 첫 번째 기록일지를 봐야 한다. 그래야 상태를 확인할 수 있다.

기록일지 1

가족의 동의로 안효상 환자가 입원했다. 해리성 정체 장애를 앓고 있다. 임우현과 김승기라는 인격체를 만들어 친구라 굳게 믿고 있다. 환자의 꿈은 작가가 되는 것이다. 그가 좋아하는 글쓰기를 통해 환자의 지친 심신을 치유하려 한다. 그가 겪은 끔찍한 경험을 글쓰기로 마주 보게 하는 게 치료의 핵심이다. 문학치료의 첫날이다.

11. 편집장의 말을 믿을 수 없다. 우현이와 승기가 가상의 인물이라고? 우현이는 무려 나와 25년 지기 친구다. 그렇다면, 내가 25년 이상을 해리성 정체 장애를 앓고 있다고? 논리적인 발상은 아니다. 긴 복도를 거슬러 다시 일상으로 돌아온다. 여전히 그 작가? 환자? 하여튼 씨름 중이다. 조용히 돌아와 청소를 마무리한다. 누구도 나의 일탈을 발견하지 못한다.

"안녕하세요, 작가님. 오늘은 정호 님이라는 존재에 대해서 말해 볼까요? 작가님이 표현한 정호 님의 모습은 너무나 매력적인 인물이라서요."

"정호 님이요? 그렇지요. 우현이 아버지인데, 정말로 통찰력이 뛰어난 분이죠. 편집장님도 만나면, 그의 매력에 푹 빠지게 될 거예요."

"그런가요? 그렇게 말씀하니, 정말로 뵙고 싶네요."

"그나저나, 편집장님, 만약에 제가 맑은 정신을 지속하고, 예전에 말씀한 질문에 답변을 올바르게 하면, 이곳을 나갈 수 있을까요?"

"작가님, 왜요? 우리가 뭐 서운하게 한 게 있나요? 밖은 추워요. 굳이 왜 나가려고 하세요. 천국보다 좋은 곳은 없다고요."

"물론, 너무나 잘 알고 있어요. 이곳은 세상에서 가장 안전한 장소라는 사실을. 그래도요, 왠지 천국은 이곳만 있는 게 아니라는 그런 생각. 그래서, 다른 천국이 있다면, 그것도 경험해 보고 싶네요."

"흠, 그런 말씀을 하다니, 의외입니다. 맑은 정신을 잘 유지하고 있군요. 그래요, 다른 천국은 있습니다. 하지만 다른 천국이 작가님에게 따뜻한 곳일지는 알 수 없어요."

"그러니까요, 그래서 묻는 거예요. 맑은 정신을 꾸준하게 유지하고, 그때가 온다면, 그리고 대답을 다시 한다면, 그래서 편집장님이 만족하면, 그렇다면 제가 준비된 게 아닐까 해서요."

"이러한 생각을 하는 것 자체가, 아주 많은 발전이 있다고 생각합니다. 저도요, 정말로 그런 날이 왔으면 합니다. 오늘 대화는 참 유익하네요."

"아, 그리고 혹시 녹음기가 필요한데요, 갑자기 글귀가 떠오를 때가 있는데, 그때는 바로 글로 풀어 쓰기가 어려워서요. 일단, 당시의 생각과 감정을 녹음하면 좋을 것 같아요."

객관적으로 날 바라보면, 지금 마음이 아픈 것 같다. 인지는 못 하겠다. 정말로 정신적으로 문제가 있는지는. 해리성 정체 장애를 겪고 있다면, 편집장은 나 이외의 다른 인격체도 이미 만났을 확률이 높다. 정말로 내 안에 승기와 우현이가 숨어 있을까? 억지라고 생각하기에는 석연치 않은 부분은 꽤 있다. 볼드모트와 전세사기의 자세한 내용은 당사자 이외는 알기 어렵다. 우현이와 승기의 관점이 아니라면 쓰기 어려운 내용이다. 관련한 챕터를 다시 읽는다. 우현이와 승기를 하늘에서 바라보는 느낌이다. 정말로 그들이 아니라면, 이해할 수 없는 세세한 감정까지 표현한다. 그렇다면, 우현이가 마포대교에서 아버님의 전화를 받은 게 아니라는 소리다. 마포대교에서 전화를 받은 사람은 다름 아닌 나다. 분명히 사무실에서 정호 님을 영상 통화로 만난 기억은 선명하다. 정호 님은 내 아버지가 될 수 없다. 어디까지가 사실을 기반으로 썼는지 모호해진다. 그러고 보면, 아버지가 누구인지도 모르겠다. 단기 기억 상실의 영향인가? 편집장의 기록일지에 따르면, 아내의 동의로 이곳에서 치료를 받는 중이다. 그만큼 해리성 정체 장애가 심했다는 방증이다. 우현이와 승기를 만날 방법은 없을까? 해답은 녹음기다.

"2023년 12월 10일 녹음입니다. 우현아, 혹시라도 녹음을 듣는다면, 너도 녹음을 해 줘. 난 이곳을 벗어나고 싶어. 우리의 우정은 25년이다. 정말로 우리가 하나의 몸을 공유해서 살고 있다면, 알려 줘. 널 배척하지 않아. 넌 소중한 친구니까."

녹음 후, 포스트잇에 중요한 내용을 적어 책상 위에 붙인다.

매일 녹음 내용 확인하기.

일어난다. 날짜를 확인한다. 하루 지났다. 녹음기를 확인한다. 특이 사항은 없다. 다시 녹음한다.

"2023년 12월 11일 녹음입니다. 우현아, 승기야, 나 심심하다. 안에 있으면 대답 좀 해라. 나 밖으로 나가고 싶다. 아내가 너무 보고 싶다고. 친구 좋다는 게 뭐냐. 부탁한다."

일어난다. 날짜를 확인한다. 하루 지났다. 녹음기를 확인한다. 특이 사항은 없다. 다시 녹음한다. 오늘 편집장과 면담이 있었지만, 몸이 아프다는 핑계로 거절했다. 당분간 거절할 생각이다. 답을 얻기 전까지는.

"2023년 12월 12일 녹음입니다. 우현아, 난 널 원망하지 않아. 네가 오죽했으면, 마포대교에서 그런 일을 시켰을까? 너야말로, 괜찮아? 블루 고스트 대원으로 세계를 누비며, 선한 일을 하기로 했잖아. 이런 곳에서 나와 평생 있을 생각이야? 아니라면, 대답해. 기다린다."

일어난다. 날짜를 확인한다. 하루 지났다. 녹음기를 확인한다. 특이 사항은 없다. 다시 녹음한다. 예전 우현이 방에 녹음기를 숨겼던 기억이 떠오른다. 그때 정말로 힘들게 단서를 찾았는데, 이번에도 그럴까?

"2023년 12월 13일 녹음입니다. 우현아, 알았다. 알았다고. 나도 블루 고스트로 활동할게. 그래, 네 말대로 세상의 모든 가난한 이에게 인생 2막의 기회를 주겠다고. 이 모든 위대한 일을 진행하려면, 일단은 나가야지? 안 그래?"

일어난다. 날짜를 확인한다. 이틀이 지났다. 녹음기를 확인한다. 새로운 녹음이다. 드디어 실체를 확인한다.

"2023년 12월 14일, 효상아, 나다. 임우현. 약속했다. 블루 고스트로 활동하기로. 너를 믿기에 모습을 드러낸다. 더는 실망하고 싶지 않다. 마포대교? 그건 어쩔 수 없는 선택이었어. 온전한 육체의 통제가 필요했거든. 하지만, 계획대로 되지 않았어. 이곳에 갇힌 게 바로 실패한 결과지. 올바른 마음을 먹었다고 생각해, 최대한 협조할 생각이다. 효상아, 이곳을 나가자."

우현이다. 정말로 우현이다. 우현이는 나였다. 내가 우현이였다. 머리가 아프기 시작한다. 정신은 혼미해진다. 버티고 싶지 않다. 그대로 쓰려져도 좋다. 원하는 결괏값을 얻었으니. 반갑다. 임우현. 이 개새끼야.

"정신이 좀 드세요? 작가님? 바닥에 누워 있어서 놀랐어요. 무슨 일이에요? 답을 찾는다고, 너무 무리하지 않았으면 해요. 우리는 시간이 많아요. 천천히 천천히 움직여요."

시간이 없다. 의사 양반아.

"편집장님, 드디어 답을 찾았습니다. 이제 그때의 질문에 답할 수 있을 것 같아요. 임우현, 김승기는 제 안에 숨어 있는 또 다른 인격체입니다. 저는 지금 해리성 정체 장애를 앓고 있습니다. 투자로 손해를 본 사람도, 전세사기로 전세금을 날린 사람도 모두 저였습니다. 마포대교에 올라가 몹쓸 짓을 시도한 사람도 역시 저였습니다. 충격이 너무나 커, 모든 상황을 혼자서 감내하기가 어려웠던 것 같습니다. 편집장님, 아니, 의사 선생님의 말씀을 따라 치료에 전념할 생각입니다. 그래야, 하루빨리 일상으로 돌아갈 수 있습니다. 아내가 너무 보고 싶습니다. 도와주세요. 선생님."

잠시 멈칫한다. 의사는 나 이외의 다른 인격체를 만난 경험이 있어서다. 그리고 온화한 미소로 답한다.

"임우현 씨, 하마터면 믿을 뻔했어요. 지금 효상 씨는 잠자고 있나요? 우현 씨, 우현 씨는 진짜 자아가 아니에요. 효상 씨가 만들어 낸 가짜라고요. 우현 씨가 효상 씨의 진짜 친구라면, 이쯤하고 사라지세요. 그래야, 효상 씨도 일상으로 복귀합니다. 부탁할게요."

이런! 우현이가 아니라고. 안효상이라고. 내가 잠드는 동안 우현이는 의사 선생님과 무슨 대화를 나눈 거지?

"아니에요, 선생님. 저 안효상입니다. 임우현이 아니라고요. 믿어주세요. 이제 알아요, 선생님이 날마다 이름을 왜 다르게 불렀는지. 정말로 믿어 주세요. 저 안효상입니다. 치료에 집중해 하루빨리 퇴원하고 싶습니다."

믿지 않는 눈치다. 하지만 그는 환자를 진심으로 걱정하는 훌륭한 의사다.

"효상 씨라고요? 우현 씨에게는 몇 번이나 이야기했는데요, 정말로 효상 씨라면 이런 대화, 우리 처음이네요. 효상 씨, 정말로 당신이라면, 글을 쓰세요. 우리는 지금 글쓰기를 통해 심리적 치료를 하는 중이에요. 글을 통해 본인의 억압된 감정을 가감 없이 토해내세요. 반드시 그래야 합니다. 본인의 감정에 충실하게. 효상 씨, 마지막 장의 마지막 문장에 마침표를 찍을 때, 그때가 치료의 마지막 날입니다."

12. 결국, 승기는 나타나지 않았다. 승기는 왜 모습을 보이지 않는 걸까? 승기는 그만 생각하자. 이곳을 나가려면, 우현이와 난 서로 협력해야 한다. 우현이는 누구보다 블루 고스트 일원이 되고 싶어 한다.

일단, 우현이 장단에 맞춰 줘야 나를 잠식해 글쓰기를 방해하지 않는다. 이제 목표가 명확하다. 마지막 문장에 마침표를 찍는다. 이전 세계에서 겪은 경험이라 부담은 없다. 끝이 보인다.

1년이 지났다.
그리고 마침표를 찍었다.
새로운 인생의 시작이다.

내일이면 퇴원이다. 의사 선생님과의 마지막 상담이다. 선생님은 로또에 당첨된 마냥, 세상 다 가진 사람처럼 함박웃음을 보인다. 그만 좀 웃으세요. 정들겠습니다. 선생님.

"마침내 마침표를 찍었습니다. 대견합니다. 효상 씨, 아니요, 이제는 진짜 작가님이라 불러야겠어요. 사실, 효상 씨의 글은 치료 목적을 떠나서, 많은 이에게 좋은 의미를 줄 수 있으리라 생각했어요. 저만 보기에는 아깝더라고요. 많은 이가 읽었으면 좋겠다고 생각했어요. 그래서 출판사에서 편집장으로 일하는 지인에게 효상 씨의 글을 보여 줬어요. 지인은 효상 씨 글을 아주 좋아했어요. 저처럼요. 그동안 치료 중이라, 이 사실을 숨겼는데요, 이제는 모든 치료가 끝났으니까요. 새로운 인생의 시작이네요. 사모님에게는 이야기했으니, 집에서 출판사 계약서 읽은 후, 계약할지 판단하면 될 것 같아요. 사모님이 정말로 기뻐했어요. 축하해요.

문학치료를 통해, 효상 씨는 해리성 정체 장애를 극복했어요. 이 모든 출발은 스스로 문제가 있다는 상황을 받아들이는 자세입니다. 효상 씨는 글을 통해 자신 안에 다양한 인격체가 있다는 사실을 받아들였습니다. 해리성 정체 장애의 원인은 다양할 수 있지만요, 효상 씨 같은 경우는 감당할 수 없는 현실에서 도피하려고 만든 감옥이었습니다. 이를 온전히 이해하고, 피하지 않고, 글쓰기로 본인의 슬픔, 분노, 연민, 후회 등 다양한 감정과 대면했어요. 즉, 글쓰기는 부정적인 감정을 풀어내는 역할을 합니다. 그리고 이러한 감정은 자연스럽게 자기 성찰로 이어집니다. 그렇기에 억눌린 감정의 해소 혹은 해방으로 이어집니다. 행복이지요. 행복으로 이르는 과정이 문학치료의 핵심이에요.

인간은 누군가를 기다립니다. 나의 마음을 한 번에 알아줄, 나의 상황을 한 번에 바꿔 줄, 그러한 구세주 같은 존재를요. 소설에서는 블루 고스트를 창조해 그러한 마음을 담아낸 것 같네요. 물론 이는 효상 씨보다는 우현 씨의 생각에 가깝네요. 또 다른 인격체, 임우현을 사라지게 하는 일은 쉽지 않았어요. 이를 극복하려고, 효상 씨 스스로 우현 씨의 존재를 인정했어요. 우선, 우현 씨도 승기 씨도 모두 효상 씨의 일부라는 사실을 인정했어요. 그리고 블루 고스트의 존재가 허상이라는 사실도 인정했고요. 스스로 블루 고스트와 관련한 사건을 그려 내면서 조금씩 이 모든 게 허구라는 사실을 깨닫게 된 것 같네요.

인간은 행복해야 합니다. 인간은 행복을 추구합니다. 하지만, 효상 씨 글을 보면서, 그런 생각이 들더라고요. 효상 씨, 우현 씨, 그리고 승기 씨 모두 최선을 다했는데, 결과는 왜 이렇게 비참했을까? 이들 모두 행복을 누릴 자격이 충분했는데도, 신은 이리도 가혹한 결과를 내렸을까? 우리는 치열하게 살아도, 행복할 수 없는 건가? 그런 안타까운 생각이요. 동시에 이런 생각도 들더라고요.

그렇다면, 효상 씨의 의도는 무엇일까?

이렇게 생각했어요. 인간은 착합니다. 그렇기에 속는 일에 익숙합니다. 그리고 손해 보는 일에 익숙합니다. 하지만, 세상은 말합니다. 속이는 자를, 이익을 창출하는 자만 똑똑하다고. 더 나아가 이러한 자들이 훌륭하다고 왜곡합니다. 우리 대부분 보통 사람입니다. 사회가 바른 방향으로 유지하려면, 다수인 보통 사람이 칭송받는 그런 사회여야 한다고 생각해요. 당연히 따라야 할 순리가 무너지고 빠르고 쉬운 길만 추구하는, 최선이 아닌 최악으로 치닫는 사회 현상을 비판하고 싶지 않았나요? 그러니까 방향성 부재의 안타까움? 안 그래요? 효상 씨?

하나 걱정되는 게 있기는 해요. 치료하면서, 승기 씨의 인격체를 만나지를 못했어요. 우현 씨 인격체가 소멸하면서, 그때 소멸했다고 잠정적으로 판단했습니다. 일단, 우현 씨가 사라진 것은 틀림없는 사실이니까요.

더 이야기하고 싶은데요, 시간이 다 됐네요. 퇴원해서, 다시 시작하는 인생 2막의 삶을 항상 응원할게요. 치료받느라 고생했어요. 앞으로는 작가님은 글로만 만나기를 진심으로 바랍니다. 다시는 보지 말아요."

13. 일상으로 돌아왔다. 우현이는 나타니지 않는다. 가끔은 그립다. 하지만 이러한 생각도 위험하다. 우현이 생각은 그만하자. 퇴원 후, 글을 쓰며 익숙하지만 감사한 날을 만끽한다. 그렇게 또 1년을 보

냈다. 여전히 당시의 상처가 완전하게 아물지는 않았다. 다만, 그때의 상처를 대면하여, 이겨 내려고 노력한다. 상처가 아물어 새살이 돋아나도, 작은 흉터 정도는 남았으면 한다. 그래야 흉터를 보면서, 어리석은 선택을 하지 않을 수 있어서다. 인간은 망각의 동물이니까. 인간은 늘 실수하니까. 흉터는 우리 가정의 최소한의 울타리가 되리라 믿는다. 이후로 승기를 만난 적은 단 한 번도 없다. 아내에게 묻기도 그렇다. 해리성 정체 장애가 재발했을지도 모른다는, 아내의 걱정을 보기 싫어서다. 우현이와 다르게 승기는 왜 한순간도 나타나지 않았을까? 그게 무엇이면 어떠냐? 그들 모두 가상 인물이다. 만들어낸 상상 속의 인격체다. 하지만, 동시에 알고 있다. 그들은 모두 나라는 사실을. 더는 생각하고 싶지 않다. 그들은 죽었다. 그럼 된 거다. 전화가 온다. 국제전화다. 어디일까?

"오랜만입니다. 안효상 팀장님, 업무 복귀 차 연락합니다. 안 팀장님의 희생으로 다른 블루 고스트 대원은 모두 무사합니다. 팀장님, 세상에 버려진 채, 누구도 관심을 가지지 않는 안타까운 이들이 많습니다. 이들은 우리의 온정주의가 필요합니다. 이들은 새로운 삶을 간절하게 원합니다. 그동안 혼자서 대한민국 프로젝트 상황을 수습하느라 고생하셨습니다. 김승기 팀장님도 오늘만 기다렸습니다.

김 팀장님의 말씀 전달합니다.
'효상아, 일어날 일은 결국 일어나. 나를 깨워 줘.'"

복 있는 사람은

악인의 꾀를 좇지 아니하며,
죄인의 길에 서지 아니하며,
오만한 자의 자리에 앉지 아니하고.[145)]

끝.

145) 대한성서공회, 『개역개정 뱁티스트 성경전서』, (주)한일문화사, 2016, 시편 1편 1절.